# شکربه ایرانی ماهی حبینی

余粟哈梅德 / 的 /
爱情传奇

# 左伊朗 右中国

刘东平 王凡 / 著

社会科学文献出版社

MY LOVE OF PERSIA

# 目录

## 引子 — 005

## 第一章　伊朗的第一瞥 — 007

　　60个亲吻！　009
　　一把小螺丝刀攥出了汗　013
　　德黑兰的第一个白昼　015
　　旅游大巴里的真实面孔　019
　　雷恩古堡与世界最热的沙漠　022
　　大写的居鲁士！　029
　　刻在山岩上的波斯帝国昔日辉煌　036

## 第二章　婚礼突如其来 — 043

　　身穿婚纱的哈梅德，手捧一大束玫瑰走来　045
　　他的内心急速地翻腾起来　047
　　就听从命运的安排吧　050
　　新郎新娘街头"遭截"　054
　　一盆水的象征　057
　　岳母为余粟解了围　060
　　你的签名和你护照上的不太一样呢　063
　　祖国亲人来"救援"了　067
　　很多人在呼喊："秦，秦，秦！"　069
　　长刀在妩媚女孩手中传递　072
　　飞机上，余粟的心久久不能平静　075

## 第三章　从男孩到男人　　　　　　　　077

- 叛逆的青春期　　　　　　　　　　079
- 想象很丰满，现实很……　　　　　082
- 足球赛场上的"拉风"小伙　　　　086
- 与五个爱尔兰女孩"同居"的日子　088
- 英式橄榄球训练　　　　　　　　　093
- 爱尔兰的初恋　　　　　　　　　　095
- 第二外语水平是这样提升的　　　　097
- 都柏林徜徉与吉尼斯啤酒　　　　　100
- 收获了自信满满　　　　　　　　　104

## 第四章　这一朵波斯太阳花　　　　　109

- 妈妈的数落像机关枪扫射一样　　　111
- "战火"烟消云散　　　　　　　　114
- 你的名字，是纯洁的水　　　　　　117
- 伊朗姑娘哈梅德　　　　　　　　　120
- 从土耳其咖啡里读出的姻缘　　　　123
- 你懂了吗？波斯女人这样表达　　　127
- 我想回国创业　　　　　　　　　　131

## 第五章　阿布扎比式的单纯浪漫一去不返　133

- 北京的夜晚不平静　　　　　　　　135
- 哈梅德第一次写中文："余粟坏"　139
- 当她真的说要分手时，我却真放不下了　144
- 在北京过伊朗新年　　　　　　　　147

## 第六章　我成了硬件合格的穆斯林　153

要签合同的伊朗婚姻　155

不能回避的洗胃、行割礼　157

这是穆罕默德的旨意　160

五枚金币　163

领取中国结婚证那一天　168

"逢凶化吉"的婚礼日　170

## 第七章　"痛并快乐着"的融合过程　175

亲近引出的尴尬　177

吃不到一块儿的烦恼　180

亲爱的妈妈，这是我们的隐私　184

打是亲骂是爱？　188

## 第八章　丝绸路上串亲戚　191

岳父一家来中国　193

整整40多个小时没有合眼　196

丝绸之路源远流长　199

设拉子，玫瑰与爱之城　203

波斯波利斯的历史辉煌　213

在扎因达鲁德河上看桥　220

现场解读"伊斯法罕半天下"　226

## 第九章　爱在天路与海角的宣示　235

一个年轻人的话撞击着他心灵　237

壮志未酬的进藏冒险　240

哈梅德把仅剩的一袋氧气塞给余粟 　　　　　　　　　**246**

爱倾泻在"天堂岛" 　　　　　　　　　**250**

**第十章　磨合还在继续** ~~~~~~~~~~~~~~~~ **255**

伊朗女人不坐月子 　　　　　　　　　*257*

两个家庭的不同生活观 　　　　　　　　　*260*

女婿和岳父打起来了 　　　　　　　　　*264*

哈梅德眼中的男子汉 　　　　　　　　　*267*

丹尼尔吃饭了 　　　　　　　　　*272*

爷爷，你穿背心出门不文明 　　　　　　　　　*276*

孩子的兴趣是最重要的 　　　　　　　　　*278*

**第十一章　从旅游到导游的角色变换** ~~~~~~~~~~ **285**

伊朗旅游带团，发挥他的长项 　　　　　　　　　*287*

爱尔兰酒吧的味道 　　　　　　　　　*290*

玩得更有内涵 　　　　　　　　　*293*

有损中国人的形象，我绝对零容忍 　　　　　　　　　*296*

**第十二章　情迷一带一路** ~~~~~~~~~~~~~~ **303**

古城亚兹德 　　　　　　　　　*305*

重燃公元 470 年的不灭圣火 　　　　　　　　　*313*

风塔搭配坎儿井，绿色空调 　　　　　　　　　*319*

崇拜英雄的伊朗人 　　　　　　　　　*323*

"你的前程在远方" 　　　　　　　　　*332*

# 引子

2015年深秋,我们到伊朗旅行,导游是位名叫余粟的阳光小伙。一路上,他对伊朗历史文化和风土人情细致入微的讲解,时时吸引着我们;但当大家得知他的妻子是一位名叫哈梅德·塔哈维的伊朗女子时,翘首期待的,一下子转为更具"听点"的异国婚恋故事。

"怎么就娶了一位伊朗姑娘呢?"我们问。

"哦,说来话长……"我们直截了当的问话,让一向快人快语的阳光小伙余粟也踟蹰了片刻:"不过,我们的婚礼真的就那么突然降临了。"

余粟原本说好的伊朗旅游,在告别德黑兰的前一天突然变成了婚礼,虽说其间确实有暗中"预谋"的成分,但对于和眼前这位漂亮的波斯美女结为终身伴侣,他还是毅然决然地认了。尽管此前他还没有充分的思想准备……

这是一段委婉传奇的故事,恰如一部颇为精彩有趣的伊朗社会文化历史演义。你大概找不到一本现成的文字读物,能够像余粟的故事一样,让你自然而然地贴近伊朗这个文明古国。特别是在今天"一带一路"战略的大背景下,这个很私人性的故事,有了几分宏大的意思。

余粟哈梅德的爱情传奇

第一章
**伊朗的第一瞥**

## 60个亲吻！

2010年初夏的一日。

伊朗，德黑兰伊玛目霍梅尼国际机场。

阳光普照，如火样热情洋溢；

晴空万里，如水洗般湛蓝。

在熙攘的接机大厅内，一群由穿着民族服饰的老少男女组成的亲友队伍，满心欢喜地向着机场出口方向张望，翘首期盼即将降临的贵客。其中为首的一位身材健硕、发须乌黑、穿着整洁的男性长者，眉宇间流露出几丝犹疑不安……

这位长者的名字叫哈梅德·詹姆希迪，他身边是妻子玛利亚·萨曼尼，两口子带着一群家人和亲眷，正准备迎接从中国北京归来的爱女哈梅德·塔哈维（她的英文名字叫哈梅德）。

哈梅德·詹姆希迪之所以显得有些急切，是因为女儿这次回家，还带着她的男朋友，一位他们从未接触过的名叫余栗的中国小伙子。特别是女儿这次伊朗之行，绝不单单是让父母审视一下自己的男朋友这么简单……

虽说女儿早已通过网络传输过男友的照片，并频频在电话里向父亲介绍过男友的情况，但没有亲自见过面，而且他还不是穆斯林，这让做父亲的哈梅德·詹姆希迪心里感到非常不踏实。他甚至做了最差的打算，如果第一眼看不上这个中国小伙，他就扭头离去。

一直等到天边渐渐收起了彩霞，天色已然转黑，一架中国南方航空公司的客机才缓缓地降落在停机坪上。

随着机舱门开启，下飞机的人们排起了长队，一对年轻人出现在人们的视线中。小伙很阳光，1.8米的个头，皮肤呈健康棕色，身着短T恤，显示出强健的胸臂肌肉，棱角分明的脸盘上，尖鼻细眼，一笑还有个浅浅酒窝。这是个混合了东方气质和西方身材的80后中国小伙，他就是余粟。

今天，是他有生以来第一次来到伊朗，踏上了这片十分陌生的土地。伊朗，在当时大多数中国人印象中，是个早有所闻却颇感神秘而陌生的国家；甚至一提起中东伊朗，就好像与恐怖分子和恐怖袭击沾边。这样一个由于西方媒体渲染而引起国际社会纷繁议论的国家，究竟会是个什么样子？

但此时的余粟又多了一重顾虑，那就是自己的女朋友哈梅德的父母家人，究竟会怎样对待自己呢？哈梅德的父母家人，又会给自己什么样的第一印象呢？有太多的问号，让余粟心里一直在打鼓。

不过，有一点他内心十分清楚：伊朗这个充满神秘色彩的文明古国，因他与该国女友哈梅德的结缘，已然在他内心一点点亲近起来。从此刻开始，他将借助此次预订好的8天旅行，更深入地对之感触和领悟……

跟在余粟身后的，是位年轻的波斯美女，金发飘逸，高高的颧骨，雪白的肌肤，那双幽蓝色会说话的大眼睛，既能倾吐也能深藏她心底的秘密，她就是哈梅德。

德黑兰是她出生和成长的地方，然而为了更多地与自己的心上人相处，并了解他的国家，她已经很久没有回家了。今天，她终于又回到阔别已久的家乡和父母身边，还带回了自己心爱的中国男朋友余粟。

德黑兰伊玛目霍梅尼国际机场

她急切地在人群中寻找自己的父母家人，更期待着看到家人对自己男友的第一反应。因为她内心藏着一个巨大的秘密，不过她身边的男友却对此一无所知；她暗暗祈祷，但愿一切能尽如人愿……

当余粟和哈梅德拖着两个大行李箱，出现在排满高高宣礼塔造型厅柱的接机大厅时，哈梅德父母和亲友们的目光早已在追随他们了。这时，大家亲热地围拢上来，一边说着"萨勒姆！"（您好），一边行贴面礼。

余粟有些意外，到机场迎接他们的，除了哈梅德的父母弟妹，还有她家的叔姑姨舅等，一共来了12位！

后来发生的事情，才让余粟推想出迎接场面如此隆重的内情。此刻，他能隐约感到的是，这与哈梅德是家中长女有关。在伊朗人家中，长女的地位是有些特殊的，一个家庭对家中长女的婚姻，也尤其重视。

回想起到伊朗与哈梅德家人在机场的初次见面，余粟脑海里最难以磨灭的印象，就是哈梅德家人及亲戚们的贴面之礼。

"我曾在英伦留学数年，对西方的贴面礼已经习惯。同时我也从书本中了解到，伊朗人也行贴面礼。但西方贴面礼也就是一两下，再亲密热情，亲吻脸颊3下也足够了。可我第一次到德黑兰伊玛目霍梅尼国际机场，哈梅德的父母家人和亲戚们，每人都在我左右两侧脸颊上亲了5下。12个人，每人5下，这就是60下！"

"说真的，当时在接机大厅我都被亲懵了！实在有点不知所措！"

"我就像个木头桩子式的戳在那儿，听凭这12位伊朗亲戚在几分钟内亲了我60下，还要加上热烈拥抱。当时我真有种缺氧的感觉，伊朗人实在是太热情了！接下来，还会有什么意想不到的事情会发生呢？"

伊朗，对第一次踏上这个听来似乎熟悉，实际上却颇为陌生的国度的余粟来说，有着太多太多的未知和遐想。

## 一把小螺丝刀攥出了汗

老实说,和许许多多没有来过伊朗的中国人一样,余粟的内心也曾经存有一些对伊朗的负面臆想。这个国家多年来被西方妖魔化得太厉害。尽管自己和伊朗姑娘哈梅德谈了多年的恋爱,又有一大群女友的亲人在身边;但自置身于伊朗大地之始,余粟内心的安全忧虑便挥之不去。

哈梅德的家在德黑兰市中心区,就在西亚第一高的建筑米拉德电视塔下。夜色阑珊,从德黑兰国际机场到哈梅德的家走了40多分钟的路程。

一路上,哈梅德问余粟,"你为啥这么沉默呢?"余粟支吾答道:"我在欣赏路边风景呢。"

其实,一路黑漆漆的,哪有风景好欣赏呢。余粟是在极力掩饰自己的紧张情绪。他手里悄悄地攥着一把从托运行李中取出的小螺丝刀,手都攥出汗了!他暗想,若是真遇到突然袭击,我有这小螺丝刀做自卫武器。

车子很快开到了哈梅德家。亲戚们陆续告别,大家也就休息了。可在这伊朗的第一个夜晚,在女朋友的家中,余粟却一夜没有合眼!担心,紧张,生怕半夜会有什么突发事件!那把小螺丝刀就放在他枕头下面,他还在忐忑着万一⋯⋯

"但在伊朗没待上几天,我就为自己当初竟然会生出这样的念头,感到实在可笑。自己的那些念头太幼稚和片面了！但凡来过伊朗的中国人就会知道，伊朗人的热情会深深地感染你，并且生活在这个国家真的很安全！"

余粟后来做了国际导游，每次带队来伊朗时，他都会把自己第一次入伊的有趣经历告诉给初来伊朗观光的中国游客，以打消那些不必要的恐惧感。

## 德黑兰的第一个白昼

天亮之后，余粟才看清了德黑兰的面目。

这是一个被群山环抱的城市，东西北三面全部被绵延的厄尔布尔士山脉包围，只有南面开阔平坦。即便是在炎炎夏日，依然可以看到山峰顶部的积雪。

地势开阔平坦的城南，是老城区。居住在那里的基本是平民，楼宇陈旧而密集，行人如织。据2015年的统计，伊朗全国人口约7800余万，而生活在德黑兰的人，就超过了850万，几乎占全国人口的1/9。

城市的中部偏北，是新城区，这里的建筑就比较现代。而再往北，则有一片片豪华的别墅和幽雅的小庭院，一直修到了山坡上。这里相比城南，就幽静多了，街道也干净宽敞，道路两旁绿树成荫。据说城北的居民大部分是地主、富商、官员和中高级知识分子，被视为是富人区。伊朗的旧王宫萨德阿巴德王宫，也在这北边的山坡上。

也是到了白天，余粟才发现，德黑兰市内交通的拥堵，和自己的故乡北京真有一拼，车流塞途。虽然胡乱穿行变道的情况并不多见，但行车蠕动的缓慢，也着实让人着急……

德黑兰的人多，私家车也多。这与伊朗是个盛产石油的国家，以及国家的某些经济政策有些关联。

为了让国民分享国家油气资源丰富的实惠，伊朗不仅汽油价格便宜，而且每个家庭每个月还可以从政府那里领取到60升的免费汽油，

*德黑兰的地标性建筑——自由塔*

所以伊朗有着大量的私家车。但也许是由于西方对伊朗经济制裁的缘故，伊朗街上跑的车多是些低档的廉价车，而且大都比较陈旧。

如此说来，昨天夜晚进入德黑兰是幸运的。若是换到白天，从伊玛目霍梅尼机场到哈梅德的家，会不会要走上两个40分钟，亦未可知。

走到街上，余粟惊奇地发现，德黑兰的公共汽车站分立着两个站牌，男士在一个站牌下排队，女士在另一个站牌下排队；车来了，男女分别从两个不同的门上车。在公共汽车里面，有个隔离栅栏，男女被栅栏分开在两边乘坐。有的车，女士坐车前半部分，男士在后半部分；有的车则相反。

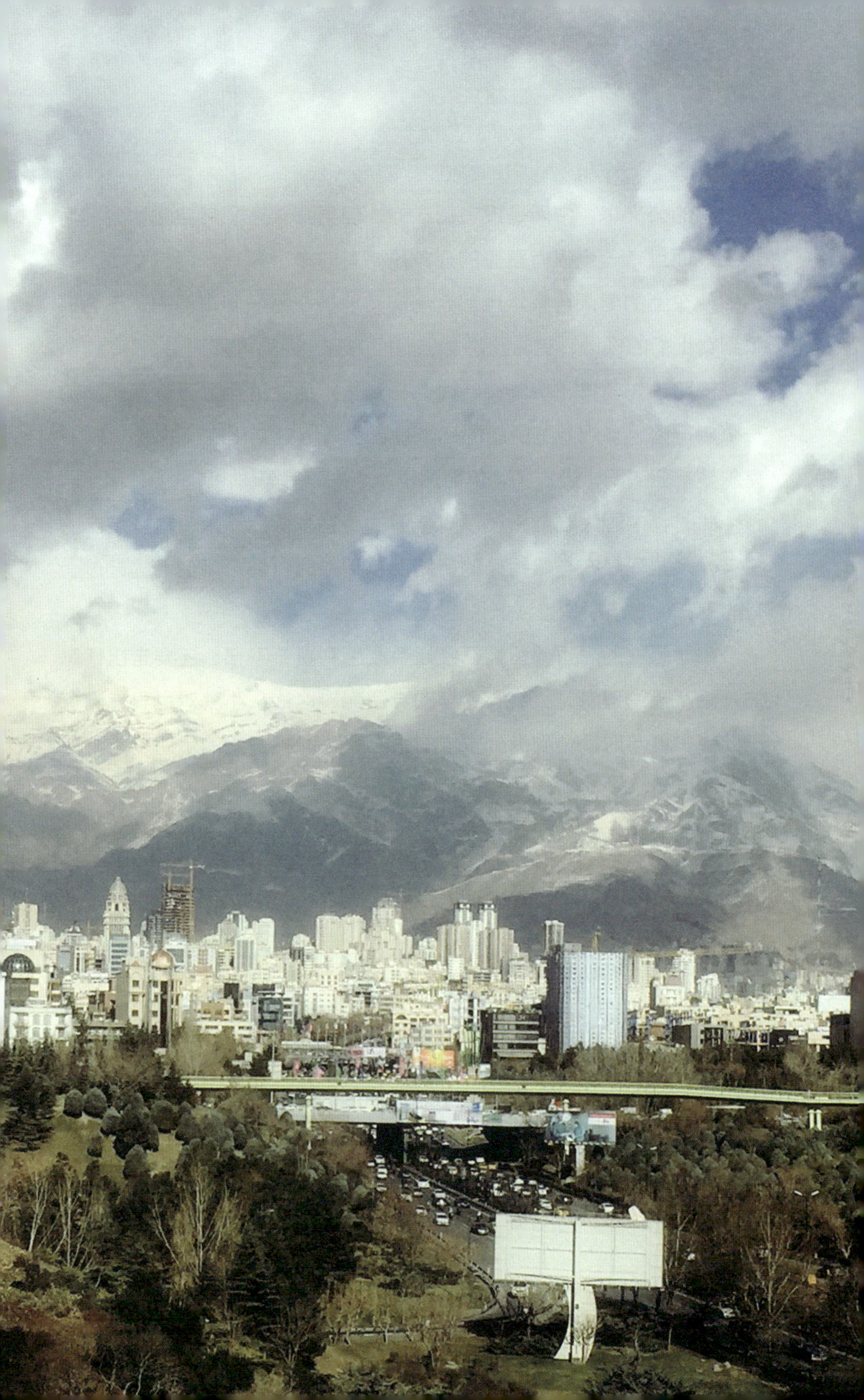

有的公交车，中间是没有栅栏的，但男女乘客仍然自觉地分前后乘坐。而且有一个很有意思的现象是，有时车上只有一两位女士，此刻即使车上的男人再多，也都老老实实地挤在另一半车厢内，不会扩张到女士们的领地；有时则是女士们拥挤着，而男人那边空空荡荡。

按照预先安排，余粟和哈梅德在到达德黑兰的第二天，就要参加一个旅行团，参观游览伊朗的几个有着悠久历史文化底蕴的城市——克尔曼，亚兹德，设拉子，伊斯法罕，卡尚，等等。

此时，中国大陆几乎还没有普通的游客来伊朗旅游。这些城市的名字，余粟只是在与哈梅德的伊朗朋友接触时，偶尔听他们提起过，有的则在过去连听说也没听说过。

在德黑兰的短暂停留，已经让余粟感到新奇不已，还要走出德黑兰开始八天的漫游，又会有怎样的奇遇呢？这让从小就对世界充满探知欲望、青年时期便到海外求学的余粟，对即将开始的伊朗境内游充满了期待。

## 旅游大巴里的真实面孔

余粟和哈梅德参加的这个旅行团的成员,都是德黑兰的年轻男女。余粟的第一个发现,就是旅游大巴和城市内的公交大巴有着明显的区别,这里可以自由入座,而不必像在公交车里那样,男女各守一半。

*伊朗腹地的大漠*

"我们这一路充满着欢声笑语，玩得很'嗨'。这八天的旅行，让我第一次了解到了真正的伊朗人，也了解了真实的伊朗和她的悠久历史、灿烂文明。"余粟说。

旅行的第一站，是伊朗中南部的克尔曼省。从德黑兰到克尔曼，路途遥远而漫长，长时间走在荒芜的沙漠地带，车窗外的景色有些单调枯燥。但车内则完全是另一番景象。伊朗的年轻人，都有一颗欢乐的心！他们用发自内心灿烂的笑和情不自禁的歌舞，把沙漠的沉闷色调挡在了车窗之外。

伊朗并不是只有诵经的低回声音。在旅游车内，年轻人让司机播放起热烈奔放的迪斯科音乐，继而伴着音乐兴奋地手之舞之足之蹈之。

余粟是车上唯一的外国人，可能是由于还有几分陌生感，加之舞蹈确实不是他的强项，因此只有他没有合着音乐的节奏舞动起来，但他脸上的微笑，透露出他内心亦被车内欢歌曼舞带动起来的欢愉。

热情的伊朗年轻人并没有因为余粟是一个外国人，便与他有什么疏离，而是拉着他一起热闹。他们邀请这位绝对没有什么"偏心"的看客，给每一位热舞者的舞姿评判打分。

一个姑娘舞姿优美，余粟给她打了 10 分。又有两个女孩和男孩围绕着余粟、哈梅德来回扭摆，表情欢悦。哈梅德也婀娜起舞，微笑着回应着她们。余粟理解了：热舞是伊朗人表达高兴喜悦的一种方式，他随即给他们打出了 10.5 的高分。

余粟被伊朗青年们的热情和歌舞所感染，自然而然地融入其中。当大家得知余粟是来自与伊朗有着逾千年友好历史的中国——"秦"时，姑娘小伙纷纷争相同他合影，有的更是调皮地追问哈梅德：你是怎么赢得这个中国帅哥爱慕之心的啊？

欢乐尽管欢乐，但并不影响青年们信守他们的信仰和相关的礼仪规范。他们并不在公众场合喧哗嬉闹，在车上跳舞唱歌，也把车窗帘拉得严严实实，以免干扰外界。

同时，欢歌曼舞也不会挤占了祈祷诵经的时间，当车上播放起穆斯林音乐，青年男女们会静静地阅读古兰经，或者朝麦加方向默默祷告……

"传统和现代，信仰和活力，就在这群伊朗年轻人身上和谐融汇，这就是他们的真实生活。"置身伊朗年轻人中间，余粟觉得才能真正地认识伊朗。

## 雷恩古堡与世界最热的沙漠

终于到达了克尔曼省的首府克尔曼,这里曾留有马可波罗的旅行足迹。

克尔曼老城是波斯通往印度的门户要地,公元3世纪的萨珊王朝时期,便在此修建了防御性的堡垒。公元7世纪,波斯被阿拉伯帝国征服,克尔曼大部分居民都成为穆斯林。当公元13世纪马可波罗来到这里时,这座城池已是连接波斯湾地区与中亚的重要贸易中心了。

500多年后,卡扎尔王朝的阿格哈汗攻入克尔曼城,为报复城中民众顽强抵抗6个月而不投降,残酷杀戮了全城男性居民,使妇女儿童沦为奴隶,整个城市毁于一旦。今天的克尔曼城,是19世纪时于老城的西北面重建的。

其实,克尔曼省最具魅力的景点,是比克尔曼古城历史更为悠久的巴姆古堡。那里有全世界最大规模的土坯建筑群,其中还保存有2500年前的拜火教火祠,以及距今1100年的清真寺等等。经联合国教科文组织批准,巴姆古堡成为世界文化遗产之一。

然而,2003年12月26日的一场大地震,将巴姆古堡夷为一片废墟,后经修旧如旧的复原,才让昔日情景重现于游客的眼前。由于余粟他们来克尔曼旅游时,巴姆古堡还在恢复修建中,所以他们参观的是巴姆古堡的微缩版 —— 雷恩古堡。

雷恩古堡,位于从克尔曼城前往巴姆古堡的途中。雷恩古堡方圆

*雷恩古堡*

只有二三公顷,仅仅为巴姆古堡的 1/8,但它依然是世界第二大土坯建筑群。虽然距巴姆古堡仅有大约 160 公里,但它在 2003 年那场地震中却没有受到多少损毁,当然这也许还和 20 世纪 90 年代的修葺不无关系。

走进这座土坯建筑群,但见巷道地堡交错排列,早期的风塔暗井痕迹犹存,让人依稀触摸到古远年代的波斯。经导游的指点,才看出了城堡内富人区、穷人区、广场和交易区的分布。平民区在城门入口处,富人区在靠近城楼的广场边,广场是城堡的政治和社会活动中心。

倘若不经导游的指点，真如走进了陈年迷宫，在混沌中摸索不出名堂。

古时，这一带波斯人的住房很简陋，即使是在富人区，房屋也没有门窗，一个顶棚，三面墙壁，一面空对着庭院。如同凉棚一般的构造，显然应该和沙漠地区的高温酷热有直接的关系。许多房屋的顶部犹如

蒙古包的顶，是半圆形的。

在一座经过修葺的拜火教火祠内，导游简单介绍了波斯早期的国教琐罗亚斯德教，也称拜火教。该教以光明的象征"火"为崇拜对象，是神的造物中最高和最有力量的物质。火的清净、光辉、活力、锐敏、洁白、生产力等象征神的绝对和至善，而对火的礼赞是教徒的首要义务。

拜火教徒极少建神庙，也不造神像，举行仪式的所谓"火祠"，也就是一个比普通住宅更高大一些的房子。房间中间是燃火圆塘，四面是平台。拜火教的祭祀虽说有较多的繁文缛节，但通常的礼拜仪式并不复杂，参加者们就是围着火塘舞蹈。舞蹈的动作，都是在作战时击杀敌人的基本动作，挥刀劈砍、拉弓射箭、持盾抵挡……举行仪式，实际上就是男子们进行强壮体魄，熟悉击杀的训练。

登上城墙高处，眼前才豁然开阔。四方城内密布的土坯建筑群尽在眼底，蜿蜒的城墙上插着仿旧的旗杆，让人联想到当年旌旗猎猎的气势。

据某些史书记载，150多年前，雷

雷恩古堡

恩古堡就已没有人烟踪迹，它寂寞地凸立于荒漠之上，映衬着远方横亘的雪山。此情此景，让人不由想起陈子昂的《登幽州台歌》："前不见古人，后不见来者，念天地之悠悠，独怆然而涕下。"沧海良田，阡陌荒野，确实会牵出心头一缕往事不可追的情愫。

从雷恩古堡再往深处行约 100 公里，就来到了卢特沙漠的腹地。在雷恩古堡，余粟看到的是人工造作；而这里，则是大自然在更为漫长的时间里鬼斧神工雕琢的另一番景致。它也如同城堡的土坯建筑一样，棋布在广漠无垠的沙海之上，像极了中国新疆准噶尔盆地的魔鬼城。

在世界闻名的大沙漠中，卢特沙漠原本排不上什么名次，之所以能够出名，在于它有着独特的出众之处 —— 它占据着地球的一极，是世界最热的地方。

**卢特沙漠边缘地带**

*卢特沙漠部分地貌与新疆准噶尔盆地的魔鬼城相似*

曾经，人们对地球上的最热之地众说不一。有人认为是利比亚的阿济济耶，那里曾创下摄氏57.8℃的最高纪录；后来，人们在1913年又测到美国加州的死亡山谷达到了摄氏56.7℃，被列为第二。再后来，美国国家航空航天局卫星监测到新的纪录，地处伊朗中南部的卢特沙漠达到过摄氏71℃的高温。

卢特沙漠面积约480平方公里，因为炽热而被人们称为"烤熟的小麦"。这里有大片的地表被黑色的火山熔岩所覆盖，因此容易吸收阳光中的热量，成为地球上的最热之地。

经过伊朗的魔鬼城，在沙漠的更深处，大家见到了大漠通常的金黄色。余粟和其他伊朗青年一道，爬上沙丘，冲沙，滑沙，在柔软的沙地上撒欢，呼喊雀跃。哈梅德和姑娘们蒙上纱巾，摆出各种造型，留下人与沙漠的影像。

在这世界最为炙热的地方，青年们的内心，也不乏热烈。入夜后，大家围着篝火，烤肉、唱歌、跳舞。终于熬到了凌晨 5 点，一夜未眠的团友们又攀上高高沙丘，迎接新一轮火红的太阳，从沙海中冉冉升起，场景蔚为壮观。

走过雷恩古堡，看过卢特沙漠辉煌的日出，余粟第一次感受到了生命的渺小与珍贵，在浩瀚天地和悠久历史面前，个人就像是一颗颗微小的沙粒。然而，正是这一颗颗微小真实的沙粒，才汇聚成大漠无垠！才连缀起大漠延绵续存！

## 大写的居鲁士！

这只是余粟第一次踏上伊朗的土地，还没受过太多伊朗历史文化熏陶的他，当然不可能对所闻所见立刻就全然领悟其中的深奥和魅力。

此行，他虽然走过了曾为伊朗国都的著名历史古城设拉子，走过另一座名声更为显赫的波斯帝国都城波斯波利斯，走过有着伊朗最美丽的清真寺之称的粉红清真寺……这些让每个伊朗人说起来便不能自已的景点，却没有让余粟产生心灵之门被扣响的情愫。

但是，当他们的旅行大巴停在距离设拉子100公里的帕萨尔加德的一片荒原之上的时候，一座孤傲独立的陵墓，以及导游的一番解说，顿时让余粟的内心有一种被冲击的震撼！

其实居鲁士的陵墓并不高大巍峨，只是在六层石阶之上，横亘着一个矩形的巨大石棺。石棺总体高10米左右，表面没有任何文字和图案，更没有装饰性的雕琢。

据说以六层石阶为基，与石棺共为七层是有讲究的。在波斯远古神话中，天地万物的制造之神霍尔莫兹德将宇宙构造成七层，最高层为光明国度，即天堂。在波斯人信奉的拜火教中，亦有七步升天之说。

幅员地跨亚、欧、非最大帝国的缔造者，叱咤风云的一代世界霸主，他的陵墓竟然如此低调简朴，孤零零地矗立在荒芜辽阔的旷野之上。这给人留下的遐想空间，实在太大太大……

2500多年前，这里或许曾是一片绿洲，河流依傍，要不居鲁士怎么会把帝国的都城选择在这里？在此，他建起了世界上第一个波斯模式的四分格局的大花园。巍然的宫阙，被似锦繁花、葱茏树木、清澈水池、波斯亭阁簇拥环抱……这些，才配得上那镌刻在石柱上的震世豪言："我，居鲁士，世界之王，伟大的王……"

如今，昔日的都城早已灰飞烟灭，只在距离孤立陵寝稍远之处，还可凭借石质的地基，大理石柱基上的残柱，坍塌碎裂的墙根石块，依稀看出昔日宫阙的轮廓。然而，远古以来兵燹的涂炭，以及悠悠岁月无情的雨雪风霜，都没能磨灭居鲁士大帝在人类历史上的赫赫声誉。

居鲁士之所以能够千古垂名，令人仰望，并不在于他征服了多少城邦，拓展了辽阔的疆域；而在于他对所征服国家和民族的宽容和善待，对世界多元文化的认可和尊重。

人类历史上反反复复上演的征服，无不伴随着刀光剑影，血流漂

位于帕萨尔加德的居鲁士陵墓

杵，白骨与哀鸿遍野。拿破仑曾说："盛名无非是盛大的喧嚣而已。"在征服者盛大的喧嚣背后，常常是人类文明的灰烬。而居鲁士大帝征服了多个国家，但这些国家的文明没有消逝，甚至还得到发扬光大。这一切，确实很难用帝王的驾驭之术来加以诠释。有人说：与其说居鲁士是文明的征服者，不如说他是文明的崇敬者。

此外，关于居鲁士的人权、法制、政治和军事思想也对后世有着巨大的影响，得到后世大多数历史学者的好评。除了波斯人，诸多曾经与之为敌的国家，如巴比伦、希腊、以色列的文字记载中，都不乏对居鲁士大帝伟业和仁政的正面评述。

导游在陵墓前，娓娓叙述着居鲁士大帝的生平业绩，余粟一点也不觉得冗长，都默默地记下了，甚至感觉说得过于简略了。

2500多年前，居鲁士以伊朗西南部的一个小首领起家，南征北战，所向披靡，先后征服了腓尼基、巴勒斯坦，统一了伊朗高原，战胜了强大的巴比伦王朝，建立了从爱琴海到印度河，从尼罗河到高加索，横跨亚、欧、非三大洲的庞大的波斯帝国。因此，伊朗人尊称居鲁士大帝为"国父"。

作为波斯帝国阿契美尼德王朝的开国君主，他本应被称为"居鲁士一世"，然而史书上他却一直被称为"居鲁士二世"。这是因为居鲁士非常尊重他的祖父，因此将"一世"的称谓"拱手相让"给自己的祖父了。这恰恰从一个侧面反映了他的谦逊和胸襟，真真是"不可一世"。

居鲁士的盛名不在于他东征西伐的胜绩，而是来自他宽广的胸襟和施政的仁厚。他击败了企图谋害他的外祖父，却为外祖父颐养天年。他打败了同波斯是世仇的米底帝国，却依然让米底国王享受着君王的待遇，还对米底君王的忠告言听计从。他征服了巴比伦王朝，但严令军队不许扰民，尊重当地的风俗习惯、宗教信仰。更难能可贵的是他还把巴比伦国王掳来做奴隶的民众释放，并派军队护送他们返回故乡，帮助他们重建家乡和宗教圣殿。

亚、欧、非那么多国家，那么多文明，并没有因居鲁士的君临而毁灭沉寂，反而得到了发扬光大。居鲁士在被其征服地区，实行宽松的自治政策，保留了各国王室和贵族的特权，给人民安定的生活，尊重所有国家的不同信仰和文化，只要承认波斯帝国的最高统治权，各地固有的法律和管理构架仍可保留。居鲁士大帝保护了所有两河流域的文明，连战乱不断的美索不达米亚，也因居鲁士大帝而有了一个完美的结局。

关于居鲁士的仁政，传颂最广的事迹，莫过于"释放巴比伦之囚"。据记载，居鲁士的军队攻入巴比伦城后，并未像以往的征服者那样，血腥屠城以显示其威力。他废黜了巴比伦国王，释放了奴隶，宽恕了所有人。他下令释放被巴比伦国王尼布甲尼撒二世强行迁徙至巴比伦境内的犹太人返回家园，结束了他们近半个世纪的囚徒生活，并将他们的金银祭器归还给他们，支持他们重建被巴比伦人捣毁的耶路撒冷和华圣殿，重建犹太教。

上述这些，我们可以从《圣经》的旧约全书中看到相应的记载。例如，《以赛亚书》中就有如是文字："（耶和华）论居鲁士说：'他是我的牧人，必成就我所喜悦的，必下令建造耶路撒冷，发命立稳圣殿的根基。'"因此，以色列人至今感谢居鲁士大帝的仁慈。

余粟知道，在英语中犹太人被称作Jewish，其发音与居鲁士极其相似，这是不是因为居鲁士是犹太民族的拯救者呢？想到这儿，他感到人世间的神奇，旅行真是让人开眼界、长见识。

关于居鲁士大帝，导游还特别提到了一样东西，那就是现今藏于伦敦大英博物馆的"居鲁士铭柱"。这个残破的圆柱体上，刻满了楔形文字。文字除了记载着居鲁士征服巴比伦等内容外，还有一道法令，宣示要废除奴隶制和任何形式的压迫，禁止使用武力或掠夺手段攫取财产，赋予成员国自主决定是否臣服于居鲁士大帝的选择权力。因此，有人称之为人类有史以来的第一部"人权宪章"，比英国的大宪章要早近 2000 年。1971 年，联合国认定其为"宣示古代人权宣言之证明"的文物。

据说，灭亡了波斯帝国的马其顿国王亚历山大大帝，在占领了当时的波斯帝国都城波斯波利斯后，基于对 150 年前薛西斯一世焚毁雅典的满腔怒火，也将波斯波利斯付之一炬。然而，当亚历山大来到居鲁士大帝的陵墓前，发现墓旁石碑上刻着居鲁士这样一段话："我是居鲁士，是我创建了波斯人的帝国，我是亚洲之王，如果有怨恨请向我发泄，万勿针对这一历史遗迹。"亚历山大看后内心为之震撼和折服，猛然醒悟过来的他意识到，希腊帝国也许也会有被他国占领的一日，如果总是这样冤冤相报，何时才能了呢。于是，他下令停止焚烧波斯波利斯，然为时已晚，那里的宫殿群已被毁了大半。

为了表示对居鲁士大帝的敬意，亚历山大下令对居鲁士陵寝进行修建。因此，远处的宫殿早已破败凋零得没了模样，而居鲁士的陵寝却历经 2000 多年风蚀兵燹，至今还能保存得相对完好，作为一个极为凸显的标志，张扬着当今伊朗这个国家的底气和骨子里的骄傲。

在陵寝前的倾听，让余粟不禁感慨：一位 2500 多年前的东方帝国君王，有如此的天下情怀，有如此宽宏的胸襟，有如此的法理意识，以致在波斯帝国时代,其政治制度已颇具人性,公民有休息日、有产假等。这些政治思想和治国安邦的大略细谋,也成为后来西方制度设计的智慧源泉之一。

余粟不免也由衷地为东方先贤明君的智慧胆识感到自豪和骄傲起来。同时他还意识到:人在茫茫宇宙中,并不总是那么渺小,也可以有如自然界里的嵯峨高峰。想到此,余粟转过脸,深情地凝视着依偎在自己身边的爱人哈梅德。

随着与哈梅德爱情的加深,余粟曾给自己取了一个具有穆斯林色彩的名字叫玉素甫。而哈梅德对这个在穆斯林中屡见不鲜的名字一直不以为然,执意要为他起个伊朗的名字。终于有一天,她对余粟说:你还是叫居鲁士吧!

哈梅德当时告诉了余粟,她为什么给他起这样一个名字,因为居鲁士是她非常尊崇的伊朗历史英雄。可当时余粟听了,并没有什么更多的感触,只是觉得"grushi"和余粟谐音,就接受了这个名字。

此次来到伊朗参加旅行,当同团的旅友们问起他名字,余粟就用哈梅德给他取的新名作答:"I am grushi"。有些意外的是,问者听到回答,总是会用惊叹语气对他说,"大气!有魄力!好名字,他是我们尊崇的英雄!"他

们还会追问余粟,这个名字是谁给他取的。当余粟指指身边的哈梅德时,又每每会看到他们对哈梅德投去赞许的目光。

此时此刻,站在令人仰慕的伟人陵墓前,置身这样一个特殊的氛围中,导游的讲述句句叩击着余粟的心灵,他才感知到哈梅德赋予他的这个名字是如此卓尔不凡,如此响亮,也才深深体味到自己在哈梅德心目中的位置。他暗暗地向她保证,海枯石烂!我余粟也绝不会辜负哈梅德的一片深情!

*帕萨尔加德的旧宫殿遗址和居鲁士陵墓*

## 刻在山岩上的波斯帝国昔日辉煌

离开居鲁士陵墓，旅行车向东南方向行驶。在临近也曾是波斯帝国一个兴盛期的都城伊什塔克尔的时候，不远处一片连绵的山峦像墙壁一样矗立。旅行车向山前驶去，导游介绍说，这里叫纳克希·鲁斯塔姆，也被称作帝王谷。

帝王谷曾安葬了波斯历史早期从第四代到第七代的四位帝王：大流士一世、薛西斯一世、阿塔薛西斯一世和大流士二世。四位帝王的陵墓凿山而建，一字排开，看上去非常壮观。

这是一种非常独特的墓葬方式，巨大的陵墓凿刻于悬崖峭壁之上，每个陵墓都在呈十字形状的凹槽内。每个十字形的陵寝上方，都雕有古波斯人信奉的琐罗亚斯德教最高主神、全知全能的宇宙创造者阿胡拉·马兹达的神像，以及臣服于波斯帝国统治的各国各族群人的浮雕。

在山峦中间的岩壁上造陵的先河，开启于波斯第三代君王大流士一世，他在生前就为自己选定了墓地，并确定了陵墓的形制。大流士一世身后的列王均如法炮制，只是第八代国君大流士三世的陵墓刚开凿了一半，波斯帝国便被马其顿国王亚历山大给灭掉了。

纳克希·鲁斯塔姆的陵墓群与埃及卢克索帝王谷中深藏山岩地下的法老陵墓有着巨大的差异，和卢克索帝王谷地下宫殿的奢侈气派比较起来，这开凿在峭壁的帝王陵寝实在是太简陋了，但比之帕萨尔加德的居鲁士陵寝，已然讲究了许多。

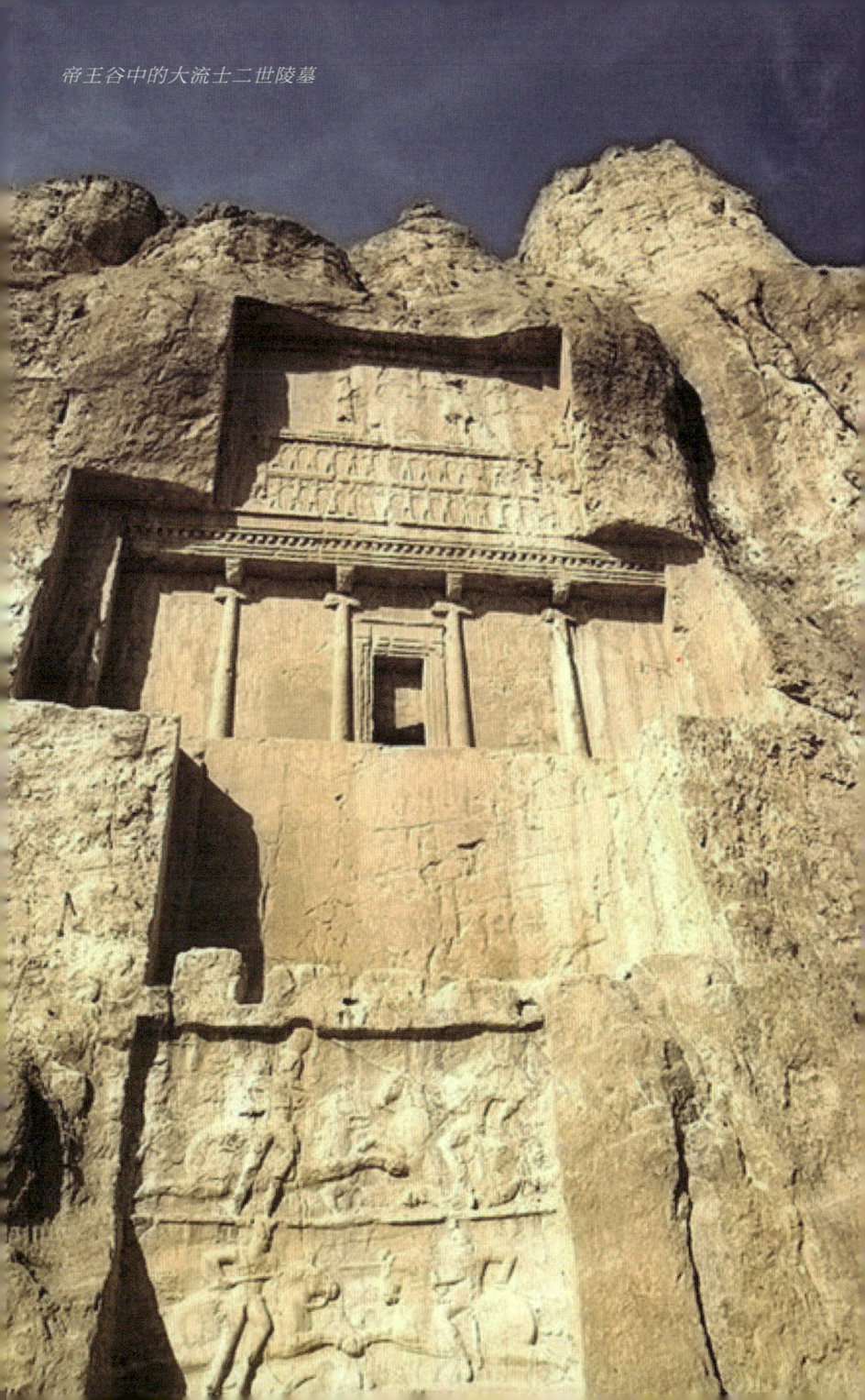

帝王谷中的大流士二世陵墓

帝王谷

　　余粟和哈梅德走到山脚才发现，墓室处于十字的中间的一横中央，距离地面约二三十米高，只能仰视。墓穴之所以悬凿在山崖高处，源于那个时代人们相信，离天越近，则离"神"也就越近。

　　虽说这里的陵墓在亚历山大的大军到来之际都遭到了洗劫，但墓穴外部的浮雕基本保存完好。特别是大流士一世陵墓顶端阿胡拉·马兹达的神像，依然清晰可辨。将阿胡拉·马兹达的神像雕在上方，强调的是君权神授。但安葬在此的大流士一世心里最清楚，自己的君权是如何得来的。

　　这个故事说来还真有点意思。

　　大流士一世的血统，与居鲁士的阿契美尼德王族还真有些沾亲带故。在居鲁士之子冈比西斯继承父位后，他被封为御林军"永生军"的统帅，一度随冈比西斯征伐。但就在冈比西斯东征西伐的时候，国都却发生了暴乱,一个叫高默达的拜火教祭司谎称自己是已被冈比西斯处死的弟弟巴尔迪亚,篡夺了帝位。

冈比西斯闻讯,帅军回师讨逆,却死在了途中。此时,大流士一世正在都城,他与其他六位波斯贵族发现高默达并非真正的巴尔迪亚后,发动政变,杀死了高默达。可在这之后,七个贵族就为推举谁为新帝争执了起来。最后几位贵族商定,第二天骑马到郊外汇集,谁的坐骑首先嘶鸣,谁就是新的帝王。结果大流士一世让他的马夫做了一点手脚,使他的坐骑最先嘶鸣,因此他登上了新的帝位。这好像与阿胡拉·马兹达,并没有太大的关系。

尽管大流士一世成为帝国新的君王,耍了点不那么光明磊落的小手腕,但这并不影响他成为一个伟大的君王。大流士登基之初,波斯帝国内乱不断,他继位仅仅三年,通过十八次大的战役,铲除了割据势力,使偌大的波斯帝国重归一统。

此后,他继续拓展疆域,铸就了波斯帝国空前的辉煌。使地跨亚、非、欧三大洲的波斯帝国国土面积达700多万平方公里。世界五大文明发源地,其中三个被囊括在大流士一世治下的疆域版图内,并军旗直指第四个文明中心希腊。

大流士一世统治的波斯帝国对世界历史的影响,不仅限于其辽阔疆土的拓展,更在于其制度建设。大流士一世始终沿袭了居鲁士大帝的国策方针,确立了君主专制,统一了度量衡和货币。

为巩固中央集权,大流士一世以《汉谟拉比法典》为蓝本制定法律,并实施改革,开凿运河,建立驿站,保证着一个庞大的能有效行使权力的帝国的运行。其治理国家的模式,深刻影响着在其之后称霸一方的古罗马、奥斯曼等老大帝国。

作为一个文治武功卓绝出色的帝王，大流士不是历史上第一位所向无敌的征服者，而是第一位具有世界眼光的帝国统治者。他的全部政策的着力点，是将广大疆土上风采各异的文化，包容并蓄逐渐融为一体，对人类文明史的进程影响至深。

在帝王谷山崖石壁上镌刻的波斯帝国辉煌，并不止限于大流士一世等四位帝王的时代。就在纳克希·鲁斯塔姆山口北面不远处，就是伊什塔克尔古城。虽然这座古城已经被久远的历史淹没得几乎看不到了痕迹，但在居鲁士、大流士之后，波斯帝国下一个鼎盛期——萨珊王朝，就渊源于此。

波斯波利斯被亚历山大的占领军焚毁之后，波斯帝国的中心就从波斯波利斯迁移到了伊什塔克尔。萨珊王朝开国皇帝阿达希尔一世，就是在伊什塔克尔的神庙，完成了他的加冕仪式。

伊什塔克尔与帝王谷有着密不可分的联系。在四座王陵周围的石壁上，还有八幅巨大如同壁画的浮雕，其中反映了部分萨珊王朝的业绩，正好弥补些许伊什塔克尔城湮灭的遗憾。

浮雕再现了波斯帝王与敌人交战以及凯旋的场面。其中位于大流士一世陵墓左下方崖壁的浮雕壁画最引人注目，表现的是萨珊王朝第二位皇帝沙普尔一世打败罗马人凯旋的情景。沙普尔一世昂首骑在马上，而被俘获的罗马皇帝瓦勒良则在马前做匍匐称臣状。

萨珊王朝是波斯帝国的又一鼎盛时期，萨珊是开国皇帝阿达希尔一世父亲的名字，王朝的存在对彼时的世界亦有着巨大的影响力。一方面，萨珊王朝取代了被视为西亚及欧洲两大势力之一的安息帝国，与罗马和后来的拜占庭帝国争雄400年，曾经战胜了不可一世的罗马帝国，但最终败在了拜占庭的希拉克略一世皇帝手下。

余粟在帝王谷浮雕前

特别值得一提的是，萨珊王朝与中国保持着活跃的外交关系，波斯使者曾频繁地到访中国。在中国的历史文献中，可以查到有 13 位萨珊王朝的使者到访中国的记载。由于双方都能从丝绸之路的贸易中获益，因而保护丝绸之路受到双方高度重视。于是双方都进驻中亚，共同护卫丝绸之路，保护往来商队的安全。除了陆路的贸易往来之外，双方还建立起海上的贸易往来，在中国南部发现的大量萨珊王朝硬币，就是有力的物证。

除了贸易之外，中国和波斯的文化交流也相当热络。

有史学家评论说，萨珊王朝古波斯文化发展到了巅峰状态，影响力遍及各地，对欧洲及亚洲中世纪艺术的成形都起到了明显促进作用。

当时，中国正处在晋朝和北魏时期，萨珊王朝皇帝曾多次派遣最有才干的波斯音乐家及舞者到洛阳的宫廷。到了隋唐时期，依然有受萨珊王朝皇帝派遣的艺人进入长安的宫廷。

余粟在帝王墓穴和浮雕前盘桓，发现这里还有一些外国人，而且以身材高大的德国人居多。原来，在帝王谷的陵墓和浮雕中，还有一些关于雅利安人祖先的记载。

例如在大流士一世的陵墓铭文中，有这样的文字："我是大流士……/波斯人，波斯人的儿子/雅利安人，来自雅利安族/"另外，在阿达希尔一世从阿胡拉·马兹达手中接受王权之环的浮雕中，有一句铭文，阿达希尔一世自称是"雅利安的万王之王"。后来，余粟多次来到伊朗，看到更多的德国人，到伊朗寻宗问祖。

帝王谷波斯帝王独特的安葬规制，山崖石壁上精美的浮雕，栩栩如生地记录着这个伟大帝国的昔日辉煌。力透岩石的凿刻，虽然说不上多么精美豪华，但有一种肃穆中的豪迈气势，让古波斯民族的精神，经受了岁月的洗磨，穿越千古而留存；也在余粟的心里，留下了深深的印迹。

像这样亲临现场凭吊，倾听遗迹的诉说，让余粟对伊朗的亲近感更浓厚了起来。

旅游不仅仅让人增广见闻，也会让人更睿智和明理，自然也包括对爱情方面的感悟……

## 第二章 婚礼突如其来

余粟哈梅德的爱情传奇

# 身穿婚纱的哈梅德，手捧一大束玫瑰走来

愉快的八天伊朗观光旅行结束了，余粟和哈梅德返回了德黑兰。

第二天一早，哈梅德对余粟说："粟，今天晚上，家里为我们准备了一个告别派对！"

"啊，怎么还这么隆重呢！"余粟问。

"是呢，我也有一年多时间没回伊朗父母家了，很多在德黑兰的亲戚朋友都想就此机会见见面！"

"那好！大家也是难得一聚嘛！"八天的旅行让余粟的心情格外舒畅。

"粟，想跟你商量件事。"哈梅德又说，"家里父母想多邀请些亲戚朋友过来，让我们穿得正式些。"

"那没问题的。"余粟爽快地答应着。

可话一出口，余粟又想起，这次来伊朗主要是来旅行的，一路穿休闲装就行了，所以根本没有带正装来，怎么办呢？

这时，哈梅德的弟弟凑过来说："粟哥，我知道附近有一家西服定制店，款式很新，裁缝速度也快，你去看看怎样？"

人家这么盛情周到，咱也得全力配合呀，余粟心里这样想。

"好，那就去试试吧。"

说罢，哈梅德的弟弟开车带余粟来到了位于德黑兰商业区的一家西服店。

这家西服店的服务果然不错,服装师耐心细致地为余粟测量尺寸,然后挑选面料和式样,不出一个小时工夫,就把余粟从头到脚"装扮"起来了。一套深色西服西裤,浅色衬衫,再配一条深灰色领带,还有一双锃亮的皮鞋。

选完了这一身行头,余粟才想起问一直陪伴他的哈梅德的弟弟:"哎,你姐这会儿干吗去了?她什么时候过来呢?"

弟弟不急不忙地告诉余粟:"稍等会儿吧。我姐姐这会儿也去买衣服了。"

余粟心想,这也对呀,伊朗这里干什么都要男女分开的,比如去清真寺做礼拜,男女不能同在一室,等候和乘坐公交、地铁,男女分别在不同区域,等等。哈梅德要去试衣服,一定得她妹妹或女伴陪同,我们男士在跟前会不方便的。

下午3点多,西服店的门突然被推开了,一位身着洁白纱裙的"仙女"下凡在眼前。哈梅德穿着雪白的婚纱,手里捧着一大束玫瑰笑盈盈地向余粟走来。

余粟后来回忆说,当时他的眼珠真的快掉到地上了。"不是说搞个告别派对吗?你怎么穿上婚纱了?是不是改成万圣节化妆晚会了?"一向开朗幽默的余粟赶紧对哈梅德调侃道。

美丽新娘装束的哈梅德挽起余粟的手,一双大眼睛忽闪着,像有很多事情要向余粟诉说。但是她只说了一句:"这都是我父母的主意,我也是下午被带到了婚纱店才知晓的"。

## 他的内心急速地翻腾起来

的确，作为哈梅德的父母，自有他们的一番考虑。

哈梅德的父亲哈梅德·詹姆希迪是一位多年从事机泵生意的商人。20世纪90年代曾因生意上的事情到过中国广州，对中国很有好感，也十分关注中国的发展情况。20世纪70年代，伊朗和邻国伊拉克发生了长达八年的"两伊战争"，哈梅德·詹姆希迪作为一名高射机枪手参加了战争。由于战事惨烈，伊朗有大量的男性死于战场，战后国家施行过一位男性可以娶两位妻子的政策，他因此前后娶了两位太太，一共养育了九个子女，哈梅德是他家中的长女。

当听说远赴中国工作的女儿与一位中国小伙子谈恋爱时，哈梅德·詹姆希迪和哈梅德的母亲就开始了对孤身在异国他乡的女儿的担忧。虽然哈梅德经常向父母讲述中国的情况，也常把余粟的照片和有关情况传递给父母，但听说为虚，他们的担忧丝毫没有减少。直到这次，哈梅德·詹姆希迪和妻子亲眼见到了余粟，并有了近距离的接触，他们那颗悬着的心才感觉踏实了下来。

哈梅德的父母很喜欢女儿的这个中国男友，从心里愿意接纳他为自己的女婿。在哈梅德和余粟携手旅行离开德黑兰后，哈梅德父亲母亲和全家人便开始紧急商议起来。

毕竟，伊朗与中国相距遥远，来伊朗一趟也不容易，不如趁这次女儿和男友来伊朗的机会，就在家中举行一个伊朗传统的婚礼，把女

儿的婚姻大事给办了，也了却了他们作为父母心头的一件大事。哈梅德父母双方的亲戚朋友们，也都就此来热闹庆贺一番。

一经决定，父母家人便开始紧急忙碌开来。从请婚庆公司，订制新娘婚纱礼服，联系婚纱摄影，发邀请函，准备婚车，置办婚礼用品和婚礼宴会所需用的物品、食品，请阿訇主持等等，所有这一切筹备，都在女儿和男友的八天旅行期间迅速完成了。

因此，这才有了今天哈梅德身披婚纱裙、手捧玫瑰前来的一幕。

看余粟还在那儿发愣，哈梅德的父亲、舅舅、叔叔、弟弟也都围拢过来，对着余粟叽里咕噜说了一大堆话，可余粟一句也没有听懂。

哈梅德在旁为余粟翻译："他们说，我是家中的长女，你又是从中国远道而来，我的父母对咱俩这件事非常重视，希望咱俩能真心相爱地在一起！尽管时间仓促，他们坚持要在今天把咱们的婚礼举办了。我父母已经通知了我的亲戚们，他们也已经都做好了准备，要把婚礼好好地举办一下，我们全家的亲友们都要来热闹热闹！"

"他们要我告诉你，服装店旁边就是一个婚纱摄影工作室，既然我们都穿戴装扮好了，就一起去婚纱店拍一张婚纱照吧！"

"拍婚纱照"的话从哈梅德的嘴里一说出来，顿时让余粟意识到事态变得严重了，内心急剧地翻腾起来。

这婚纱照一拍，晚上的派对是不是就变婚礼了呢？我这单身男，一下子就变成新郎官了！从北京出来的时候什么都没对家里说，和父母什么招呼都没打，自己就这么在这异国他乡把婚礼给办了？！

他有点发懵的感觉，但是看到哈梅德和哈梅德的一家人都围在自己身边，眼神中充满期盼，已经容不得他多想了。此时此刻，也没法辩解和掰扯什么了，只能顺势而为，先去把照片拍了吧。

## 就听从命运的安排吧

在被哈梅德的家人亲友们热情地"挟持"着走向婚纱摄影店的路上,余粟的大脑里如同翻江倒海一般。

余粟和哈梅德这对异国情侣,相恋相爱已有两年多时间,其间经历了春花秋月,也经历了风雨波澜,在温情与碰撞中持续走到今天着实不容易,两人已不可能再分开。

然而,在此时此刻,余粟的内心却很矛盾。一方面,他深知哈梅德对他的爱是那样的真挚,他也从心眼里深爱着哈梅德,对是否与哈梅德结为连理、携手生活一辈子这个问题,他内心已有了肯定的答案。但另一方面,余粟觉得自己还年轻,确实还没有做好马上走进婚姻殿堂的心理准备。

特别是此次来伊朗,余粟内心的主要考虑是到哈梅德的祖国和家庭来看一看。相恋两年多了,可他对这个国家、对哈梅德的家庭,几乎还是很不了解的。所以这次出来的主要目的,就是加深认知。

正是基于这样的考虑,余粟在出行前与父母告别时,只对父母说是去看望哈梅德的父母和家乡,顺便在伊朗做个短期旅游。没有再说其他的,仿佛这只是一次再普通不过的出国游。

当然,余粟虽然嘴上说得轻描淡写,但他的内心还是有些打鼓的。这毕竟是第一次前往未婚妻的故乡,第一次来拜见未来的岳父、岳母大人。自己到伊朗后会遇到什么情况,哈梅德的家人对自己还会提出

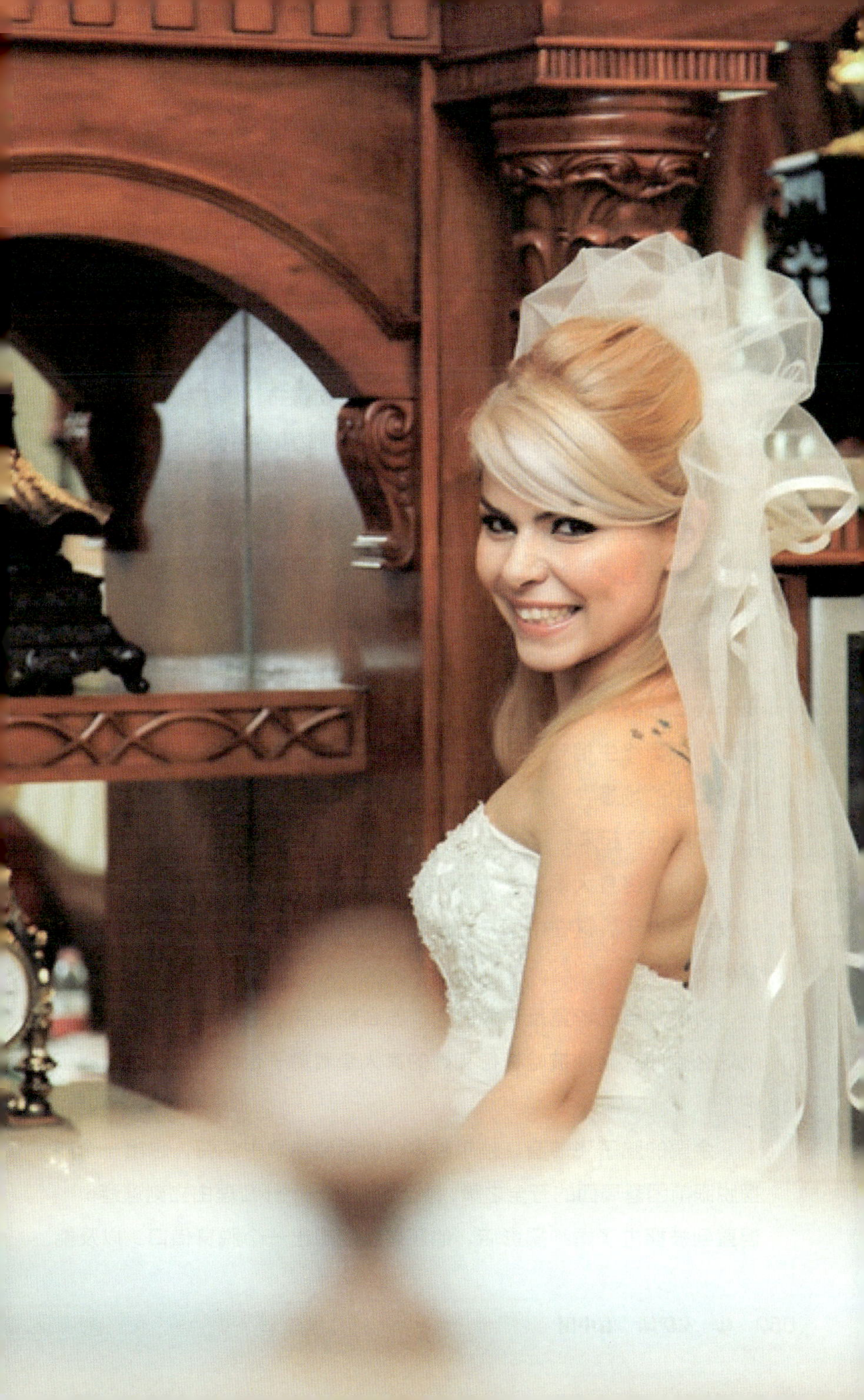

怎样的要求,自己将如何应对,其结果又会是怎样,一切还不得而知。

他知道,哈梅德一直在期待他的一个公开的承诺。在准备出行期间,哈梅德似乎也在一次次隐约地提示着什么。

余粟预感到,在与哈梅德家人见面期间,她的家人或许会在事关两人的婚姻方面,有一些敦促的动作,比如宣布订婚之类……对此,余粟并非一点心理准备都没有,他觉得这些都是在能接受的范围之内,甚至悄悄准备了一枚送给哈梅德的戒指。

来到伊朗后,在旅行途中,余粟就感觉到哈梅德像怀有心事的样子。旅游结束回到德黑兰后,哈梅德家人的一些举动,也让余粟心里有些犯嘀咕。

此时此刻,一切都有了答案,原来哈梅德一家在悄然准备着的,是一场正式的伊朗传统婚礼,这有点超出了余粟预想的范围。和哈梅德成为夫妻终生相守,乃至与哈梅德相拥拍摄婚纱照,这对余粟还都是梦幻中的场景,突然之间就让预想变为现实,还真让一向处事爽快的他踟蹰犯难起来。

婚姻是终身大事,在父母毫不知情的情况下,自己就在国外把婚礼仪式给办了,这在中国是有悖情理和难以想象的,回到国内怎么向父母交代呢?

再说,自己毕竟是个大男人,怎么能这样丝毫没有自己的主张,就这么委曲求全地被哈梅德和她的家人牵着鼻子走呢?这也太窝囊了吧?!

余粟的脑子飞转着,越想越多,他希望能急中生智,想出一个能摆脱眼前困窘局面的万全之策,甚至想到找一个什么理由立刻逃避……但直到被拥进了婚纱摄影店,他还是没能想出一个脱身借口,以及能说服哈梅德家人中止举办婚礼的适当理由。

　　看看身边满含深情和期待凝视着自己的哈梅德，再看看簇拥在周围沉浸在喜悦中的哈梅德的家人，余粟感到自己此时此刻实在做不出让他们都大失所望的举动。

　　特别是经过了八天的伊朗观光游览，他已经对这个国家有了更多的好感；而且对于哈梅德对自己的深情，也有了更深邃的领悟。他最终决定放弃推脱逃避的想法，听凭命运的安排吧。

　　这是一家非常专业，也很上档次的婚纱摄影店，摄影棚的布置摆设都相当到位。摄影师们经验丰富，拿出了不少完美样本供新人选择参考。但余粟此时基本没有主意，任由哈梅德全权决断。

　　在拍摄过程中，余粟基本处于无意识状态，面部表情和举止都有些僵滞。当摄影棚的高亮射灯打在他脸上时，他感觉浑身上下都不自在，内衣很快就被汗湿透了。

　　在摄影师很卖力地指挥下，余粟不断地摆着各种造型，可身上却像有许多小虫子钻爬似的瘙痒。身边的哈梅德感觉到了余粟的不自在，不停地掏出纸巾给他擦汗，"粟，你别太激动，我这也紧张呢。"

　　拍婚纱照大约持续了2个小时。下午5点钟，一套还算完美的婚纱照片，在摄影师们的忙碌中冲洗制作完成了。其中有一张是晚上婚礼要摆放在现场的大幅婚纱彩照。

## 新郎新娘街头"遭截"

当余粟一行从婚纱店走出来,哈梅德家的汽车已在门外等候。那汽车像变戏法似的换了装束,被装饰成了漂亮的婚礼彩车。粉红的大花球系在车前,车身车窗也装饰了各色花朵彩带,车后还跟着几辆花饰随车。

这婚车队倒让余粟感觉有几分亲切。在北京街头,常能看到鲜花装饰的婚车队款款而过,引来不少路人羡慕追随的目光。可这里不是祖国首都北京,而是万里之遥的西亚名城——伊朗首都德黑兰。原来结婚的习俗在中国和伊朗这两个东方文明古国也有着相似之处。

不容余粟多想,他就被哈梅德的叔叔请到了头车的后座就位。余粟抬头一看,这辆婚车由哈梅德的弟弟驾驶,哈梅德在副驾上就坐,哈梅德的父亲、叔叔和他,三个男人坐在后座。

汽车发动鸣笛,带领后面的花饰车队,浩浩荡荡向哈梅德家方向驶去。

从婚纱摄影店到哈梅德的家,正常行驶需20多分钟,可余粟他们的婚礼车队却行驶了1个多小时。

道路的拥堵只是其中的原因之一,而更主要的,是沿路的伊朗人太热情了!

当鲜花装饰的喜庆婚车队缓缓驶过街口时,过往的行人都不禁驻足观看。特别是头车前排座位上的美丽新娘哈梅德,身穿洁白婚纱,头披轻柔纱幔，举止优雅，落落大方，加之她那深邃的蓝眼睛充满柔情，一下子就吸引住了不少异性的眼光。

要知道，根据《古兰经》训导的教规和伊朗现行法律的律令，伊朗女性在公众场合一律要穿长衣、包头巾，除脸和手外，身体的其他部分是不准裸露在外的。甚至连临时来伊朗旅行居住的外国女性，也必须毫无例外地严格遵守，以免她们裸露出来的美发和颈项引起异性的淫邪之念。

但是，在一个伊朗女子的一生中，有一天可以例外，她可以不披长袍，不戴头巾，堂而皇之地出现在大街上和众人面前，那就是当她穿上洁白婚纱，成为新娘的这一天。唯有这一天！因为这一天的她，是最纯洁的。

因此，婚车内金发飘逸、碧眼红唇的波斯美新娘，一路上格外地引人注目。而且在伊朗，汽车是一律不能贴深色玻璃车膜的，这是为了方便宗教督查人士随时可以清楚察看车内状态。这会儿，清晰透亮的车床就愈发满足了街头群众的热情与好奇！更何况，后座还有一位俊朗的异国面孔的新郎。

披花带彩的喜庆结婚车队，一路上被围观的路人拦下来四五次之多。每次，新娘新郎都要被请下车，与围观者即兴欢歌起舞一番，才能被放行。余粟虽不擅舞蹈，但迫于围观者的盛情，同时也受到热烈欢乐的氛围感染，也挽着哈梅德翩然起舞。哈梅德的父亲满面红光，喜气洋洋，把事先准备好的零钱、糖果、红包分送给歌舞贺喜的热情围观者。

婚庆车队停靠的街头一片喜庆欢乐气氛，也让余粟再度真实感受到了伊朗民族的热情爽朗和能歌善舞。

尽管这是一次出乎自己意外，突然降临的婚礼，但看看身边美丽的新娘哈梅德，看看周围素昧平生的伊朗人这么热情友好，将心比心，余粟决定坦然面对现实，尽自己的努力，给哈梅德和她的家人一个心满意足的伊朗式婚礼吧。

# 一盆水的象征

将近晚 7 点，缀满鲜花彩带的婚庆车队才徐徐开进了哈梅德父母家的院子内。

身穿拖地纱裙的新娘哈梅德和西服革履的新郎余粟从婚车内牵手出来时，身后一小女孩托起新娘的洁白纱裙。另一位女眷，双手捧起一个烟雾升腾的小炉子，举到新人面前，顿时一股白色烟雾在眼前弥漫开来，新郎新娘从白雾中走来，犹如腾云驾雾一般。

原来这炉子里燃烧的是一种特殊植物，伊朗人认为它的烟雾能够驱祸避邪。新郎新娘还要轮流象征性地抓起一缕烟雾，在对方面前划上几圈，表示丢弃了身体里的浊气和负能量，祈保健康平安。余粟直觉这怪怪的白烟味道窜进鼻孔，让他像中了毒瘾似的，一连打了好几个喷嚏。

这时，贺喜亲友们纷纷把鲜花瓣、糖粒和崭新的小面额纸钞、硬币一齐抛向新人。新人可以和宾客们一起争抢，谁抢得越多，就意味着谁将来的生活越富有。余粟、哈梅德在人群中兴奋地争抢尖叫，与大家分享新婚的欢乐。

当一对新人被亲友们簇拥着走进哈梅德家的大客厅时，两位新人看到，客厅早已装饰成典雅喜庆的婚礼庆典现场。地板铺上了色彩绚丽的波斯地毯，精致的古典家具、法式枝形吊灯，以及墙上的油画、壁柜的波斯工艺品，无不和谐地构成一种优雅浪漫的氛围。

客厅壁炉前、边柜和地毯上摆放着各式各样预示婚姻美好、吉祥如意的可爱小物件。那些看上去像金蛋、金核桃、金杏仁和金榛子的东西，原来是用金箔纸精心包裹的食物。还有用崭新的纸钞折叠成的花朵。当然，不可或缺的是《古兰经》。

更有意思的是，伊朗人平时爱吃的薄饼也做成了花朵，那逼真的效果，一般人难以看出端倪。还有好几个漂亮的洋娃娃或端坐或站立，不用问，这与中国传统的习俗如出一辙，是祝福新人早生贵子啦……

在伊朗前国王巴列维妻子法拉赫•巴列维的回忆录《忠贞不渝的爱》中，也有一段对她与国王巴列维婚礼场景的描写："一面镜子和蜡烛代表着光明，面包代表着数量大，香是为了避免邪恶，糖果代表着生活甜蜜，当然还有古兰经……"可见，在伊朗，不论是皇家还是平民百姓，婚礼的习俗是一样的。

哈梅德的父亲带着中国女婿，一边观赏一边解说："这些东西都是伊朗人日常生活中最重要、最常用的必需品。今天在婚礼仪式上呈现，是用来象征新人婚后将过上丰衣足食的美好生活。"

见余粟对摆放物品中的一小盆清水感到好奇，哈梅德的父亲又解释说："波斯人认为，水是世上最纯洁之物，是完美、健康的象征。今天这盆清水，当然是象征你们纯洁的爱情和完美健康的婚姻生活了。"

客厅各处还摆了许多供参加婚礼宾客们食用的藏红花米饭、七彩饭、沙拉、烤肉、烤鸡、鲜汤、水果等，特邀的两支婚礼小乐队也在客厅和晾台处就位，一支演奏伊朗传统乐曲，一支则演奏现代派的欢快歌舞曲目。

看来，一切都布置、安排得十分妥帖得当，井然有序，余粟非常佩服岳父母一家为这场隆重婚礼所做的精心准备。

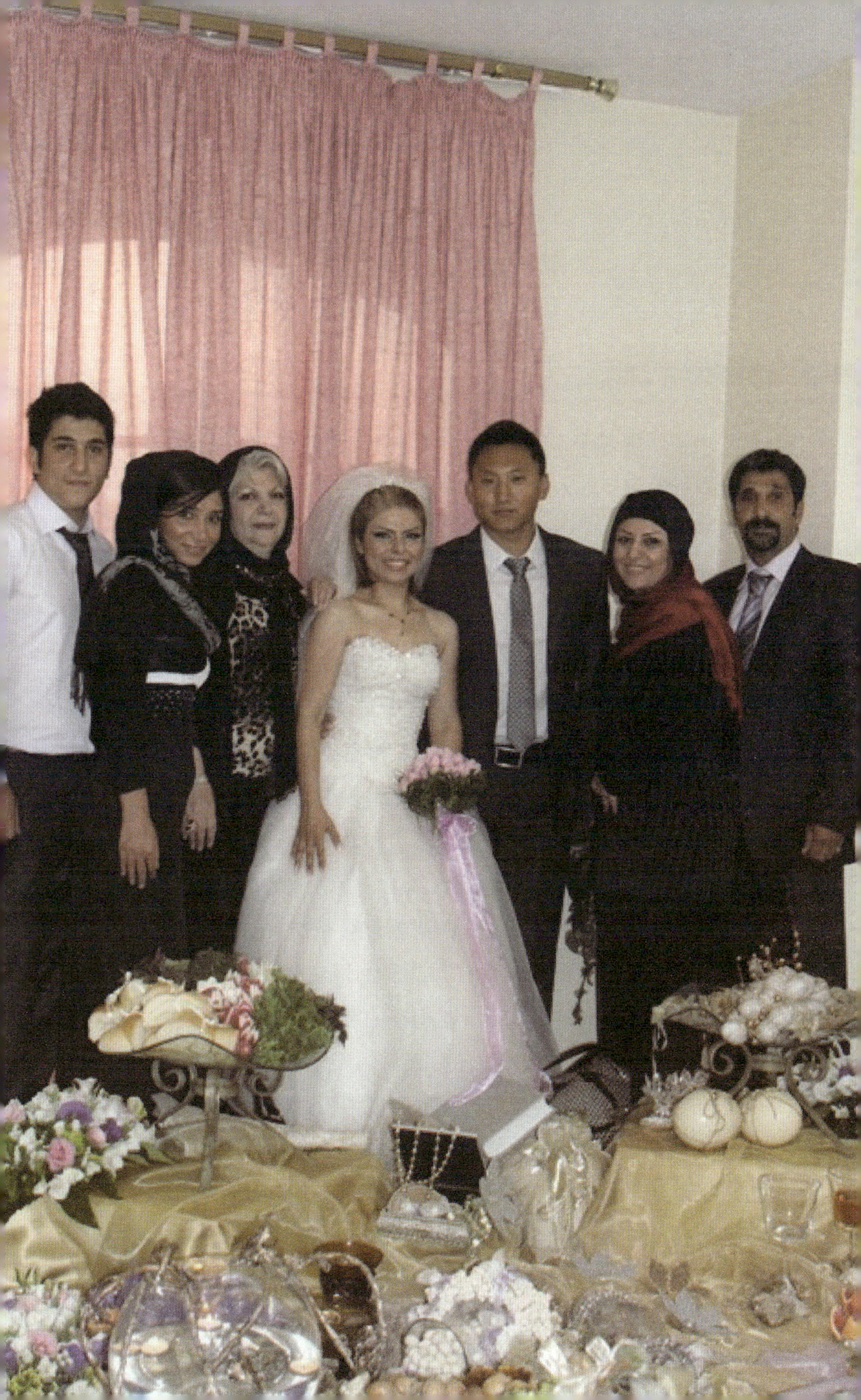

## 岳母为余粟解了围

大客厅里越来越热闹了！亲戚朋友和宾客们陆续到来，几个房间里人越聚越多，人头攒动。岳母大人告诉余粟，今天到场的一共有150多位。

此时，哈梅德的父母挽着女儿女婿，穿过客厅，来到家中一个大房间。这个房间此刻已然布置成了一个婚礼仪式的"殿堂"。

房间摆满了鲜花礼品，中间安置了新郎和新娘的座席。座席边上，放着一本精装的《古兰经》；还有一只盛满蜜汁的高脚杯，两枚扎着白色蝴蝶结的糖棒（蜜蜡棒）。这些，是举行结婚仪式上必不可少的物品。

靠墙边上，还摆放着一面古色古香、工艺考究的铜框大镜子和两架铜烛台。通过前文所摘引的《忠贞不渝的爱》中的片段，我们已经知道摆放这两样东西意味着什么。

前来贺喜的亲友们按照长幼亲疏秩序，依次来到新郎新娘座位前，将准备好的礼金送到新人面前，或把金项链、金戒指、手表、手镯等赠礼亲自为新郎或新娘戴上。哈梅德的妹妹身背一只布袋，站在姐姐姐夫的旁边，代他们收纳亲友的礼金、礼品。

送礼环节之后，在至亲好友的围拢中，由哈梅德的两个妹妹一左一右，在新人座席头顶上方撑起了一块约2米的长方形白布。另一个小妹妹和女伴站在白布边，各执一只糖棒（蜜蜡棒），在白布上吱呀吱呀地磨搓起来，白色糖粉（蜜渣）便纷纷扬扬洒落在新人头顶的白布上，这象征新婚夫妇沐浴在甜蜜之中，生活像蜜糖一样甜美。

接着，另一位女宾把高脚杯举到新人面前，两人分别用小拇指，在高脚杯中蘸满蜜汁，送到对方嘴中。两位新人都张开嘴，几乎把对方的整个手指吮进嘴里。因为其间也有着美好的寓意：吃到的蜜越多，就意味着未来的生活越幸福！

在伊朗，有一部名为《我在伊朗长大》的漫画小说，被译成了15种文字，受到世界许多国家读者的喜爱。根据这部小说改编的电影获得了戛纳国际电影节评委奖和美国奥斯卡金像奖提名后，更是蜚声全世界。在《我在伊朗长大》的叙事中，也有对余粟亲历的伊朗婚礼一模一样的场景和细节描写。

接下来，是新郎、新娘互换婚戒的环节。余粟取出他悄悄带在身上的金戒指，戴在新娘的左手无名指上亲吻；哈梅德也同样含情脉脉地将一枚她精心挑选的婚戒，戴在新郎的左手无名指上，亲吻。

余粟觉得，在伊朗互换婚戒礼仪的意义非同寻常。正是在这次旅行中，他知道了这个如今在全世界通行的结婚礼俗，就发源于历史悠久的文明古国伊朗，发源于波斯古老的拜火教。

拜火教崇拜的最高神灵阿胡拉·马兹达的形象，就是左手握一金圆环的长者，他手中的圆环，即代表着契约精神与承诺。

在古波斯时期，帝王之间签订协议时，双方都要交换金环，以此做为重承诺、守信义证物。后来，民间结婚仪式也广泛效仿这种形式，圆环逐渐演变为象征男女双方共守婚姻戒约的婚戒。佩戴在左手无名指，意味着左手连心，心心相印。

这时，哈梅德的母亲玛利亚将一对金耳环，放到了余粟手上，示意余粟为她女儿戴上。哈梅德连忙附在余粟耳边，快速说了句："千万别一次就给我戴好啊。"

对哈梅德的嘱咐，余粟感到十分纳闷：给女孩子戴耳环不是很简单的事嘛，为啥还不让一次就戴好呢？

可尽管余粟不是有意为之，由于被周围那么多双热情的眼睛注视着，再加上置身异国他乡突来婚礼引起的紧张情绪，他在给哈梅德戴耳环时才注意到自己的手竟在不由自主地颤抖，真的半天没能找准新娘的耳朵眼儿。

正当余粟满头大汗地来回揪扯哈梅德耳朵时，一双胖乎乎的手握住了他的手，帮他把一对耳环为哈梅德佩戴好了。原来这是岳母大人的双手，是她在最需要的时候，帮了余粟一把。见美丽的新娘带上耳环后，全场为之报以热烈的掌声。

余粟一时感到很奇怪，为什么戴个耳环，还要热烈鼓掌呢？后来他才明白，伊朗人很善于用一些生活中的细节，来寓意和表达他们的一些传统习俗和观念。

就拿戴耳环这个小环节来说，如果新郎一下就把耳环戴进新娘耳朵眼里，就表明新郎很有性生活经验，新娘也可能不是处女之身了。参加婚礼的亲友们就会嘲笑议论这对新人，认为新郎是个花花公子，认为新娘生活不够检点等等。如果这耳环戴得缓慢，或反复几次才戴好，亲戚们就会认为这对新人很纯洁，这个家庭是个有教养、懂规矩的人家，父母和家人的脸面上也就有了光彩。

虽说在余粟看来，今天西方和世界上其他许多国家一些年轻人早已接受了例如男女恋爱中的试婚、伴旅等做法，而伊朗人仍固守和秉持着一如 20 世纪之前传统中国人遵循的操守观念。这一切，没有亲历的感受，是不可能有深切了解的。

## 你的签名和你护照上的不太一样呢

接下来，新郎余粟用右手扶着新娘的右手腕，双双点燃了镜子边上的蜡烛，然后恭敬地捧起那本精装的《古兰经》，把它打开，摊放在膝头。婚礼仪式即将开始。

趁仪式开始前，哈梅德再一次小声叮嘱余粟说："亲爱的，你不必听懂阿訇都说了些什么，只要在大家都看你的时候，你说一句'掰啦'（音译）就行了。"

余粟点了点头，但此刻的他还完全不知晓，"掰啦"这个波斯语的意思就是"我同意"。经历了前面的一系列程序，余粟已经被摆弄得像个木头人似的了，此刻只能机械地按哈梅德的指点照做不误。

婚礼仪式由一位阿訇主持。阿訇是伊斯兰教的职业宗教人士。对穆斯林来说，取得阿訇资格是一件荣耀的事情。只有在经学院里学习多年，经学和道德操守都达到一定水准，能诵读、通晓《古兰经》的人，才可成为阿訇。因此阿訇是穆斯林深为尊敬的人，一般人家的婚丧嫁娶、红白喜事，都要请资深的阿訇前来主持。

今天为余粟和哈梅德主持婚礼的，也是一位资深的阿訇。他头缠白布，身披褐色长袍，神情庄重地走到新郎、新娘身边坐下，高声宣读"以真主的名义……"，全场安静，婚礼仪式正式开始。

阿訇打开手里的《古兰经》，诵读其中一些与穆斯林婚礼相关的内容，周围亲眷朋友们也都跟着阿訇一起虔诚地诵读古兰经。

接着，阿訇拿出事先准备好的一个大绿本本，面对新郎、新娘说了一大段话，但他所说的内容，余粟一句也听不懂。当阿訇停下来的时候，只见全场人的目光都集中到余粟身上，余粟愣了一下才醒悟过来，哈梅德刚才叮嘱过，这时要对阿訇说"掰啦"。

于是他紧随哈梅德之后，生硬地说了一声"掰啦"。

阿訇此刻手里拿着的这个绿色本本，是在婚礼上颁发给新郎、新娘的结婚证书。证书上面印着婚约条款，由新婚夫妻双方签字认可。而在这之后，还需另外领取一本真正具有法律效力的正式结婚证书。正式的结婚证书需要余粟履行多项手续和公证，成为真正的穆斯林后，才有资格到伊朗有关部门领取。

哈梅德接过阿訇手里的大绿本本，打开后分别在几个空白处签上了自己的名字。

这下该轮到余粟了，他显得有些紧张，脸上的汗又冒出来了。因为按照中国文化习俗，签名是一桩很严肃的事情，大名是不可以乱签的，签字画押了，就再没有后退的余地了。

对于这突然而至的婚礼，余粟在一番思考后，已经全然采取了配合的态度。但面对这庄重的签名，余粟内心再次沉重和迟疑起来。他望着那个摆在面前的大绿本本，上面的波斯文字他一个也不认识。还在看着哈梅德一个劲地签名时，他的心里就一直在打鼓：这是个什么契约呢？在这个上面签了字之后，要承担怎样的责任呢？他真的有点抓瞎了。

但时间容不得他多想，而且不用看他也能感觉得到，有多少双伊朗人的大眼睛在盯着自己。这种场面他也没经历过，怎么办呢？这时真恨不得有个地缝让他钻进去！

这个名此刻是非签不可了,那就签了吧!而就在提笔的那一瞬之间,余粟灵机一动,突然闪过一个顽劣的念头,签一个别人的名字。余粟至今也想不起那个时候为什么会签下自己一位好朋友的名字,当时这位好友还在英国留学呢。难道是因为他是自己最要好的"发小",铁哥们儿?难道是因为他的父亲是自己父亲的老朋友,常年就在伊朗工作,是自己此刻在伊朗唯一能想得到、够得着的祖国亲人?

余粟说他当时签下别人的名字,就是觉得自己陷入这样一场婚礼,确有一点被"挟持"的感觉。这场婚礼根本就没有征得自家父母的许可,将来会不会有什么变数?如果签下真名,那就一点回转的余地都没有了。

看到余粟签字时的迟疑,细心的哈梅德把绿本拿在手里仔细看了看,随后她皱起眉头问:"粟,你签的这个名字怎么和你护照上的名字不太一样呢?"

心虚的余粟故作淡定地说:"这个是我合法有效的签名版,是草书;护照上的那个是楷书,写的都是我的名字。"

对中国文化还处于一知半解程度的哈梅德也真找不出什么反驳的理由,只好将信将疑地将那个大绿本本交还给了主持婚礼的阿訇。

再下来的环节,是新郎、新娘发表讲话。按照伊朗的习俗,两位新人讲话的内容,要涉及他们未来的生活,以及他们的孩子等话题。

对于新家庭的未来,余粟和哈梅德在恋爱期间曾经谈论过,婚后会养育两个孩子,一个男孩,一个女孩。

在以往的谈论中,余粟甚至说起过给未来的儿子起名叫岳阳,伊朗名叫本杰明。于是余粟在他的婚礼的讲话中,插入了一段他对未来儿子说的话:"本杰明,今天是我和你妈妈在伊朗结婚的日子。我们那时很年轻,你的爸爸很帅,你的妈妈很漂亮……希望你能快快乐乐地成长，我很爱你，岳阳。"

哈梅德给他们未来的女儿取的名字叫纳法斯，在伊朗语中是呼吸的意思。因此哈梅德在讲话中说道："纳法斯，你就像爸爸妈妈的生命和呼吸一样，是我们如此重要和珍视的心肝宝贝。我们希望你能像花儿一样，美丽地生长。"

虽然，后来他们的儿子和女儿诞生时，并未按他们婚前预想的名字命名，但婚礼上那番对未来儿女的肺腑之言，却让他们牢记住了对家庭、对子女的天职。

# 祖国亲人来"救援"了

这时,哈梅德家的门铃突然响了起来。余粟从仪式房间奔向门口。他猜想,此刻来的人一定是他盼望的祖国亲人,在伊朗工作多年的父亲的老朋友岳叔叔来了。

门开了,一位中国男士和一位女士站在了余粟面前。"啊,果然是岳叔!太感谢您能来参加我的婚礼了!"岳叔叔也热情介绍了身边的女士:"这是咱们中国驻伊朗大使馆的何女士。"

在异国他乡突然降临的婚礼上,有祖国的亲人出现,这让余粟真的有种热泪盈眶的感觉。"我可终于找到了组织,见到祖国亲人了!"

余粟继续和他们打趣说:"婚礼来得突然,又是在万里之外从未到过的伊朗,我真希望能有祖国的亲人,自己的娘家人来到婚礼现场,让我在伊朗人面前不再显得那样孤单。我生怕你们不来,甚至想到了歪点子,向中国大使馆报警求救,就说我被伊朗人劫持了,正在被逼婚。"

何女士笑着说:"我们在伊朗参加过很多伊朗婚礼,也参加过一些中国女孩嫁给伊朗人的婚礼。而这次,是我们第一次参加咱们中国小伙儿娶伊朗姑娘的婚礼,我们就先祝福你们了!"说着,从包里掏出了一个红包送给余粟和哈梅德。

这时,哈梅德的父母也来到门口,对中国客人的光临深表感谢。

父亲的老朋友岳叔叔笑眯眯地拍着余粟的肩膀,叫着他的小名,有一种父辈对子女的亲切:"童童,我在伊朗工作这么多年,也一直在为中伊两国的经贸交往和文化交流努力着。没想到,你会迎娶一位伊朗新娘。看到你们这么幸福,我真为你高兴!为你爸爸高兴!"

说罢,他也拿出一个早已准备好的红包,塞到余粟和哈梅德手上说:"我告诉你,童童,伊朗女人很会持家的噢,你们未来的小日子一定会很美满的!"

余粟恭敬地接过岳叔叔赠送的红包,并和哈梅德的父母一道,将尊贵的中国客人引领到了举行婚礼仪式的房间。

新来到的中国客人向哈梅德的父母表示了祝贺。何女士又对余粟说:"中伊两国自古就有友好交往的历史,现在中国推出了'一带一路'的国家新战略和大力发展与西亚国家友好关系的举措,中国与伊朗在许多方面都有深入合作的美好前景!小余,我在这里祝福你们,你俩的婚姻又架设了一座中伊两国友好交流的桥梁,我们真心希望你们白头偕老,并尽快有爱情的结晶!"

真不愧是搞外交的,对婚姻的祝福里也能带出这么宏大的意蕴。余粟深深感谢祖国亲人的鼓励和祝福,他随后提议一定要和祖国的亲人合影留念。

于是,在岳叔叔、何女士、哈梅德的父亲、母亲相伴下,余粟和哈梅德在婚礼仪式现场再次定格了他们人生美好永恒的瞬间。

让余粟感到特别有意思的是,在伊朗,婚礼拍照不是对着真人直接拍摄,而是对着从房间内大铜镜中映照出来的人影来拍照。原来伊朗人相信,镜子中显示的,是未来的生活。拍摄了镜中人物,就看到了人物的未来生活,预示着他们未来的生活幸福美满。

刚与中国亲人们合影完毕,一拨拨伊朗亲友也来了,在这个伊朗新娘和中国新郎的新婚喜庆时刻,在这个富有纪念意义的日子里,大家尽兴留念,尽情欢乐。

# 很多人在呼喊："秦，秦，秦！"

婚礼仪式就此完成，但欢庆活动却远远没有结束。接下来要做的，就是新娘、新郎脱去正装，换上适合舞蹈的服装，然后带领前来参加婚礼的宾客们尽情欢歌舞蹈。

余粟想起自己此次来伊朗，根本就没带适合这种场合的服装、鞋子，想借此机会"溜坡"："哈梅德，我没有衣服呀，要不咱们这个环节就取消吧。"

哈梅德没有回答，却朝自己的弟弟使了个眼色。小舅子迅即从婚礼仪式台子后面拿出了一套崭新的衣裤和一双新的休闲鞋。

余粟不知这是专门为自己准备的，就说："尺码不知是否合适呢，还是算了吧。""放心吧，你穿上肯定合适。"哈梅德好像有百分之百地把握："告诉你，第一晚你刚来伊朗时，我妈妈就把你的衣服、裤子，还有鞋的尺寸都量好了。"

换好装束后，余粟、哈梅德和宾客们一同来到了客厅。这时，乐队也奏起了欢快的伊朗舞曲。

新郎、新娘先随着音乐舞起来；然后，狂欢开始了。波斯民族素以能歌善舞著称，早已按捺不住的青年人纷纷跃入客厅中央，跳舞的人很快就越来越多。在显得拥挤的客厅中，所有的舞者个个跳得娴熟自如，旁若无人，如醉如痴。

一会儿，乐队吉他手变了风格，弹起了摇滚，全场嘉宾都在高度亢奋中舞动，客厅吊灯暗下来，取而代之的是疯狂闪烁的霓虹灯。余粟和哈梅德被包围在舞池中心，人们都在围绕着他们跳舞。

被翩跹舞动的人群包围着，被音乐的欢快旋律叩击着，余粟情绪被撩拨得亢奋起来，完全忘记了自己先前因婚礼突然降临而陷入的忧虑，进入了一种完全释放的状态。他摆弄着各种舞姿，挥动手臂，在客厅中央忘情地舞动起来。

摇滚，宣告了轮到在场的单身女性们展现的时机。她们围绕着新郎频频起舞，个个身手不凡，性感十足。

这些姑娘们十分吸引人们的眼球！在家中举办的婚礼庆典，让她们得以甩掉长袍和头巾，换上华丽的长裙或能够展示身段的时装，头发梳编成或精心雕琢或简单时尚的各种别出心裁的样式。她们时而陶醉地舒展柔软的双臂，时而炫耀地扭动灵活的腰胯，时而潇洒地甩动长发，兴之所至时，更是疯狂地抖动耸起的双肩，把浑身上下金光闪闪的长裙抖得让人眼花缭乱。

在伊朗，有条件的家庭的女孩子从五六岁时起，就会被家长送到专门的学校，学跳这种传统舞蹈，以求把她们塑造成真正的波斯美女。

整个客厅弥漫着波斯人特有的热情，所有的人都融入其中。坐着的人们击掌和乐，并不时地和着音乐和舞蹈的节奏发出"嚯！嚯！"的欢呼声。

余粟想，这是该展现的时候了，我可不能畏缩。他想让伊朗人从他身上看到，中国并非只有古老的长城，只有琴棋书画，人人都内敛沉静，身体羸弱。中国的80后是很阳光、很国际化的新一代！此时此刻，在这100多平方米的客厅内，在伊朗亲友的面前，余粟想竭尽全力地展现自己，同时也是为自己的祖国加分！

不知道过了多久，乐曲的节奏变慢了，灯光也渐渐亮起来，全场响起了雷鸣般的掌声，很多人在呼喊："秦，秦，秦！"

　　秦是波斯语中国的意思。在公元前3世纪，中国的秦朝与波斯通商，"秦"这个名字，通过古丝绸之路传到了中亚、西亚、中东及欧洲地区。渐渐地，"秦"也就成了中国和中国人的代名词。

　　余粟和哈梅德舒展地立于大客厅中央，环视四周，在场的许多伊朗亲友朝着哈梅德呼唤："收哈啦黑利好时提婆，黑利虎魄！"（你老公好帅，好棒）

## 长刀在妩媚女孩手中传递

参加婚礼活动的中国亲人离开现场后,客厅的灯光又一次转暗,新一轮欢庆环节又开始进行了。

只见一束灯光打到乐队演奏台前,一位俏丽的波斯美女走出人群,她用双手指尖捏拿着长刀,扭动着猫步朝余粟的座位走来。哈梅德在身边悄声笑说:"粟,好好欣赏哦。"原来,这是婚礼仪式上切祝福蛋糕环节。

在伊朗家庭举办的婚礼上,切蛋糕是非常有讲究的。

由于伊斯兰传统习俗的约束,青年男女很少有机会在公共场合有过多接触。他们主要是通过亲友介绍或通过参加家庭举办的各种聚会活动,来结识异性的朋友。而婚礼宴会这样的大场面,是异性互相认识、接触和交往的最好机会。

婚礼上的切蛋糕环节,其实是在给现场的单身女性们一个独立展示自己的极好机会。此时,只有手持细长切刀的姑娘,可以在音乐伴奏下翩翩起舞。一方面,她可以用性感的舞姿为这对新人送上美好祝福;另一方面,更可以借此给在座的单身男士或有男孩的长辈们,展示自己的姣好和魅力。说不定哪个帅气的小伙子或者有心的长辈,就会看上这手持长刀跳舞女孩中的哪一个呢。

每个女孩子持刀舞蹈的时间不长,最多只有 2 分钟。当一个女孩的舞蹈临近结束时,新娘的父母就会赠给她们一些零钱或礼物,对她们的助兴表示感谢，女孩随之把长刀传给身边的女友或其他单身女士。长刀像接力棒似的，在一个又一个女孩子中间传递，每个女孩都竭力在最短的时间里，用舞蹈把自己的内在美展现出来。

能有这样的眼福欣赏诸多波斯美女的独舞，余粟还是蛮开心的。哈梅德也在他耳边悄声品评着："看，这女孩的长腿多漂亮！""那女孩的皮肤白如雪呐！"

面对如此"考验"，余粟自然知道该如何应答，他心里再清楚不过，怎么能当着一个女人的面夸另外一个女人美丽动人呢，更何况这女人还是他最爱的、将陪伴他终身的女人呢！

于是，余粟非常耐心地一遍遍回答哈梅德："不是呀，亲爱的，她不如你。"

看着哈梅德脸上兴奋得意的表情，不无幽默的余粟心想，看来走遍世界，有一点是永远不会变的，无论哪个国家的女孩儿，都喜欢听甜言蜜语。

谈笑之间，10多个舞刀的姑娘表演完毕。这时，哈梅德的母亲走出人群，随着音乐，跳起了压轴舞蹈。虽说人过中年的她身材已经发福，无法媲美年轻姑娘的苗条，但她的丰富表情和灵活舞姿，却一下子活跃了全场气氛，丝毫不输于年轻人。全场亲友宾客对她抱以热烈掌声，并随着舞蹈节奏为她打起拍子。

性格爽朗的母亲越跳越美，她把内心的喜悦通过舞蹈传递给了全场的人们。

哈梅德看着舞动的母亲，对余粟解释道，看我妈妈那么自信地展现舞姿，是在告诉人们，波斯女人就像珍贵的波斯地毯一样，越老越完美，越老越有价值。

哈梅德话音刚落，她母亲便以一个优美的定格，结束了她的舞蹈。随后，她将那把长刀交到女儿、女婿的手上。余粟和哈梅德双双手握长刀，一起切开了三层雪白奶油包裹的结婚蛋糕。

刹那间，彩灯重新点亮，音乐也停息了，宾客们纷纷围拢来，在一片欢乐中分享这对异国新人的结婚蛋糕。

人们边吃边愉快交谈，或自由品尝家人事先准备好的丰富晚餐和夜宵，亲戚朋友们也分别与新郎、新娘以及家人合影留念。

余粟做梦也没有想到，作为自己终身大事的婚礼，居然会是在伊朗进行的，而且是完全依照伊朗的传统，所有的环节一个也没有少，而且是这样的隆重与欢乐。

今夜，难忘新婚喜庆的客厅，难忘欢歌狂舞的海洋！

婚礼仪式和亲友欢聚庆贺活动一直持续到次日凌晨4点，客人们才陆续告别离场。一会儿，天边露出了鱼肚白，新的一天开始了。

哈梅德关切地对新婚丈夫说："粟，咱们赶紧回屋休息一会儿吧，今天下午两点还要赶航班返回中国北京呢。"

哈梅德的这一句话，让余粟刚刚被欢乐气氛淹没的忧虑和焦灼，顿时又浮上了心头：我就这么在父母全然不知的情况下，在伊朗把婚礼给办了，回到北京见到父母如何向他们交代啊？！

# 飞机上，余粟的心久久不能平静

中午，余粟和哈梅德匆匆整理了行装，再次来到了德黑兰伊玛目霍梅尼国际机场。

送机的伊朗家人团队依然如来接机时那般热闹浩荡。十一天前，他们第一次在机场见面，彼此还有些生疏。而这会儿，已成了亲亲热热的一家人。大家好像都还沉浸在昨夜婚礼那热烈的喜庆之中。

哈梅德的父亲，余粟的岳父，依依不舍地望着即将远行的女儿、女婿，拿出了一个包装精美的袋子送给余粟："这里面是一条纯手工编织的纯丝挂毯。我们伊朗人嫁女儿时，作为父亲都会送一块挂毯。希望你们回北京后，把这块丝毯挂在家中最显眼的地方，就好像爸爸妈妈天天看着你们一样！别忘了，伊朗也有你们的家，伊朗也有你们的亲人！"哈梅德父亲说着，眼圈有点红，他转过身，轻拍女婿的肩膀。这就是男人的告别。

哈梅德的母亲，余粟的岳母也紧紧抓着女儿、女婿的手，说了许多叮咛和祝福的话，说着说着眼眶也湿润了。

尽管余粟没法听懂岳母说的是什么，但那难舍难分的母女深情，余粟是从内心里感受到了。

这时，哈梅德的弟弟、妹妹、姑姑、舅舅、大姨等亲戚朋友们也和余粟、哈梅德以贴面礼拥抱道别。送别亲人的场面依然真情动人。

飞机起飞了，向着东方的中国，向着北京。

飞机上，哈梅德依偎在丈夫身边，疲惫而幸福地睡着了，余粟却望着舷窗外漂浮的白云，心情久久不能平静。他想到了许多往事，甚至想到了自己第一次乘飞机远行的经历。

那是八年前，18岁的余粟，第一次远离父母，告别北京，第一次乘飞机，前往欧洲西部的爱尔兰留学。

余粟哈梅德的爱情传奇

第三章
**从男孩到男人**

## 叛逆的青春期

1984年出生的余粟，从小生活在位于北京附近一个政府石油部门的大院里。父亲是这个石油部门的一名技术干部，母亲就在这个部门的职工医院检验科工作。

余粟从小就是个调皮好动、无拘无束的孩子，而父亲那时经常在新疆等地出差，负责安装检验石油管线的铺设，工作十分繁忙，家中只有妈妈陪伴他。

有时爸爸一出差就是好几个月不在家，小小年纪的余粟几乎都忘记了爸爸长得是什么模样。记得一次，爸爸从新疆出差回来，特意赶去幼儿园接小余粟回家，可当爸爸兴冲冲跑过去要抱抱儿子时，小余粟却扭着身子挣开他的手，大喊着："你不是我爸爸！"

儿子不认自己，这让做父亲的内心很不好受。他因此每当看到自己的儿子，心中便会泛起阵阵对儿子的歉疚之情。在余粟的记忆里，几乎没有受到父亲责骂的印象，也许正是因为父亲内心有太多的自责。

小余粟基本上是在妈妈的照料下渐渐长大的。年轻时当过速滑运动员的妈妈性格好强，运动员嘛，意识中就只有第一没有第二，就是要争胜。因此，她也要求余粟在学校里各方面的表现都能争取第一。

可余粟是个非常有个性的男孩，由于学习不错，胡闹起来也比其他的孩子更有底气。他经常喜欢带一帮淘气的男孩子在班里搞个恶作剧什么的。

*少年余粟和他的爸爸妈妈*

　　有一次，他上体育课回来，把在外边捉到的蛐蛐和蚂蚱塞进了女生的铅笔盒里，结果女生在打开铅笔盒时被吓得尖叫起来。就因为时不时犯这类错误，惹得老师和同学家长不时来找余粟的妈妈告状。

上了中学之后，余粟逆反心理似乎更加严重。爸爸妈妈和老师叮咛不让做什么，他却偏偏要去尝试一下。甚至有一次与老师冲撞，竟动手把老师打伤了，受到学校的严重警告处分。

有这样一个聪明、精力充沛、性格急躁又总是淘气闯祸的儿子，真没让余粟的父母少操心。特别是男孩子，喜欢爬高上梯，折腾逞能，还动不动就上拳脚，好几次头破血流地回到家中，让承受能力超出一般人的运动员母亲，也免不了成天担惊受怕。

母亲回顾起中小学时的余粟，感觉只有四个字：不堪回首。"他爸爸常出差在外，他每次闯祸，都得我一个人应付。哎，我常常不知道自己怎么熬过去的。"

终于，熬到了余粟高中毕业。面对是在国内还是到国外上大学的时候，余粟选择了后者。不管怎么说，孩子总算真的长大了，可是却又要从父母身边离开，独自去海外闯荡了。

## 想象很丰满，现实很……

北京的九月，秋高气爽。北京首都国际机场大厅人来人往。即将告别父母远赴爱尔兰留学的余粟，确实还是个未脱稚气的孩子。

第一次把孩子送到那么遥远的地方，担心在国外生活用品不好买，妈妈为儿子准备了充足的衣服物品。为了行李不超重，余粟只好把好几件衣服裤子一层层套在身上，后背背个巨大的登山包，里面也塞满了衣服，包外还挂着两双运动鞋。那狼狈样子，至今回想起来，都忍不住要笑出来。

爸爸妈妈一直把余粟送到了机场的出关入口。不能再送了，爸妈就站在那儿，目送儿子一步一步向安检通道走去。

儿子走了几步，又回过头来，带着微笑向父母招手："爸妈，你们早点回去吧。"余粟不想看到父母为他流泪，刻意笑着告别父母。可那一刻，他看到了妈妈脸上的泪水，爸爸黯然的神情，他再也控制不住自己的感情，在回望了父母最后一眼后转过身去，眼泪扑簌地流了下来。

儿子那一刻的神情，让妈妈的心像针扎一样，难以忘怀！直到我们采写这本书时，余粟妈妈还特意提起了这次分别时余粟那茫然的眼神，那是一个男孩第一次离开父母，要独自远行前的怅然若失。

这时的余粟告诉自己，决不能再回头看了。他快走几步，来到出关走廊的一个拐角处，悄悄抹去流下脸颊的泪水。

刚到爱尔兰时与房东家的孩子

其实，对于父母要送自己去国外留学的决定，余粟本来是满心欢喜的。虽然他高中时的理科成绩一直不错，还出任了班里的物理和数学课代表。国内的高考，他的成绩也在一本大学的分数线之上，但看着大院里与他同龄的高中生们有不少都去国外上大学，他也动心了。

当父母向儿子征询他是不是也有出国留学的想法时，余粟一再表达的，就是他对出国留学有着更强烈的向往。

余粟回忆说，一是出国留学是令人羡慕的，是年轻人选择的时尚，就业前景比较乐观；再说，作为男子汉，应该去外面的世界闯一闯，开阔自己的眼界。当然,余粟还有个无法向父母直言的内心想法,他不愿意再像小孩子似的在父母的羽翼下生活,因为过于频繁地惹祸,他受到母亲比较严格的管束,因此摆脱束缚的念头更为强烈,想独自飞翔。

然而,出国留学的手续办理得并不顺利,他希望的第一留学目的地英国,因种种原因没能通过。最终能去与大英帝国隔海相望、历史文化同样悠久灿烂的爱尔兰留学,余粟依然觉得还算幸运。

飞机载着这个怀揣着梦想和憧憬的青年飞上蓝天,远赴欧洲西边的爱尔兰留学。刚才在机场告别时还显得迷茫的余粟,转瞬便与同机的年轻伙伴们熟络起来。在万米高空之上,各种有关留学的话题伴随了他们一路,这才是真正的"空谈"。

经法兰克福转机,飞机在十多个小时之后,降落在了爱尔兰首都都柏林机场。

与到其他一些欧美国家不同的是,余粟下飞机第一眼所见的并非高楼大厦,灯红酒绿,而是四野葱绿,好像到了农村。都柏林机场还特别小,这不觉让余粟感到有点失望了。这与他心目中想象的爱尔兰相差得好远啊!

按事先约定,利默里克理工大学国际部的女老师来机场接机。在去学校的路上,他与老师交流对话时发现,当地老师说的英语,自己一句也听不懂。老师对这个学生也产生了质疑,如此英文水平怎能去读语言预科呢?

余粟看出了老师的疑惑,马上以攻为守:"老师,我英文是可以的,但你说的英文我却听不太懂,这是怎么回事呢?"

后来他明白了,老师说的英语,是爱尔兰口音的英语,就像中国的广州话与上海话是有差异的一样。直到余粟在爱尔兰生活学习了一年之后，他才逐渐接受了爱尔兰音调的英语，以致他现在一张口说出的英语，英国人一听就知道他是在爱尔兰熏出来的。

　　国际部学生会的女老师按约定，把中国留学生余粟送到了利默里克理工大学旁边的当地居民家庭寄宿。这是国内留学中介事先为留学生们做出的安排，第一年必须住在寄宿家庭。因为担心年轻留学生的生活自理能力差，如果独自在外租住，生活费管理不好，随便乱花钱，很可能会因生活困顿而陷入颓废。

　　余粟的寄宿家庭，是个爱尔兰本地的四口之家，一对老夫妇与两个子女。他们给余粟腾出了一个单独房间，一个月500欧元，包吃包住。余粟除了中午在学校吃饭外，早晚都在寄宿家庭吃。茶余饭后，和善的老夫妇俩会经常跟余粟聊聊爱尔兰的民俗风情和文化。

　　但在晚上，更多时间里，余粟都是躲在自己的小屋内，学习、上网、打游戏。他更渴望他自己向往的完全独立，与年龄相仿的年轻人在一起。住了半年多之后，余粟就搬离了这里。

　　在学校补习了两个学期的语言之后，余粟进入利默里克理工大学人力资源专业开始了本科的学习。

## 足球赛场上的"拉风"小伙

对于不少中国留学生在国外最初的孤独寂寞感,余粟倒并没有太强烈的感觉,因为他在国内就曾独自转到外地学校就读,适应能力强于很多同龄人。特别是从小精力过人、喜欢活蹦乱跳的他,还有踢球等体育运动强项,这些优势帮助他很快扩大了人际交往的圈子。

没用多长时间,他就和学校的中国留学生熟络起来。不久,他已经能融入当地学生的圈子。

那时,去爱尔兰留学的中国学生不多,在利默里克理工大学学习的就更少。利默里克全市的华人,总共也超不出50个,还有若干并非学生,而是做生意和开中餐馆的。这一下子,就让利默里克理工大学的"中国八兄弟"成为最大、最显眼的中国"团体"。

这八兄弟,是八个来自中国不同地区的留学生。其中北京的有三个,上海的两个,天津的两个,还有一个来自山东。他们多数是读本科的,也有的在读研究生。虽说来自天南海北,但在小小的利默里克,他们就好像一家人,十分抱团。

按年龄,余粟在八兄弟里排行老七。他们一度吃、住都在一块,一起做饭,一起喝酒,相互取暖分忧,成了学校里一伙快乐的大男孩。余粟从兄长们身上学到了不少东西,也扩大了自己的交际圈。

由于踢得一脚好球,余粟入学不久就加入了学校的足球队,经常代表利默里克理工大学外出参加爱尔兰大学的校际比赛。

在足球比赛中,中国小伙余粟在场上奔跑、带球过人的骁勇身影,会给人留下比较深的印象。特别是当他射门进球的时刻,更会引得全场欢呼雀跃!听到女生的尖叫、男生的口哨响成一片,让余粟感觉特别"拉风"。

在爱尔兰,余粟时常感觉到,不少外国人对中国人似乎形成了一套固有思维,好像中国人大多身材瘦弱,文质彬彬,性格内向,甚至留着八字胡,戴着竹斗笠(受中国武侠片影响)。中国人的爱好,就是下棋、做饭,至于运动,也就是打乒乓球、武术……

余粟想让外国人看到如今中国年轻人的风貌,他觉得自己在球场上的表现,不仅代表个人,还代表他所生长的城市,代表着自己的国家,他在球场的精彩表现是在为中国人增添荣耀。

在国内,他似乎从没有想到过这些,也没有这样的感觉。置身海外,这种民族的自豪感、荣誉感,不知怎么的就突然强烈地萌生出来。

# 与五个爱尔兰女孩"同居"的日子

大男孩们的群居生活虽然快乐,但生活无序,公共卫生状况不堪,时间一长,也让余粟感到难以忍受。不久,余粟就搬到了另一处学生公寓里。

出乎余粟意料的是,这一搬不要紧,他竟然与五个爱尔兰女孩"同居"起来。这是一个可以六人合租的公寓单元套房。在余粟到来前,只有五个同校的爱尔兰女生租住,还有一个单间空着。余粟的到来,才让这个单元套房满员。

在出国留学的生活中,突然这么近距离地出现了这几个爱尔兰女孩,余粟感到自己的异国生活更加有了生气和意趣,当然还有意外的收获。第一大收获,就是余粟的英语口语水平有了快速的提升;同时,爱尔兰女孩见缝插针的学习方法,也让余粟得到好的示范。

每天早上,女孩子们陆续起床做早餐时,都会打开录音机,边做饭边听头一天的上课录音,深入消化课程,加深记忆。录音一直陪伴她们吃好早餐和去上课的路上。余粟感觉这个方法很有效率,也学着做起来。

对于余粟这样的外国学生来说,每天及时消化课程,理解老师所讲的内容,更为重要。他所在班级,只有他一个外国学生,老师讲课不可能为了照顾他这一个外国人,放慢对更多本国学生讲课的语速,因此余粟在课堂听讲感到非常吃力,全听懂都不一定做得到,就更不用说理解了。

都柏林王尔德塑像前的爱尔兰女学生

## 第三章 从男孩到男人

余粟的雅思考试通过了六级,但这个水平仍然达不到能与当地学生同堂听课的语言水平。他必须在课外花大量时间补习,却始终没找到什么好方法。若不是"同居",他真不知自己还要摸索到什么时候。

仅此一点,就让余粟对"同居"的五个爱尔兰女孩感激不尽。

从那以后,余粟也每天都把老师在课堂的讲课录下音来,利用早餐和上学路上的时间反复收听,对课程要点和重点词汇加深记忆,对授课内容细细琢磨体会。早晨空气新鲜,走在林荫路上,伴着鸟鸣,戴上耳麦来听课程,学习效果非常好。他的单词量很快上升,掌握课程要点也更顺遂。

这几个爱尔兰女孩纯朴活泼,她们平常在一起说笑斗趣,也经常背包郊游。她们爱玩也很会玩,可真正学习起来,那是非常认真。

有一次临近考试了,她们为了防止干扰,在公寓单元门口贴了"NO PARTY",还打了一个大大的惊叹号。下面写着不允许任何人在这儿开派对,如果有人违反,考试结束后就要接受罚款惩处。这是她们对自己的一种约束,同时也警示其他人共同遵守。

在考试前两周那个周末,女孩们举办了一个最后的"疯狂之夜"。那天,女孩子们邀请余粟一起聚餐唱歌、喝酒聊天,因过了这一夜,她们就将自觉地滴酒不沾,专心复习了。余粟也从她们的表现上有所领悟:要学就下功夫学,要玩就痛快地玩,都是同样的认认真真。

那些天,五个女孩乖乖待在屋里看书,或者去图书馆复习。余粟也受到她们这种气氛的影响,静下心来,在屋里认真看书温习功课。那些天,图书馆的灯光彻夜不熄,这样的学习气氛,同样会感染每一个在校学生。

还有几次，女生的老师布置了命题演讲，论题答辩等，她们就采取相互交流学习的方法。例如一个女孩首先在客厅里做她的演讲，女伴们和余粟就来当观众，在下面听并提出意见建议。

　　有一次，余粟也遇到同样的作业，也要做演讲论题的准备。请五个女孩一起坐在沙发上，认真听余粟的讲演。

　　听了片刻，玛丽纠正说："粟，你的这个词发音不对。"又过了一会儿，托利亚起身说："粟，讲到这个地方你应该与听众有一个眼神的交流，语气有所停顿，让大家注意你强调的问题。"

　　余粟最初的演讲，就是因为有这么几个漂亮女孩的点拨，在课堂上得到好评。他感到自己非常幸运呢。很多年以后回想起来，他依然对那几个女孩深怀感激。特别当有人夸赞他擅长演讲、口才好时，他就会怀念起和那几个爱尔兰女孩"同居"的日子，她们那么单纯、热心，做事那么认真。

　　有一次，余粟在宿舍看电视时，看到英国的魔力红乐队在演奏。这是余粟非常喜欢的一个英式乐队，他迷恋他们演唱的那些歌儿，但由于自己英文水平所限，许多歌词他听不懂。

　　当爱尔兰女孩们得知了余粟的困顿后，主动为他买来魔力红乐队演奏的 CD 盘和 WVD，一边放给他听，一边为他一句一句讲解歌词。余粟学唱时，她们就在旁边哼唱着为他伴唱伴奏。

　　她们把余粟当成了亲弟弟一样，对他关心、呵护着，以致引起了班上爱尔兰男同学的羡慕，时不时会跟他开个玩笑，说你和我们爱尔兰五朵鲜花住在一起，有没有看上哪一个啊？交个女朋友吧。

　　余粟觉得，他与她们的关系就像一家人一样，彼此亲切、自然。夏日里，女孩们也穿得很"露"，并不对他遮掩什么。有时女孩在卫生间洗澡，他想用卫生间时无意识地撞进去，也就道声对不起，并不会引起什么猜忌。

爱尔兰女孩的纯朴美好，总是让余粟心里感到温暖。半年后，他搬出公寓时，女孩们还为他举行了告别派对，像娘家人那样请他喝红酒，与他道别。

# 英式橄榄球训练

虽然在足球赛场上踢球时的余粟很拉风,但他并不以此为满足。他感觉自己太瘦了,身高近1.8米,不算矮,可体重还不足120斤,实在不够健壮。

爱尔兰是一个十分崇尚体育运动的国家,体育运动非常普及,无论男女老少,人人以运动健身为乐。在爱尔兰的每个城市,都有各种体育俱乐部,比如乒乓球俱乐部、射击俱乐部、飞镖俱乐部、击剑俱乐部等等,五花八门。各个级别的各类体育赛事,也频繁不断,几乎天天都有。

在爱尔兰,最流行、最有影响力的一项运动,是英式橄榄球。在许多大学,周末都会举行橄榄球赛。每当看到赛场上橄榄球员们宽肩圆膀的力量型身材,高高垒起的人塔,开场前球员们震人心魄的呐喊舞蹈,都会让年轻的余粟激情澎湃。

这是一个从足球派生出来的运动项目,据传诞生于英国中部城市的拉格比学校。1823年,该校举行一次足球比赛,当时比赛十分激烈,其中一名16岁的小男孩叫威廉·韦伯·埃利斯(William Webb Ellis),看到比分落后,情急之下,竟然抱起地上的球扔向对方的球门。以后的学校足球比赛中,抱球跑的情况也经常发生。虽然这个举动违反了足球之规,却也给人新的启示。抱球跑现象,增加了比赛激烈竞争的对抗气氛,时间久了人们也就自然接受,逐渐演变成一项全新的橄榄球运动。这项运动能全面训练人的强健体魄、灵活技巧和勇敢精神，是具有很高锻炼价值的球类运动。

这种在英格兰诞生的拉格比足球（Rugby Football），很快在英国及英联邦地区推广，也吸引了全世界各地方爱好运动人们的兴趣，19世纪末流传到北美和大洋洲，很快成为一项风行世界的运动。

如今，在拉格比学校还树立着这样一块石碑，上面刻着："This stone commemorates the exploit of William Webb Ellis."谨以此碑纪念16岁男孩威廉·韦伯·埃利斯的勇敢行动。甚至连拉格比足球的最高荣誉——拉格比世界杯赛奖杯也是以埃利斯的名字命名，称为Webb Ellis Cup。（韦伯·埃利斯杯）

余粟想，既然自己来到了爱尔兰，就要练好一项最具本土特色的运动，而橄榄球无疑是最佳选择。于是，他很快参加了一个橄榄球俱乐部，每天下午下课后，就去俱乐部参加训练。

在俱乐部，余粟从练器械、撞沙袋开始，几个月坚持练下来，一脱豆芽菜形象，很快被塑造成了一个肩宽膀圆的"肌肉男"。

与爱尔兰、英国的小伙子们一样奔跑在橄榄球赛场上，余粟心里很有一份自豪感。尽管他的手臂、腿部都在橄榄球比赛中受伤骨折过，但热爱和激情，让他对此毫不在意，仍然坚持锻炼。

从事橄榄球运动的这段经历，被余粟看成是他大学生涯中除学业之外的又一大收获。

## 爱尔兰的初恋

初到爱尔兰留学的余粟,正值十八九岁、情窦初开的年龄。球场上"拉风"之后,朦胧中的初恋,就在异国他乡自然而然地开始了。余粟说,谈恋爱也是他留学生涯中的一大人生收获。

就在训练橄榄球期间,他结识了第一位英国女友。因为练英式橄榄球的小伙,很受女孩的青睐,尤其是这样一位充满阳光的力量型东方少年,格外吸引了英国少女的注意,就像国内的青春少年们常以弹奏吉他来吸引女孩们的目光一样。

于是,一对异国青年开始交往恋爱了。他们谈橄榄球,谈英国,谈中国……这一年的暑假,余粟还将这位英国女朋友带到了北京。孩子有了女朋友,不管是中国的还是外国的,父母还是挺开心的。

回忆起那段往事,余粟不无调侃地说:"那时我妈总看英国地图,说以后得熟悉英国的风土人情。"家里的亲戚朋友,左邻右舍也很快得知余粟交了一位英国女朋友的消息。因为余粟从小在中石油机关大院里长大,院子里谁家的大事小情都瞒不过去,传播的速度比网速还快。

可暑假一结束,再返回爱尔兰不久,余粟便和那个英国女孩分手了。原因很简单,互相没有了感觉。"和老外谈朋友一定要直接,不能扭扭捏捏的。喜欢就在一起,不喜欢就拜拜,谁都不欠谁,也没什么谁对不起谁的说法。"

面对这第一次恋爱的结束,余粟好像没有太多的伤感。正如现在流行的有关分手告别的一句话：我不介意突然的离去，但讨厌过度的缠绵。

*余粟在爱尔兰留学的大学校园里*

# 第二外语水平是这样提升的

与第一位外国女友分手后不久,余粟所在大学里来了一批波兰交换生,其中有不少波兰美女。波兰的女孩美貌大胆,这在一些文学作品中都有描述。大学里的不少男生听到波兰交换生的消息,就有些小骚动,甚至都有点迫不及待了。

当波兰交换生到爱尔兰那天,有几个爱尔兰男生主动向学生会申请,要去机场迎接波兰交换生,其实他们心里都有个"小九九"。

在机场,爱尔兰男生们一路帮助波兰女生提行李,还热情地做着有关大学情况的介绍,图书馆、健身馆、游泳池如何如何……余粟坏笑着对这几个爱尔兰"哥们儿"说:我就知道你们不怀好意。

余粟虽然这样讥笑爱尔兰"哥们儿",但这并不妨碍他和那几个爱尔兰男生一样,千方百计地寻找机会,约请波兰女交换生出来,喝个酒,吃个饭,聊聊校园生活什么的。

功夫不负有心人,果真有个非常漂亮的波兰女交换生对中国小伙余粟产生了好感。俩人的关系也越走越近乎,经常双双出入校门。

好像世界好多地方都流行这么一句俗话:你要了解哪个地方的风情,就找一个当地女孩谈恋爱。和波兰女交换生几个月密切交往下来,余粟对波兰国情和历史的了解究竟增加了多少,没有测试证明,但他所选择的第二外语波兰语的水平,倒真真是有了迅速的提升。

穿过都柏林的利菲河

大二那年暑假，余粟又带着这个波兰女朋友回国度假期。余粟后来调侃道："从那个暑假之后，我妈妈又开始天天看波兰地图了。她说没准以后会去波兰，还找了好多介绍波兰的书呀光盘呀来看。"

那个暑假，余粟和波兰女朋友在国内疯玩了近一个月。临回爱尔兰时，父亲特地找他谈了一次话，很严肃地对余粟说："如果明年回来再换女朋友的话，你就别回家了。亲戚朋友同事传的那些难听话，我们承受不了！"

余粟很能理解父母的心情，他觉得自己完全能独立处理自己的事情，不必再让父母过多地为他操心了。波兰交换生在爱尔兰的学习一年之后就结束了，波兰女友返回了波兰，地域的距离最终导致了感情的距离，持续了数个月的第二次恋爱也无疾而终。

两次恋爱的中断，并没有扑灭年轻的余粟心中的爱情之火，他的感情和他瓷实的肌肉一样丰满。

在读大三这一年，余粟又新交上了一个女友，还是外国人，不过这回是爱尔兰当地的女孩。在和这个爱尔兰女孩的交往中，那句流行多国的俗话灵验了，他对爱尔兰国家的历史文化和语言的较为深入的了解，还真要拜这位爱尔兰女友所赐。

# 都柏林徜徉与吉尼斯啤酒

在爱尔兰女友的帮助下，余粟对爱尔兰国家的历史文化和现状有了更多的接触和了解。

他们一起去了爱尔兰最古老的高等学府、都柏林大学的圣三一学院参观。穿行于那砖石搭建的古老校舍，徜徉尖顶钟楼前的广场，流连于绿茵茵的草坪，两个人默默地感受这座能与英国牛津和剑桥比肩的古老学府的雅韵。

特别是走进那座古老辉煌的圣三一学院图书馆，走进那座藏有20多万册珍稀古籍的"长厅"（Long Room）时，余粟的双眼被那一排排棕红色的木质书架上厚重的书籍所深深吸引，内心有一种仰慕，一种敬重，一种震撼的感觉油然而生。

尤其当他俯身细观长厅中间玻璃柜中所展示的那件镇馆之宝——"凯尔斯书"时，余粟领略到了这部产生于1100多年前的手抄书籍的弥足珍贵。这是由修道士用拉丁文抄写在牛皮上的四福音书，名为《凯尔斯经》，是爱尔兰现存最完美的古代手书典籍，也被誉为人类文明历史早期的手书"牛皮圣经"。

余粟还在女友的引领下，在都柏林这座文学之城，遍觅爱尔兰那些大文豪的踪迹。老城西南的圣帕特立克大教堂，是乔纳森·史威夫特担任教职33年的地方。他的传世之作《格列佛游记》，就是在这里写出来的。他是一位想象力极其丰富且极具讽刺特色的作家，其在此生活写作使用过的不少物品，至今作为文物被完好地保存在教堂之中。

在城西南有一座老屋，是大文豪萧伯纳曾经居住过的地方。萧伯纳是爱尔兰获得诺贝尔文学奖和奥斯卡电影剧本奖的第一人和唯一的人。在爱尔兰国家美术馆里，还收藏着萧伯纳的一座雕像。

蜚声世界的童话王子奥斯卡·王尔德的故居，位于都柏林的城东南。他的故居旁的梅里恩公园，是王尔德童年玩耍的地方。如今公园一隅的巨石上，刻画了一尊造型很酷的王尔德塑像。红衣绿裤，一双黑皮鞋锃亮，极富俏皮色彩，这或许正好与他不拘泥常规、喜欢标新立异的性格相呼应吧。

夜晚，余粟会和女友来到古老的吉尼斯工厂 POP 酒吧喝"健力士"。沉浸在这闻名遐迩的爱尔兰黑啤醇浓泡沫的微醺之中，余粟还了解了一段非常有意思的爱尔兰黑啤历史。

1759 年，一个名叫阿瑟·吉尼斯的年轻老板，在都柏林圣詹姆斯门大街新建了一家啤酒厂，专门生产一种泡沫丰富、酒体黏稠、口感醇厚润滑、颜色棕黑的啤酒，这就是后来闻名遐迩的吉尼斯黑啤酒了。

那时市场上有近百家啤酒厂，竞争激烈，吉尼斯啤酒凭其独特的醇美口感在众多啤酒品牌中脱颖而出，不仅成为爱尔兰啤酒市场执牛耳的大公司，还打入了伦敦和英格兰其他大都市的市场。

走在都柏林或伦敦街头，"吉尼斯啤酒强身健体"的广告标语随处可见；英国和爱尔兰城乡，也随处可见名为 POP 的小酒吧，这酒吧里只卖吉尼斯黑啤酒。发展到今天，吉尼斯黑啤酒早已全球走红，广销世界 150 多个国家，在全世界的年销量达 9 亿多升。

更有意思的是，吉尼斯啤酒还催生了吉尼斯世界纪录的诞生，使其商业运营更具有文化色彩。

那是在1951年爱尔兰韦克斯福德郡一次狩猎比赛之后的聚会上，吉尼斯啤酒公司的执行董事休·比佛爵士，与同桌因什么鸟是世界上飞得最快的鸟而争执得不可开交，苦于找不到过硬的数据，谁也说服不了谁，他们决定去查找资料。就是在鸟的飞行速度之最的查找中，引发了他们探寻各个门类、各个领域之最的极大兴致。一个绝妙点子就这样诞生了：编纂一本专门汇集世界之最纪录的书。进了POP酒吧，有一本这样的东西在手，可以聊助谈资，吹牛也更有兴味，酒吧还能卖出更多啤酒，这不是一举多得嘛！

经过一番努力，第一本《吉尼斯世界纪录大全》终于出版问世，并于1955年出版当年就荣登畅销书榜首。这本丰富权威的世界纪录新书一炮走红，不胫而走，名声竟远远超出了吉尼斯黑啤酒。就拿中国来说，知道吉尼斯世界纪录的人，远比知道吉尼斯啤酒的人多得多。时至今日，《吉尼斯世界纪录大全》已出版22种文字，全球累计销量超过9500万册。

一张文化牌打出去，让吉尼斯啤酒厂尝到了甜头，于是啤酒厂在文化上大做文章。到今天，以吉尼斯品牌打造的黑啤酒观光工厂已成为都柏林最负盛名的旅游名胜，特别是工厂顶层的黑啤品尝区格外吸引人。

倒黑啤酒很有讲究，将凉爽的黑啤酒缓缓倒入呈45°倾斜的酒杯中。酒倒至3/4杯时停下，静置半分钟后，再将酒杯蓄满。倒满时要把啤酒罐的龙头向前推而不是往后拉，这便能产生乳脂状的黑啤泡沫，充满杯沿而又毫不外溢。而碰上有经验的服务生，他们还会在缓慢倒酒的过程中，为浓白的黑啤泡沫画出美丽图案，如三叶草或竖琴图形，这都是爱尔兰和吉尼斯的标志象征。

*都柏林圣三一学院著名的图书馆*

可惜好景不长，后来余粟回国工作，接着又去香港大学读研究生。而这位爱尔兰姑娘毕业后，选择了去美国工作，东西两半球的分隔，让两个年轻人的联系也渐渐淡了。

爱情又一次曲终人散，还是那句话，不要过分缠绵。"现实点吧，余粟，天涯何处无芳草，走好今后的路，自有鲜花等你来！"余粟这样安慰着自己，继续完成了在香港的 MBA 工商管理硕士的学业。

后来，余粟当了国际导游领队时，常常坦率地调侃自己留学期间那几段恋爱交响曲。他说："没什么好隐瞒的，海外留学交几个外国女朋友还挺正常的，这就是我青葱岁月的缤纷印记啊。"

## 收获了自信满满

还是余粟在利默里克理工大学读到大二的时候，由于学校的学费上涨，同校的几个中国留学生集体转学到了沃特福特，在这个爱尔兰第五大城市的理工大学继续求学。

在沃特福特，余粟开始一边在学校上课学习，一边在外打工做兼职，开始了勤工俭学的生活。当时爱尔兰的工资标准不低，法定工资 1 小时最低 8 欧元。

"各种蓝领工种我都干过。在中餐馆开过车，送过外卖，还给超市开叉车送货码货……"余粟利用课余和寒暑假时间在外打工，不仅赚取了自己的生活费，还积累了社会经验。

对这样的经历，余粟挺自豪："从大二开始，除了学费之外，我就不再向家里要生活费了，每年放假回家，往返机票也都由我自己承担。我还用打工挣的钱，帮父亲买了一辆汽车呢。"

后来，余粟还找到了相对稳定的工作，在一家娱乐场所当夜间保安。由于余粟曾在课余参加了一个英式橄榄球俱乐部，经过比较正规的训练后，身材塑形很好，再加上一位同学经理推荐，他就正式进入了娱乐城大门的保安岗位。

保安的工资待遇挺不错，1 小时 12 欧元，再加夜班补助，1 小时能拿到 17 欧元。周六日双倍工资，节假日三倍工资，这个对余粟确实非常有吸引力。他的工作就是每晚在娱乐城夜场高峰时段执勤，从夜

爱尔兰留学让余粟收获了信心满满

晚9点至次日凌晨1点，在娱乐城门口站守执勤。

当时，余粟的中国同学们大多都在外打工，有的在学校图书馆帮助整理图书，有的在家政保洁公司当钟点保洁员，他们用自己的双手劳动，挣得了生活费和零花钱，也减轻了家庭负担。在打工过程中，同学们还互相帮衬，也密切了彼此的关系。

打工兼职，让余粟了解了爱尔兰的社会现状，也大量接触了爱尔兰的社会底层。爱尔兰是一个多民族、多移民国家，在这里有波兰人、罗马尼亚人、拉脱维亚人，也包括中国人，他们组成了社会底层的劳动大军。

在打工群体中，开车的司机常常是罗马尼亚人，做清洁工的很多是波兰人，而做餐饮行当的，以中国人居多。因为波兰、罗马尼亚、拉脱维亚加入欧盟之后，爱尔兰的工资是全欧洲最高的，因此都爱来这边打工。一到暑期，又有些西班牙的学生前来打工，这边打1个月工能挣2000欧元，够他们在西班牙玩3个月的花销。

有时候，工友们也搞聚会。特别是东欧人，非常喜欢喝酒，余粟也在这样的聚会畅饮中认识了不少来自不同国家的工友朋友。

四年大学生活结束了，余粟对自己的这段青春岁月难以忘怀："我人生很美好的一部分，留在了爱尔兰。"

当笔者问起："爱尔兰四年留学生活，你觉得最大的收获是什么？"

余粟说："我感觉自己在这里特别自信地成长！这四年非常重要，我付出了自己的一段青春，但收获了人生方向的定位！收获了一个自信心满满的我自己。"

他觉得自己的选择不错，"如果选择去美国、澳大利亚这些中国留学生非常密集的国家，也许我就淹没了，或颓废了，或在迷茫中找不到自己的位置。而在爱尔兰的中国人很少，又是一个淳朴自然、热爱运动的国度，非常适合我的生长。"

"我觉得，一个人不在乎你有多少钱，也不在乎你做什么工作，但你一定要有充分的自信！这也许就是爱尔兰四年留学生活给予我最大的收获吧！"

无论在课堂、在运动场、在酒吧、在打工地，也无论做什么，余粟总给人一个东方中国阳光青年的形象。尽管他有点贪玩，有点急躁，有点缺少城府，但他总能很快融入当地校园里和社会之中，以其特别的亲和力，引起周围同学、球友、酒友、工友、女友对他及其神秘中国的兴趣和喜爱。这时,他的自信心增添了中国的背景色,他不仅代表自己,更成了中国形象的代表。

这让余粟感到格外自豪,非常自信。他没有给自己的祖国抹黑,仅为此他就感到十分荣耀!这也许就是人在海外那种油然而生的爱国情怀吧。这种祖国情怀、民族自信,是他在故乡北京,在父母亲情庇护下,都没能明显感受和体会到的。

余粟哈梅德的爱情传奇

第四章

这一朵波斯太阳花

## 妈妈的数落像机关枪扫射一样

爱尔兰留学生活的回忆接近尾声,余粟乘坐的飞机也已经进入中国的领空。

余粟望着依偎在身边的哈梅德,仍在沉沉的睡梦中微笑,这才把自己的思绪从爱尔兰转回到眼前,转回到这几天伊朗的经历,他的内心又无法平静。

十一天伊朗之行,自己认识了一个如此热情的民族,感受了一个如此充满亲情的温馨家庭,聆听了一个深爱自己的女人面对神明的郑重誓言!人生际遇若此,还奢望什么呢?

但是,婚礼现场弥漫的欢乐氛围,整个过程洋溢的无限温情,对于余粟来说,只是美好的一方面;毕竟还有另一方面,婚礼的突然而至,的的确确让他陷入极度的困顿,人生如此重大的婚礼大事,是在生育抚养自己长大成人的父母亲全然不知的情况下完成的。

24小时之前,自己还是个单身男,而现在却成了已婚男士,正宗的伊朗女婿了。想到这一层,想到此刻可能已经到了北京机场正在等候着迎接自己回国的父母亲,余粟内心的矛盾与纠结,才下眉头又上心头。

飞机降落在北京首都国际机场。出了关,提取了行李,来到接机口,余粟一眼就看见了正在朝他招手的妈妈。什么叫儿行千里母担忧?就是眼前的这一幕啊。

有着东北人爽直性格、幽默言语的妈妈迫不及待地问余粟:"儿子,这回伊朗考察得如何啊?她们家有几口人?父母都是做什么的?伊朗怎么样?安全吗?"

面对老妈如此关切的连珠炮似的追问,余粟更感到难以应答,支吾了许久,他才低着头喃喃道:"妈,现在说这些都晚了。"

妈妈一把把余粟拉到一边说:"怎么回事?怀孕啦?不是让你做好安全措施吗!"

余粟赶忙辩解道:"还怀孕呢,我们婚都结了!"

"怎么回事?你说清楚。"妈妈顿时就急了。

"哈梅德的父母在我们临走前那晚,给我们办了一场伊朗婚礼。"

听余粟说了这个,妈妈的声音噌地一下升高了八度:"什么!你再说一遍!不是让你去考察伊朗,考察她们家吗?你怎么这么不矜持?怎么这么不自爱?你太草率了你!"

余粟就像是个犯了错误的小女生,听凭母亲在大庭广众下对着他不停顿地数落。

"行了,别在这儿吵嚷了,还是回家再说吧!"爸爸阻止了妈妈机关枪扫射般的数落。

回家的路上,车里的气氛有些憋闷,静得连喘气声都能听见。哈梅德似乎有所察觉,小声问,"粟,为什么爸爸妈妈看上去不开心?我怎么做才能让他们高兴呢?"

余粟说:"没不开心,爸妈是在筹划怎么办好国内的婚礼呢。你看,伊朗的婚礼他们没能参加,这次国内的婚礼可一定要好好筹办啊。"

"你别出声,让他们静静,他们就开心了!"余粟对哈梅德敷衍着。他与哈梅德之间交流用的是英文,父母也听不大懂,争辩暂时平息了。

从机场到余粟父母家的一路上,车上四个人都在默默思考着各自的心事。

余粟想的是,他的婚姻,他的工作,他未来的一切,都要和身边这位美丽的伊朗女人永远地扭结在一起了!

## "战火"烟消云散

回到家里,父亲深深叹了口气,坐到了沙发中间。

"童童,说说你们怎么打算的?"

余粟内心的紧张一直没有平复,对父亲出乎意外的平和问话,竟然没能立刻作答。

父亲接着又说:"你们的年龄也不小了,都是成年人了,要对自己所说所做的事情负责就好!"

经过短暂的沉默,余粟似乎已经想好了。他轻微咳嗽了一声,郑重其事地向父母亲表明了自己的态度:

"我很喜欢哈梅德,也想今后要跟她在一起生活。这次去伊朗虽时间短暂,但我也深深感受到了哈梅德家庭的浓厚亲情,感受到了伊朗民族的热情好客!"

"虽说我俩谈恋爱这两年也常有争吵和闹别扭的情况,但现在,我想真正对一个女人负责,想照顾她一生!我接受了在伊朗举行的婚礼,也是想把事情早日定下来,不能让自己的感情再飘着了!我爱哈梅德,我相信在今后的日子里我会一天比一天更爱她!"

"那这次伊朗婚礼到底怎么回事?你说。"妈妈还是不能原谅儿子不打招呼,就接受婚礼的所作所为。

"举办伊朗婚礼的确是哈梅德父母的主意,他们觉得女儿女婿这次远道来伊朗不容易,办完婚礼也是了却了他们心中一件大事!……

虽说婚礼这事我也觉得有点唐突,没有什么心理准备。事发突然,没能事先和您们打招呼征得您和我爸的同意,我内心也万分愧疚,感到对不起您们。但事已至此,就请您们看在哈梅德父母的面子上,原谅儿子,原谅我们吧!"

妈妈也感到了儿子态度的诚恳,没有继续地苛责。房间里,又是一阵沉寂。

继而,父亲扶了扶眼镜,又瞄了一眼坐在沙发另一边的母亲,语气郑重地对两个孩子说:"俗话说,成家立业,也是人生一件大事!既然你们已经考虑好了,也在伊朗举办了婚礼,那就希望你们能真正相亲相爱地走下去!"

"再说,哈梅德从遥远的伊朗跟你余粟来中国,也认定了你,那余粟你一定要好好待人家闺女。我和你妈妈也看好哈梅德这儿媳妇了。"父亲又补充道。

"还有,童童,我和你妈就你这个儿子,不管我们从前说什么做什么,对你有什么过头之处,都是为了你好!这点你一定要理解。"

余粟也很认真地点头。

"如果你和哈梅德没什么意见的话,那我们也尽快准备一下,在北京给你们办个中式婚礼,你们人生中的婚姻大事也算圆满了,也了了爸爸妈妈的心愿。"

余粟简直不敢相信自己的耳朵,没听错吧?!他本以为回家之后要面对父母劈头盖脸的责难,准备好了承受家庭"战火"的淬炼,孰料情势突然呈现180°大转弯!一场预想之中的家庭"战火",转瞬之间就烟消云散。父亲的几句话,让他感觉如释重负。

见余粟眉头舒展,哈梅德也十分开心。他们一起上前,拥抱了爸爸妈妈。

"说实话,长这么大我还没拥抱过我父母呢,真是惭愧!"余粟回忆起当年情景,又恢复了一贯的调侃。

## 你的名字，是纯洁的水

有了父母认可的表态，北京的婚礼可以开始张罗了。在叙述余粟于哈梅德的中国式婚礼之前，先在此将两人两年多曲折跌宕的恋情做一番回溯。

2008年，"海归"研究生余粟，完成了数年海外学习生活和青春蜕变，也完成了父母的殷殷期盼，回到祖国。

在大国企热门职位的角逐中，经过层层面试，多方努力，余粟终于如父母所期望和要求的那样，顺利走上了中石油某部门的工作岗位，端上了至今仍让多少国人羡慕不已的国企"金饭碗"。

余粟自己也没有想到，入职后仅仅4个月，他就又一次离开祖国，飞往海外。他被单位外派，常驻在石油储量丰富的阿联酋工作。

他所在的是石油天然气管道局的一个单位，单位的主要业务，就是负责与天然气管道阀门和管道防腐的相关事宜。余粟的驻站地在阿联酋首都阿布扎比，主要工作就是接待国内对口单位的考察和开拓中东市场。

再次置身海外的余粟，像所有刚刚踏上工作岗位的年轻人一样，怀揣理想抱负，对未来前景充满憧憬但又有几分迷茫。他工作热情主动，但有时也躁动不安。

最最让余粟料想不到的是，在阿布扎比这座中东小城短短数月的驻站生活，却敲开了他今生今世的姻缘之门。

以往留学时代的缤纷恋爱交响曲都成了铺垫，命运安排了一对异国青年在阿布扎比相遇并相爱，余粟今生今世的伴侣和爱人，也如天仙般在此时此刻款款降落在他的面前。

回想起两人第一次见面的情景，余粟至今感觉似乎很寻常却又确实有点别样的意趣。

那时，哈梅德应聘在一家土耳其的天然气管道阀门公司做土耳其语翻译，而余粟恰好陪伴中方领导与这家土耳其管道阀供应商进行业务接洽和谈判。

因为工作的关系，他们在某一天相遇了。

"我叫哈梅德，是土耳其公司的翻译。我讲土耳其语，但我不是土耳其人，我是伊朗人。"哈梅德快人快语。这个带有几分诙谐的自我介绍，却让人印象深刻。不知这诙谐是伊朗式的，还是哈梅德独有的。当然，同时让余粟顿感眼前一亮的，还有哈梅德那一头金发和一双会说话的大眼睛。

"我叫余粟，是中方的翻译。我说英语，但我不是英国人，我是中国人。"余粟的自我介绍，复制了哈梅德的模式，这是一种让双方都感到轻松的回复。看到伊朗金发女郎的粲然一笑，余粟脸上也露出浅浅的笑窝。据说，余粟这个特有的笑窝，当时就引起哈梅德的注意。

两个年轻人互换了名片。哈梅德看了看余粟名字的英文拼写，说道："余粟，你的名字非常好，'su'在土耳其语里是水的意思，'yu'代表纯洁，你的名字，就是纯洁的水。"这番话，让余粟听着心里很舒服，从来还没有人能把我的名字解析得这么美好。

此时，余粟还并不知道，纯洁的水，对哈梅德来说，在她的人生、她的宿命里，有着多么重大的意义。

与哈梅德的第一次见面，一个超凡脱俗清新女孩的印象，一下子就住进了余栗的心里。这是在爱尔兰留学期间的与欧洲女孩接触时不曾有过的。

*哈梅德在伊朗大不里士*

# 伊朗姑娘哈梅德

伊朗姑娘哈梅德与中国小伙余粟同生于 20 世纪 80 年代，甚至都在 1984 这同一年，但他们的经历却迥然不同。

哈梅德从小生活在德黑兰一个生活优裕的商人家庭。父亲曾参加过"两伊"战争，后来继承祖父的商业，一直从事石油机泵方面的贸易。哈梅德是家中长女，也是深得父母宠爱的"乖乖女"。她从小在德黑兰按部就班地读完了小学和中学，大学考入了伊朗基什岛大学的酒店管理专业。

基什岛位于波斯湾的东北部，是一个方圆 90 公里的美丽岛屿。这个岛距离伊朗本土 17 公里，距离中东名城迪拜也很近。这里有着碧海蓝天，宜人气候，还有一座建于公元 8 世纪的哈亚莱历史古城，伊朗著名大诗人萨迪在他的《蔷薇园》诗集中曾经提到这座古城。

然而这个岛的诱人之处，却不在于古城的古色古香。基什岛是伊朗 1979 年革命后建设起来的第一个国家自由贸易区和免税区。来到岛上，你立刻会有与伊朗本土全然不同的感觉。岛上的汽车牌照都标波斯文英文两种文字，路牌和各类商品等也都用英文标识，为外国旅游者和投资者提供了极大便利。

这座岛屿别样的美丽神奇和自由开放的气息，对伊朗城市的年轻人产生了巨大的诱惑力。

"基什岛比较开放，宗教约束不那么严格，男生可以穿七分裤，女孩的头巾也不必严裹，挂在肩上就行，交通也很方便，飞机几十分钟可到德黑兰，坐邮轮到迪拜3个多小时就到了，基什岛大学也许在外面并不出名，但却非常受伊朗年轻人的喜爱。"哈梅德这样说。

也许，正是与伊朗内地明显不同的自由气息，塑造了哈梅德的个性，甚至影响了她的整个人生。

哈梅德大学时的第一专业是酒店管理，第二专业是化妆。而化妆的具体内容就是学习亚洲的装束、妆容，其中就包括中国、日本等亚洲国家的人物妆容，这是为电影、电视行业未来的化妆师准备的专业，也让哈梅德更多地了解了东方古国。

毕业考试时，老师要求她化一个中国唐朝女子的妆容及造型。为完成考试，哈梅德查阅了许多有关中国唐代的资料，看了不少唐代仕女图，她将女模特的眼睛画成细长，嘴唇是点朱式樱桃小嘴，然后将头发结成高高的发髻，一个雍容美丽的"唐朝仕女"就在她手中活脱脱出现了。

哈梅德不仅顺利通过了考试，还在脑海中深深刻印下了大唐中国的印象，这好似也是为她后来的中国姻缘做了准备。怪不得，她一眼就能注意到余粟脸上浅浅的酒窝。

取得了基什岛大学的专业学位后，哈梅德没有返回德黑兰，而是选择了和同学到伊朗周边的土耳其、阿联酋、迪拜等开放国家和城市边旅游边工作。她利用自己通晓波斯语、土耳其语、英语三种语言的优势，先后在几家外国公司应聘，担任翻译。

自从与土耳其管道阀门公司的美女翻译哈梅德认识后，余粟的驻站领导忽然发现，这小伙子对工作的热情明显提高，态度非常积极，中方与这家土耳其管道阀门供应商的洽谈也很有效率。为此，领导还几次鼓励余粟努力工作:"小伙子好好干,前途无量。"

"是呀,其实是我自己总在制造机会,和她多见面,于公于私都有益。"余粟后来这样坦白。

自从哈梅德的出现,余粟一直感觉不适应的阿布扎比沙漠气候和单调乏味的驻站生活,就此变得分外诱人和五彩缤纷!

## 从土耳其咖啡里读出的姻缘

都是在异国他乡,两个非阿联酋国籍的互有好感的年轻男女,工作之余就自然"黏"在了一起。

"周末相约吃个饭,看个电影,拉个小手,亲个小嘴什么的。我们很快进入了热恋阶段,没有任何阻挡,没有任何障碍,恋爱中的我们看对方永远都是优点,没有缺点。"余粟说。

长假节日,余粟还邀请哈梅德去阿联酋的迪拜游玩,他们手拉手在繁华热闹的商业街逛街购物,开着四轮驱动沙漠越野车在大漠上狂奔!观看贝都因部落驯鹰高手的驯鹰表演,爬上高高的沙丘玩惊险的滑沙!骑在骆驼上看浪漫的沙漠落日,与心爱的人结伴出游,玩得别提有多过瘾!

哈梅德含情脉脉地望着余粟:"粟,你不是我想象中的中国人!因为在伊朗人传统印象中,中国人很文静,很含蓄的,不那么善于表达。可你,那么开朗、逗乐、果敢、性格张扬!"

余粟也深情抚弄着哈梅德的金发,告诉她:"哈梅德,你知道你的眼睛有多美丽吗?那是一种深邃的美!有故事,有神秘感!"

余粟还坦率地说:"说实话,我在阿布扎比也看到了不少欧美公司驻这里的美女白领,她们漂亮、有型,但眼神却很直白,很肤浅,缺少欲望和故事。我喜欢伊朗女人深邃美丽的大眼睛,我愿意去探究那后面深藏的故事,蕴含的神秘。"

有时，余粟会盯住哈梅德的眼睛细细看，"为什么你的眼睛是灰色的，还会变颜色，是不是带了美瞳呢？"

哈梅德颇为神秘地告诉余粟："粟，你看那波斯猫的眼睛不是就会变换颜色吗，那是在不同光线下反射出的不同色泽！我们波斯女人就像波斯猫一样哦！"说着两人呵呵笑着拥吻起来。

有一次看完电影，这对热恋情人相拥走在深夜阿布扎比的街头，路上几乎没什么行人，只有柔和灯影和着凉爽夜风陪伴着他们。哈梅德很认真地告诉余粟，她曾经经历过一个土耳其咖啡占卜的故事。

占卜是从远古流传下来的人们预测未来的方法，世界各国和不同民族的占卜方式繁多，比如中国人的看掌纹、抽签占卜，古埃及人的掷骰子占卜，柬埔寨人的塔罗牌占卜，日本人的茶叶占卜，西方人的星象占卜，等等。而在中东一带，土耳其咖啡占卜是颇为流行的一种。

土耳其咖啡很浓很苦，通常是一小杯加一个托盘，一次总要喝好几杯的。喝完之后，每杯都会剩下一层厚而黏的咖啡渣。如果把喝完咖啡的杯子一个个倒过来，扣在托盘上面，咖啡黏渣就顺杯边流下，挂在杯边沿。挂几分钟稍干后，再将一个个杯子翻转过来，杯里就呈现出各种形状的杯挂图案。占卜师就是根据这些奇形怪状的图案，来预测占卜人的未来命运。这种占卜术，也叫作读土耳其咖啡。

那时，哈梅德还在基什岛上学。同学们相约请来一位有名的土耳其占卜师为他们读土耳其咖啡。这位有名的占卜师时间宝贵，要预约他读土耳其咖啡需要等很长的时间。男生一般找他预测未来的财运和前途，女孩一般选择读婚姻。

哈梅德当然也选择预测自己未来的婚姻。这位土耳其占卜师仔细读了她的咖啡杯挂，然后不紧不慢地告诉了哈梅德四条："第一，你今后的另外一半肯定不是伊朗人；第二，那个人会从一团白色中走出来；第三，那人与纯净的水和溪流有缘；第四……"

占卜师慢条斯理，哈梅德有点迫不及待，就追问道："那我们是怎么相识的呢？"占卜师看着托盘说："第四，你们俩前世相识，就在水边，你的那位前世曾是一位将军，带领一帮人转战南北，最后牺牲，客死他乡。"

哈梅德的婚姻占卜故事，让余粟感到很神奇，好像真有很多与现实暗合的成分。

第一，余粟不是伊朗人，这一点无疑说对了。

第二，他从一团白色中走出来，也与当时情景相符。余粟与哈梅德初次见面那天，他正好穿的是一件白色短袖衬衣，浅色西裤，一双白运动鞋，因为阿布扎比的天气炎热呀。那天，他们还开着一辆中石油驻站工作用的白色越野车，真的是从一团白色中走来。

第三，哈梅德第一次见余粟时，哈梅德就对余粟的名字做了解读，"su"是水的意思，"yu"代表纯洁，余粟的名字就是纯净的水，自然与清水和溪流有缘。

只有第四点的解说，要绕一点弯子，但依然不乏暗合之处。余粟记得父亲曾给他解释过为他取名的含义，把他的名字倒念，是"suyu"，中国人民解放军中有位赫赫有名的战将名叫"粟裕"，恰与"yusu"谐音得一点都不差。看来这前世将军之缘的说法，也确实能找到逻辑线索。

这土耳其咖啡占卜还真的非常准呢，余粟不由得内心惊叹，当然这也是"信则灵"。

或许真的是前世有缘，伊朗姑娘哈梅德诚心相信她的姻缘占卜，她认定自己的另一半就是此时身边的中国帅哥余粟。经过这一段时间的接触,她相信了宿命,她要爱余粟,爱到地老天荒,走遍海角天涯,她也要一生一世与他永远相伴!

## 你懂了吗？波斯女人这样表达

然而，真正长久的爱情，绝不会始终是在风平浪静中延续的。这对异国情侣的爱恋过程，也不总是含情脉脉，有时也会爆发出激烈的碰撞。

最初约会聊天，余粟常会混淆波斯、伊朗和阿拉伯之间的关系，闹出笑话。哈梅德总是极为认真地纠正余粟："我们是波斯人，不是阿拉伯人，我们讲波斯语，不是阿拉伯语，波斯语是 28 个字母，阿拉伯语 25 个字母。阿拉伯语是从波斯语脱胎演变而来的。"

余粟还记得，他对波斯的第一印象，来自于少年时同学送给他的一支波斯铅笔。那时余粟刚上初一，班上来了个刚从伊朗回国插班读书的男生岳岳。岳岳从小跟随在伊朗经商的中国父母生活，并在德黑兰的国际学校读完小学。

新来的岳岳与余粟很快成了喜欢踢足球的好友。一天，余粟和岳岳一起踢完球回家，岳岳从书包里掏出一支印着花纹形文字的铅笔送给余粟，说这是从伊朗带回来的礼物。余粟好奇地拿过这支异国铅笔，打量着上面的文字，岳岳见了扑哧一笑，说他把铅笔拿反了。岳岳告诉他，铅笔上印的是波斯文，是伊朗使用的一种古老文字。这支铅笔，让余粟第一次知道了伊朗，知道了波斯文字。

而现在，一位波斯美女哈梅德就在身边向他耐心讲解，这让余粟的认识愈发清晰，记忆更深刻了。以致后来在他带中国去伊朗旅游的团队时，也常常纠正第一次到访伊朗容易引起误解的中国客人。

一个周末，两人相约一起逛街。中午，他们在一家中餐馆吃面，余粟要了两碗在北京也常吃的牛肉面，想让哈梅德与他一起品尝一下久违了的家乡味道。

可当余粟正"吸溜吸溜"吃得香时，哈梅德却皱起眉头，使劲撇嘴说："哎哟，你能不能不出声音呀。"

余粟看了哈梅德一眼，不以为然地说："怎么了，我们中国人讲究吃饭要吃出声音来，这表明饭菜好，吃得香！"

哈梅德一听余粟解释，更气了："这声音不像动物在喝水啃草吗？我们人类应该是文明而彬彬有礼的，进餐时也不应搅扰他人。"余粟还想争辩几句，但又怕惹恼了哈梅德，只好闷不做声。

有时两人一起逛街，余粟像许多镜头里的中国先生一样，会主动帮女朋友拎包提袋，一方面显示他的主动热情和两人的亲密关系，一方面期待着女友借此向他撒娇。可哈梅德偏偏不干，一摇头一摆手："包包得自己背，我们伊朗女孩从不会这样在男友面前撒娇。"这种直截了当的拒绝，常常把余粟对恩爱的期待被一扫而光，备感失落。

有时逛街逛累了，也没地方坐坐，余粟就顺势蹲在了路边休息。谁知这也让哈梅德非常看不惯，"哎哟，这个姿势太不好看了！我们伊朗人要么站，要么躺，要么盘腿坐，怎么能这样蹲在地上。"

余粟也毫不相让："你去我们中国山西、陕西看看，人家都是蹲在门口吃饭，蹲在门口聊天呢，这有什么新鲜！"

更让余粟难以接受的，是在商场购物或在外吃饭时，因为心情愉快，情不自禁想揽着恋爱的女友哈梅德亲吻她。这对曾经在西欧留学的余粟来说，是很自然的。可每次都会被哈梅德婉拒，她不允许余粟在公开场合亲吻她。

"亲吻是两个人很私密的事情，不能在这样的场合。"哈梅德说。

"爱，就应该坦率的、毫无保留地表达出来，有什么必要遮遮掩掩呢！"余粟争辩。

"如果你们俩旁若无人地抱在一起，对旁边的人，特别是没有恋爱的男女来说，可能是一种负能量，是不好的。"哈梅德胸有成"理"。

"你看今天，无论西方还是中国，街头恋人拥抱、接吻早已是司空见惯的事了，很自然美好！你为啥还这么封闭！"余粟有些生气。

"粟，这是我们伊朗人的思维方式和行为习惯，请你慢慢理解！"哈梅德丝毫没有妥协之意。

一对异国恋人，在彼此陌生的国度相爱相恋，彼此都有着强烈的民族自豪感，都非常强调自己的行为方式和民族习惯！他们彼此热烈地爱，也彼此激烈地碰撞，这也许就是这对异国恋人所要品尝的爱情玫瑰的芳香和利刺吧。

后来随着彼此交往日深，余粟才渐渐了解体味到了波斯女人的韵味。

即使是恋爱中的波斯女人，也很少直接表白"我爱你！"，更少会在公开场合拥抱亲吻。这在她们看来是过于直白，缺少文化层次的表达，而她们从小受到波斯伟大诗人哈菲斯的精神指引，把他的诗歌描摹作为人生和日常生活的导引。她们习惯和向往诗意的生活，含蓄美好的感情表达。

久而久之，余粟更发现，波斯女人非常善于用各种手势和肢体语言，传递各种感情和心意。他渐渐体味出，这更能传递出爱的丰富信息。

一起看电影时，哈梅德经常会捋捋余粟的食指，虽然他知道这是爱意的表达，但具体所指就不好意思问了。

那时余粟经常去健身，手的皮肤很糙，为了女友，他开始抹护肤品了。再一次约会，哈梅德感觉到了，就问"粟，你在用护肤品？"

"是呀，这样你摸起我的手会感觉更舒服些！"余粟的回答带着几分调侃。哈梅德听了，哧哧地笑起来，却并不告诉余粟为什么笑。

有时吃饭，她也常摩挲余粟的肩膀，"是我有头皮屑吗？"余粟开始感到奇怪，后来才逐渐明白。

波斯女人的这些手势都表达一种感情，比如捋手指，表示喜欢你感谢你。摩挲肩膀，表示基本赞成你的说法，但还有不妥之处，等到适当的场合再予以指出。而摸脸颊和眉毛则表示对你深深疼爱甚至亲昵……

## 我想回国创业

余粟和哈梅德在异国他乡的相爱相恋,虽说有波澜起伏,却依旧如火如荼。然而经过了在阿布扎比几个月的工作,余粟常常会对自己发出这样的疑问:你是否要永远固守在中石油大国企单位终其一生呢?他有时会因为不能马上做出答复而陷入迷茫。

大国企单位自有一套企业文化和规章制度,日常工作办事也自有规矩和固定程序,初来的年轻人的确需要适应和融入;而余粟向往的是能充分发挥个人的能力,不愿意受太多条框约束。他觉得自己性情不适宜在体制内工作,目前的状态,不是他的最佳选择。

余粟知道,自己走上这条国企路,端上这个金饭碗,他的父母从物质到精神都付出了许多。但他不想安于现状,不想一味按照父母为自己设计的人生路子走下去了。

也许父母是对的,也许有很多人羡慕自己现在的工作,也许他这一次选择是极大的任性!但余粟最终还是下了决心:我要离职!放弃安稳得有些安逸的工作,自己去创业,做点自己喜欢的事情!

当自己做出这样的选择后,女朋友哈梅德又将何去何从呢?余粟觉得要和她一起商议一下。

"愿意与我一起去中国生活吗?再说如果你留在这里发展,也很难预料今后的前景如何,不如跟我回中国,回北京,那里的发展空间广阔。我们一起在北京打拼,我想创办一所外语培训学校。"

对于哈梅德来说，按照余粟的想法去中国发展，就意味着她要远离家乡故土，去一个她语言不通，又十分陌生的东方大国生活和工作，这确实是一个大大的难题，这让她长时间地犹疑不决。

但是，她想到自己曾经暗暗发过的誓言，想到只有这样才能和亲爱的粟携手走到一起，为了爱情，为了未来，异国生活的困难又算什么呢？不懂语言她可以学中文，工作上可与余粟一道创业，创业路上的苦与乐，她可以和亲爱的粟一起分担共享，那也是一种幸福！

这么想着，伊朗姑娘哈梅德最终选择了跟余粟去中国发展。

2009年的5月，余粟和哈梅德一起回到了北京。在父亲的支持下，他和父亲的一位曾在教育部门工作的俄语专业人士一起合作，创办了邦杰外语培训学校。余粟很看好小语种培训市场，何况还拥有优良师资的资源。

从此，"海归"余粟操持起学校的行政事务，波斯美女哈梅德在前台负责招生和教务。学校聘请的好几位洋外教，也是通过哈梅德的关系。在当时，这种民办外语培训学校还是很稀罕的。

经过两年发展，他们创办的邦杰外语培训学校很快在京城红火起来。他们随后又陆续开办了5个分校，社会效益和经济效益都很不错！

左 伊朗

右 中国

余粟哈梅德的爱情传奇

第五章

阿布扎比式的
单纯浪漫一去不返

# 北京的夜晚不平静

北京这个历史悠久的都城,能包容的内涵太深厚、太宏大了,其中也包含了余粟与哈梅德回到这里之后在感情方面经历的波折、动荡,乃至严峻考验。

刚回到北京,余粟和哈梅德住在北京北五环外,偶尔回趟家。父母隐约听说了他在与一位伊朗女朋友交往,明确而强烈地向他表达了不赞成之意。

父亲认真而含蓄地劝导他:"童童,你别把跨国婚姻看得太简单了,将来一起生活会遇到很多困难,你认真考虑过吗?"

妈妈更是率直干脆地说:"童童,从你留学到现在,谈了几个洋妞女友,哪个靠谱?哪个成了?这不瞎胡闹吗?再说你现已决心回北京,还就该现实点,找个北京女孩更靠谱。咱北京女孩,要模样,要身条,要学识,要素养,哪样没有,哪样比洋妞差呢!赶明儿妈一准给你介绍一个让你满意的!"

余粟知道父母亲的心思,也觉得一时和他们难以说清,干脆就来个不与争辩,自顾自忙乎办学校的事情。

后来被父母逼问得不耐烦了,为了不让他们再唠叨,余粟就干脆骗他们说:我们吹了,我现在没有女朋友了。不知情的母亲信以为真,便悄悄地为儿子物色起她自认为合适的女朋友来了。

而就在那段时间里,余粟和哈梅德的感情的确出现了不小的波动。

*哈梅德初到北京时*

两人从时常拌嘴升级为吵架,几次闹得不很愉快。

余粟回到祖国,回到熟悉的北京,不像在阿布扎比,除了工作单位的人,没有其他可以深交和来往的人,除了单位的业务,没有更多需要他全力以赴解决的伤神难题,他可以把自己全部的业余时间都用来陪伴哈梅德。

到北京后,余粟有熟悉的人际圈要应酬,创业也有许多事务性的忙碌,需要与各种人打交道,陪伴哈梅德的时间被大大压缩。而这个时候,却恰恰是哈梅德更需要余粟陪伴乃至呵护的时候。

初到一个极为陌生的国度,环境不熟悉,更没有亲人朋友的关切。

任何人在这种情况下，都会陷入一种极度的孤独。如果此时没有感情方面的牵扯，将自己封闭起来，或许反倒容易扛过这种身为异国异客的寂寞阶段。

但哈梅德是有情感依托的，因此这个时候的余粟，就对她格外重要，他是她唯一的精神寄托和倾诉对象。可偏偏是这个时候的余粟，却不能像在阿布扎比时那样，让哈梅德有较多时间与自己相依相偎了。创业遇到的烦扰也会时不时地让余粟情绪不好，不是总能露出浅浅的酒窝，为哈梅德解忧了。

更多时间面对空寂的哈梅德，感到了前所未有的冷落。对一个女孩来说，对男友的冷落是分外敏感的，而这种敏感，传递给男友的第一感觉，就是她怎么突然变得爱猜忌了。

余粟从小就因为父母过于严密的管束，特别渴望自由自在的状态。爱尔兰的留学生活，让他感受到自由的可贵，因此工作不久就难以忍受国有企业的体制束缚，辞去了工作。因而只要他出门在外，或与朋友们相聚，高兴起来，就有些放任，忘记了时间。

一再出现这种情况，哈梅德难免有怨言。而此时的余粟，对女友的过多约束也渐渐出现了腻烦心理。双方在这样的情况下，很容易出现磕磕碰碰的问题，以致摩擦不断。有些过去不是很介意的、稍作解释便可释然的小纠纷、小误会，却会被放大，甚至闹大。

有一次，余粟忙完学校的事情，开车带两个熟悉的女孩出去吃饭。哈梅德马上电话打过来追问："粟，你干什么去了？"余粟随口说是跟公司的同事在一起呢。

"我都看见了，你带了两个女孩开车出去。你为什么总是骗我呢！"哈梅德说，"你可以跟异性朋友去吃饭去玩，但你一定要告诉我！不要总跟我撒谎好吗?"

余粟暗自思忖:真告诉她吧,肯定免不了引起她的唠叨不满;不告诉她吧,又说我欺骗她!这让我怎么办好呢?这些事是掰扯不清的,为了减少摩擦,他还是较多的时候选择了欺瞒搪塞,但换来的却是更多的猜忌和争执。

那年冬天,两人又为了一点琐事争吵起来。气头上的余粟把哈梅德的化妆品、指甲油等从窗户扔到了楼下,"哈梅德,咱们分手吧!我不想继续下去了,我没有任何个人隐私!"

"粟,你别闹了,我有什么不对,你说还不行吗?干吗那么大气!"哈梅德站在门口,痴痴看着余粟说。

"哈梅德,你漂亮,本科毕业,又有三种语言,你干吗还黏着我呢,你走吧。我求你了。"

"那我消失一段时间好吗?"

"你消失多长时间?"

"消失5分钟,我把你扔下楼的东西再捡回来,因为那是你给我买的,是我珍藏的记忆,你不珍惜我还珍惜呢!"

这就是哈梅德,她内心特有的韧性和脱俗的诙谐,在这种时刻的流露,一下子就让余粟的心软了下来,对哈梅德顿生爱怜。他赶紧说:"刚才是我哪根筋搭错了,请你原谅!我跟你一起下楼去捡东西吧!"

两个人马上下楼,去雪地里把扔的东西一样样捡回来,然后回到屋内抱在一起痛哭。

几番面对哈梅德的柔情,余粟还是回心转意了。然而,阿布扎比式的单纯浪漫,已经一去不复返了。可他们对此并没有清晰的认识,还没有充分的思想准备,纷争还将不可避免地出现……

# 哈梅德第一次写中文："余粟坏"

哈梅德来到中国不久，余粟就帮她联系了对外经贸大学办的汉语班，并迅速办理好了入读手续，哈梅德从此开始了汉语学习。

有一天，余粟问哈梅德："学会了哪些中文词汇啊？"哈梅德没言声，却从书包里拿出一块橡皮，扔给了他。余粟接过来一看，橡皮上用蓝色圆珠笔歪歪扭扭写着三个字：余粟坏。

余粟看了心里郁闷：这学校是怎么教中文的，怎么一上来就学了这几个字，什么意思吗！再仔细想想，这不奇怪，这正是自己的所作所为，给女朋友哈梅德留下了太深刻的印象！

有一次，余粟和天津的两个兄弟约好，周五下午他忙完邦杰外语培训学校的事情后，开车直奔天津聚会。周末晚上不陪女朋友，担心哈梅德不高兴，他只得撒个小谎来搪塞。

车开上了京津高速，余粟才给哈梅德拨通了电话。"亲爱的，我正在去天津的路上。下午刚接到跟天津学校谈合作的电话，现在赶紧开车过去。我看情况，如果谈完了，晚上我尽量赶回北京。"

哈梅德边听边叮嘱他："粟，好好开车，注意安全，晚上回来更要小心哦！"

"是勒！"余粟放下电话，向着快乐紧踩油门："欧耶！"

天津的兄弟，是余粟在爱尔兰留学时的校友。当年在爱尔兰经常聚会，关系特"铁"。现在大家都陆续回国发展了，平时也常有电话联系。

这次，从爱尔兰一别后就没有再见面的他们终于要重聚了，当然高兴啦。老同学加天津几位新朋友齐聚酒吧，一帮人喝酒聚餐，唱歌跳舞，好不热闹。

这样一闹，晚上还能回家吗？管不了那么多了。但是得继续编谎话，在哈梅德这儿"圆"过去。晚上九点多，他又拨通了哈梅德的电话："喂，亲爱的，天津合作学校太给面儿了，非要请我吃饭，大家吃饭还喝了酒，酒驾回北京太危险了，也违法，那我就不回去了，一会就去住我朋友家，你不用担心！"

哈梅德在电话里叮嘱了一些话，并让余粟把住宿朋友家的地址发给她。余粟心虚，怕不发个真地址会露馅儿，只好按要求把天津哥们家的地址用短信发给了她。

接下来，大家继续团聚大 Party，嗨歌飙舞美心情。欢聚畅快的时光过得最快，不知不觉已经玩到了午夜时分。

这时，余粟的爱尔兰校友接到了他母亲打来的电话，说家门口站了一个外国女孩，问自己的儿子是不是惹什么事了，要不怎么会招来个洋妞呢？

朋友请母亲询问洋妞叫什么名字，母亲回复说好像叫什么"金斯塔"。

"金斯塔？还是哈梅德？"余粟听到顿时警觉了起来，"走，赶紧回你家看看去！"他说着拽起朋友就直奔他家而去。

刚到朋友家楼下，就见哈梅德直愣愣地站在门口，一脸气鼓鼓的样子，旁边还停着一辆北京牌照的出租车。

余粟像大尾巴狼似的垂着头走到她面前，哈梅德满脸涨得通红，怒气冲冲对余粟说："我不想听你的任何解释，你赶快把出租车费给师傅！"

"余粟坏"

北京这位的哥也颇有意思,他把头伸出车窗对余粟说:"小伙子,知足吧!人家大晚上从北京打车到天津来找你,你要好好待人家姑娘,别给咱中国爷们儿丢人。"

余粟赶紧拿钱给师傅说:"得嘞,辛苦您了,感谢您把她带来。"

余粟一面低头诚恳接受哈梅德的"批评",一面脑子里还转起了"小算盘":哎,只怪自己太傻了,看来要想痛快玩,就得离北京再远些,要么不小心就被逮回去了。

吃一堑长一智!余粟不久后又筹划了一次朋友聚会,地点转移到了距北京较远的上海。这次一定能在她不知情的情况下大玩一场了,余粟心中窃喜。

正好一年一度的教育展在上海举办,余粟趁这次机会带领邦杰外语培训学校的几名外教去上海参加展会。这回可是合情合理的出差,没有任何掺假。哈梅德也完全清楚,他确实去参加这个活动。

展会活动结束,余粟对几位外教说:"为感谢各位对学校的付出,今晚我们好好放松一下,我在上海有位爱尔兰留学时的校友,他今晚一定要给大家安排接风。"外教们情绪兴奋,余粟也正好名正言顺地和爱尔兰哥们儿聚会,一个通宵达旦的快乐大派对正等待着他们。

一行人在流光溢彩的夜上海尽情举杯,尽情欢乐。余粟正喝在兴头上时,手机响了,他知道一定是哈梅德在关注自己。

"喂,亲爱的,我挺好!正和客户在一起呢,吃完饭就回酒店,我把酒店地址给你,你要不信可以从北京打车过来。"说完这番话,余粟不禁为自己的幽默沾沾自喜。

"行,你发过来吧,我就在虹桥机场,估计1个小时就到酒店了。你慢慢陪客户,我在酒店等你哈,亲爱的粟!"哈梅德回答得优雅从容。

"哇!真的就追踪到上海来了,给我来了个猝不及防!"此时的余粟,哪还有什么心情放松玩乐!赶快招呼大家:"都自由活动吧,祝各位在繁华大都市夜上海找到自己想要的!"

说罢他赶紧打车往酒店赶去。到酒店时,哈梅德已经在大堂等他了。"她的那双大眼睛再次聚焦在我的这双小眼睛上,好像能把我看穿。不,是已经把我击穿了!"

哈梅德眼里充满了讽刺意味地问:"难道我又来的不是时候了?这就是我要信赖一辈子的男人吗?你到底要骗我到什么时候?!"

这几句话犹如尖刀一样刺中了余粟，他心里酸酸的，觉得眼前这位女人为他付出了太多太多，将心比心，不能再让她受到任何伤害了！

余粟诚恳地说："亲爱的，我不会再骗你了！既然你来了，咱俩就好好逛逛大上海吧！"这对异国恋人相拥奔向了码头，乘上黄浦江游船，欣赏着这个只属于他们俩的夜上海……

## 当她真的说要分手时，我却真放不下了

但有一次，余粟真对哈梅德动了手。"这是我这辈子唯一一次打女人，而且打的竟是她！"回忆起这件事，看得出余粟是由衷的忏悔。

那时候，哈梅德正在邦杰外语培训学校负责前台的招生教务工作。忙里忙外，一天班站下来，她感到很疲惫。

那天，余粟约她下班后一起去见个客户，洽谈业务，说好了一会儿开车来接她。当余粟接到哈梅德时，只见她一脸疲惫的样子，头发散乱，丝毫没有妆容，衣服也很随意，脚上也没穿高跟鞋。

"哎，你怎么这样就来了！"

"上了一天班很累，下了班我就想早点回去休息。"

"那怎么行，这样见客户也让我太没面子了！"余粟有点急。

说完拉着哈梅德去附近的地方，现买了双高跟鞋应付门面。

但余粟看哈梅德的脸上仍没有一丝笑容，气又来了："你能不能给个笑脸，咱们是去见客户！本想让你代表学校的洋外教出点彩的，可谁愿意看一张毫无表情的脸呢！"

"我确实很累，没心情去应酬了，真想早点回去休息。"

"那怎么行，我跟客户约好了，要带学校的洋外教来见面的。你不去不就砸了吗？你今天去也得去，不去也得去！"余粟越说嗓门越高。

"我今天就不去了，你想怎么样？"哈梅德本来就窝着火，这会儿终于爆发了。

这时余粟又急又气，抓着哈梅德的手拉着她走。哈梅德使劲反抗着，两人就在街头拉扯起来。情急之中，余粟有点失去理智，一把抓住了哈梅德的衣领，用头撞了她的脸一下。哈梅德被撞得疼痛难忍，啪地回敬了余粟一个巴掌。

就这样，两人都冲动地扭打起来，一下引来了不少路人围观。只听有人在喊，别欺负人家女孩了，别给中国男人丢脸了！余粟心说，关你们什么事呢？可围观的人越来越多，而且显然都向着这个外国女孩。

余粟一看没招了，只好扭头自己走了。那晚，他虽然跟客户吃了饭，但却什么事也没谈成。余粟回到住所，还憋着一肚子的火气，但看着哈梅德坐在那里抹眼泪，眼睛乌青，脸也肿了起来，便一下子心软了下来。

"实在对不起！"一条汉子，最不怕的就是硬碰硬；但一遇柔情和眼泪，就崩溃了。

哈梅德浑身颤抖，抹泪哽咽："我长这么大，连我父亲都没动过我一个指头，而我这么爱你，你却打了我。"

余粟辩解道："我不是故意的，没有站稳撞了你一下，难道你真的就要和我分手吗？"

"我真的受不了你了，咱们分手吧。我和你在一起感到压力很大，我不知道你什么时候能变成一个真正的男人。特别是看到你和那些女孩的亲密短信，我心里真的很难受！我觉得我等不到我盼望的那一天了，尽管我一直抱着希望！"

以前两人吵架拌嘴，余粟也多次提出过要分手，但哈梅德始终坚守这份感情，从没有同意，从没有放弃过。可这次，分手的话从哈梅德的嘴里说了出来，她真的绝望了。这回感到无法承受的，变成了余粟。

"当她真的跟我说要分手时，我却真的放不下了。"余粟坦诚地说。

余粟真真切切感到，这个伊朗女人的确不寻常，她是真正的爱我。不管我做了怎样对不起她的事，总有她在背后等着我，看着我，不会放弃我。

余粟坦白说，结婚前确实做了不少对不起她的事，也不太懂得珍惜这份感情，但当你真喝多了不省人事回来，或情绪遭遇了低谷的时候，总感觉有一双眼睛在注视着你，有一个人怀着真爱在后面等着你。

"玩累了就回家，我等着你。"这是哈梅德经常和余粟念叨的一句话，这话看似平平常常，平日余粟也没有细细品味，但此刻想起，一种挡不住的温柔暖流，一下子让他感到被淹没了。

"你说放不下，是不是找不到我这样的女孩，无论何时何地都在关心你。"哈梅德半开玩笑半认真地追问道。

"不是找不到，而是我们俩走到今天太不容易了！你真的爱我懂我！"

那一夜，余粟和哈梅德彻夜长谈。

从那天以后，这对异国情侣彼此更多了一份理解与信任，爱得更甜蜜了。

从那天以后，余粟把哈梅德带回家，正式与父母家人见了面。

# 在北京过伊朗新年

三月里,北京迎来了早春,连翘鹅黄,柳叶新绿,杏花粉红。

而在伊朗,人们也正在迎候一年一度的伊朗最隆重的传统节日"诺鲁兹"节,即伊朗新年。

"诺鲁兹"节是按照伊朗太阳历计算的一年开始的日子,一般在公历3月21日这一天,相当于中国农历的春节。

余粟记得那天晚上,他忙完邦杰外语培训学校的事情,回家就早早休息了。因哈梅德下班后要去买东西,她告诉余粟,如果回来晚了就别等她了。

等余粟一觉醒来,忽然发觉眼前有一团红红的光焰。他抬眼一看,原来哈梅德穿着一身红裙,头裹绣花纱巾,手捧着一本诗集,正静坐在桌前默念。桌上摆着她刚买来的苹果、金鱼、菜苗,还有醋、金币等好几样东西,桌前还点亮了两根红蜡烛。

原来,今夜就是伊朗新年前的除夕夜,哈梅德按照伊朗的习俗,买好了节日家中必摆的七样东西,准备迎接她在北京的第一个伊朗新年。

余粟被哈梅德和她布置的美好氛围所感染。他轻轻起身,从身后抱住哈梅德,想给她一个拥吻。但哈梅德轻柔地对他说:"粟,请别动,先听我给你朗诵刚翻到的这首我们伊朗古代大诗人哈菲兹的诗歌。"

心着火了
……
她神态如女王，面如明月，额如维纳斯，
神啊，她是谁的稀世珍珠，无价宝玉？

她那无人饮过的红宝石酒，已使我狂醉，
美人啊，她为谁注满酒杯？她与谁为侣？

快在主面前问问吧：命运究竟判给了谁……
与那欢乐之光结为伴侣的最大的福气？

我叹道："没有你，哈菲兹的心如此烦乱！"
她偷笑着回答："你自寻烦恼，与我有何关系？"

　　心如圣火的女王，在她的中国王子的面前，那么圣洁美好！哈菲兹的诗歌，对伊朗人和伊朗家庭来说，就好比西方的圣经。无论节日或纪念日，伊朗人都会打开他们最崇拜的大诗人哈菲兹的诗集朗诵，家长念给子女，长辈为晚辈朗读，他们会从哈菲兹的诗歌中汲取生活的灵感和智慧。

　　伊朗春节前的除夕夜，也是合家欢聚，吃顿丰盛"团圆饭"的时候。按照习俗，家里的桌上都要摆七样东西，这七样东西的波斯名称，第一个字母都为 S，所以又称为"哈夫特辛"，即"七个 S"。

　　这七样东西，各有其含义：麦苗或豆苗，寓意万物生机勃勃，欣欣向荣；苹果，寓意硕果累累，鲜美滋润；陈醋，寓意生活美满，有滋有味；大蒜，寓意驱除病患恶魔；金银币，寓意招财进宝，发家致富；香料，寓意生活美好；麦芽糖，寓意生活甜蜜。

此外，桌上还放着《古兰经》和伊斯兰教什叶派鼻祖阿里的画像。还有象征光明、诚挚、前程似锦的镜子、蜡烛、彩蛋和金鱼。

在伊朗，"诺鲁兹"节政府法定的假期是5天，而通常人们要欢度13天节日，就像中国人的春节要闹到正月十五。

伊朗新年，从初一到初三，人们走亲戚访好友，互祝新春快乐。晚辈给家中长辈拜年，长辈要给晚辈红包"压岁钱"；去亲友家做客，

波斯新年家中要摆放镜子、苹果、金鱼等象征吉祥的东西

主人会拿出各种美味甜点和干果款待客人。大家或坐在茶炊旁饮茶，谈天说地，或围着一个大水烟袋轮流吸烟，欢度良辰。

而郊游是"诺鲁兹"节的最后一项活动。伊朗人认为，"十三"是个不吉祥的数字，如待在家里会招来灾祸，因此，正月十三日也称新年里的"踏青节"。人们要合家出游踏青，以驱灾避邪。这一天，大小公园和绿野山坡上游客如云。人们尽情地放风筝、荡秋千，插青柳，打草结，聚会野炊，享受大自然的乐趣，流连忘返。

在北京的这个伊朗新年除夕夜，哈梅德准备了伊朗人喜欢食用的藏红花米饭、烤肉、沙拉、水果等，两人边吃边聊，好不欢悦。哈梅德连说带笑，给余粟讲述了自己幼年时过伊朗新年的许多有趣往事。

哈梅德还记得，有一年跳"祝火"的情景。

全家人欢聚在自家门口附近，燃放烟花爆竹。炮仗声此起彼伏，炫丽的烟花瞬间点亮了德黑兰的夜空。"孔明灯"随风飘向美丽的夜空，处处散发着伊朗新年前的快乐与祝福。

在德黑兰的大街小巷里，人们点起枯树枝，燃起一堆堆篝火，举行跳"祝火"活动。小伙子一马当先，奔腾跨过火堆；少女们体态轻盈，飘然渡越，如翩翩起舞；有人单独跳，有人相互鼓劲排着队跳。老人们在袅袅余烟中缓步穿行，口中还念念有词："黄色(指身体萎弱)予你；红色(指体格健壮)给我"。大人孩子，男女老少，跳"祝火"的人们脸上无不挂着幸福的笑容。人们跳过火堆，象征用火来净化身体，祛除病魔，祈福来年身体健康，生活安顺。

"那年跳'祝火'后，我们几个披着面纱的女生，结伴而行，边敲银勺，边哼小曲，走过邻居家索要糖果，名为'讨吉利'。讨了吉利，我们还站在街巷拐角处的阴影下，偷听过往行人的谈话，并用听到的

第一句话来卜算自己明年的吉凶。那天,我听到的恰好是:'美梦成真'。我觉得,今天才真有点美梦成真的感觉。"

哈梅德兴致勃勃的回忆和描述,让余粟分享了伊朗新年和跳"祝火"的欢乐。余粟也讲述了自己童年时代的中国春节习俗,在这对异国情侣心中,两个古老民族的传统节日既有相同,也有差异,却同样美好!

在这有滋有味的伊朗新年的除夕,这对异国情侣憧憬着美好的明天。

*在伊朗的雅尔达节那一天*

第六章
我成了硬件合格的
穆斯林

## 要签合同的伊朗婚姻

就在这个美好的伊朗新年过后不久，余粟便与哈梅德一道踏上了首次伊朗之旅，并在经历了一个突然降临的婚礼之后，又回到了北京。

在伊朗，举行婚礼只是约定俗成的一种社会习俗，这一点伊朗人和中国人一样都讲究。然而一个外国男士要正式娶伊朗女子为妻，还必须履行签订合同的手续，才能取得伊朗法律承认的结婚证书。

迎娶伊朗女子的外国男士，必须要到伊朗驻该男士国籍所在国家的使馆去签订结婚合同，余粟要正式娶哈梅德为妻，自然也要遵守这项规矩，走完所有的法定程序。

伊朗的这个结婚合同的条款很完备很细致，主要是以法律文书形式来保障与外国人结婚的伊朗女子的各项权益。

结婚合同的第一项是，要保证你所娶的伊朗女子一年至少回伊朗探亲一次（如果女方要求）。这一项在余粟看来合情合理，伊朗媳妇应该有回娘家探望父母的权利。再说每年一次北京到德黑兰的往返机票他自信还是承担得起的。

合同的第二项，是要保证所娶的伊朗女子一年内至少有一次在所在国国内旅游和一次出境旅游。"这项要求是不是有点高了，我娶的是过日子的媳妇儿，不是个旅游女呀？"余粟在看到这个条件时暗自嘟囔。

他很奇怪，伊朗的婚姻合同上怎么会设计出这样的要求，伊朗是个热爱旅游的民族吗？但又一想，这样的要求还真是比较高雅的，总

余粟在伊朗克尔曼省列入世界文化遗产的王子花园

比每年送个什么礼物，添置个什么物件之类的有情趣多了。

再说旅游这事咱也喜欢，经济上也还负担得起。就说国内旅游吧，从北京开车到天津，或去趟北戴河，这不也算国内旅游了吗？国际旅游呢，可以借哈梅德回伊朗时一并兼顾，先从北京飞迪拜待上几天，或者飞土耳其待几天再返回伊朗，这趟国际旅游不也就算解决了吗！再说中国周边，花个两三千、三四千，就可以游一个国家，这不都算是国际旅游吗？这个可以签。

合同的第四项是，夫妻必须在有生之年至少去一次麦加朝圣。余粟知道，与伊朗女子结婚，是必须要入伊斯兰教的。既然入了教，那么顺理成章夫妻二人今后是一定要去一趟伊斯兰教圣地的。去沙特阿拉伯的麦加朝圣地，不也包括在一次国际旅游范围之内吗？余粟感觉对这一项也没什么异议。

但还有另外一些项目，在余粟看来，就感觉是有些难度的了。

# 不能回避的洗胃、行割礼

合同的第三项规定，就是一个对余粟来说有些难度的规定。它要求娶伊朗女子的外籍男士必须是穆斯林，必须信仰伊斯兰教。因为任何一位穆斯林女子原则上是不允许嫁给非穆斯林男士的，所以娶穆斯林女子的男士，必须信仰和皈依伊斯兰教。

这一点难是难了些，但余粟还是有心理准备的。既然与自己深爱的穆斯林女子结为夫妻，就要尊重妻子的信仰，按照穆斯林的仪轨行事。

可是余粟的家里人对这个并不能马上接受。他妈妈听说儿子要成为穆斯林，就表示了异议："你马上要领中国的结婚证，这也就是履行了法律结婚手续，为什么还一定要成为穆斯林呢？"

"哈梅德希望我成为穆斯林，这样做是对她负责任，对她也是一个保证。因为要拿到你是穆斯林的证明文件，经过各级宗教组织的审批盖章，才能正式办理具有伊朗法律效应的结婚证书。这样我们的结婚手续才算完整齐备。"余粟向妈妈解释。

"为什么非要成为穆斯林，这对你有什么好处呢？"妈妈又问。

"穆斯林可以娶四个老婆啊！"余粟一脸坏笑说。

"拉倒吧，一个老婆就够了，还娶四个？"妈妈捶了儿子一下。

"妈，您同意不同意，我都得成为穆斯林。已经决定了。"余粟认真起来。

看儿子如此执拗，似乎已经铁了心，妈妈也只好不语了。

然而，要成为一个真正的穆斯林，可不是嘴上说说那么简单，要经过一系列的程序才能算是正式完成了对伊斯兰教的皈依。

为此，伊朗使馆人员为余粟开具了一份清单，余粟认真阅读后，便开始按照要求准备相关文件。他觉得要做就得做好，规规矩矩地照办。

清单上要求的证明文件包括：出生证明的英文公证，身份证件的英文公证，4张白底2寸免冠照片等。这几项倒并没什么复杂和难度，只要去公证处办理和翻译成英文就行了。

然而清单上还有两条要求，这对余粟来说不仅有相当难度，甚至可以说是个考验。第一项，是要求他到医院开具洗胃证明；第二项，是要求他到医院完成割包皮的手术。

在穆斯林的日常生活中，吃，要求绝对的清真饮食，禁食猪肉。因此非穆斯林人士要入伊斯兰教，要先清洗干净肠胃，才能真正干净地融入穆斯林的生活。

在伊斯兰教中，有男人要实施"割礼"的要求，即割去阴茎过长的包皮。这是伊斯兰教中的一项人生礼仪，相传先知穆罕默德认为真主赋予了男性几件必行之事，如剃发须、割包皮、剪指甲等，穆斯林将此作为"圣行"世代遵守着。

在教法中规定，穆斯林男孩在成年之前要行割礼，如错过时间也可在成年后补行。一般当男孩长到五六岁时，就要按传统方式在家中行割礼了。实施割礼时间一般在春秋季节，伤口较容易愈合。家人在为男孩行割礼前，要有隆重仪式，通常由资深宗教人士阿訇主持，进行庄严祈祷，履行严格程序。在男孩行割礼时，亲朋好友都要前来祝福送礼。不过到如今实施割礼可以简便形式，不少穆斯林家庭就在医院完成男孩的割礼，这样既安全也减少痛苦。

两者相较，余粟觉得洗胃的难度还稍微小一些。他到医院消化科挂了个号，然后向医生说明情况，大夫很快就为他按一套流程操作洗了胃，随后为他开出了医院的洗胃证明。尽管在洗胃时他想呕吐，感觉挺难受的，但忍耐一下也就过去了。

　　但是割包皮这件事却让余粟犹豫再三，难免感到畏惧。"这可是男人身上重要的器官噢！要在此动刀子，可不是闹着玩的，万一有点闪失，不得叫人郁闷一辈子吗？"他甚至有点想打退堂鼓了。

　　为了弄清楚做这件事情的利弊，做出最后决断，余粟上网查阅了各种相关信息资料。据现代科学研究证明，"圣行"规定的穆斯林习俗对人的身心健康是有益的，如剃发须、割包皮、剪指甲等。割去包皮，可避免藏污纳垢，不易于感染细菌，引起炎症或病变，是一项有利于清洁健康的行为。

　　了解了这些知识和道理后，余粟感觉心里有了点底。他最终下决心去安贞医院外科进行这项手术。一方面是完成他成为穆斯林的必备条件；更主要的是用行动表白对妻子的爱，也为了圆满他们幸福的婚姻。

　　手术进行得非常顺利。术后医生一再叮嘱，必须禁欲禁酒三个月，连想都不能想。因为如果充血，伤口就难以愈合，还会疼痛得走不了路。

　　于是，余粟把全部精力投在了办学上面，过了三个月真真正正的出家和尚的生活。

　　一切顺利，余粟如期完成了加入伊斯兰教的各项硬件准备。

## 这是穆罕默德的旨意

2010年7月7日这天,余粟带着事先准备齐全的各项文件材料,来到了位于北京东三环亮马桥附近的伊朗驻中国大使馆。伊朗使馆为此专门邀请了一位讲波斯语的资深阿訇,还从北京语言大学请了懂中文的伊朗青年做翻译,三人按约定在伊朗驻华使馆的一间会议室见面。

让余粟感到奇怪的是,他们刚一见面,这位资深的年长阿訇便和伊朗年轻翻译十分激动地拥抱在一起,相互诉说了很长时间。之后,年轻翻译才为余粟解释说:"古兰经中有这样的内容,如果能让一个非伊斯兰教人士,自愿加入伊斯兰教,那么安拉(上帝的意思)会将引荐者的今世的罪过全部洗清,并且为他晋升十级,死后直接升入天堂。"

余粟这才明白,对于资深阿訇和青年翻译来说,今天他们能将一位本无宗教信仰的汉民引荐成为一位信仰伊斯兰教的穆斯林,是在完成一件功德无量的大好事!他们怎能不彼此热烈拥抱,倾心交谈呢!

过后,年长的阿訇开始审阅和核查余粟按照规定提交的各项材料。当他拿起余粟身份证的英文复印件看时,手开始不停地颤抖,还用一种惊异的眼神对着余粟不断打量,嘴里叽里咕噜吐出一大串波斯语。

这时年轻翻译连忙凑过去,也拿起了余粟的身份证英文复印件看着,两人又一次近乎疯狂地相拥在一起。之后,阿訇非常激动地看着余粟说:"你呀,你注定是要加入我们伊斯兰教的!"

看着余粟有些不解的样子,阿訇又解释说:"你的名字叫余粟,

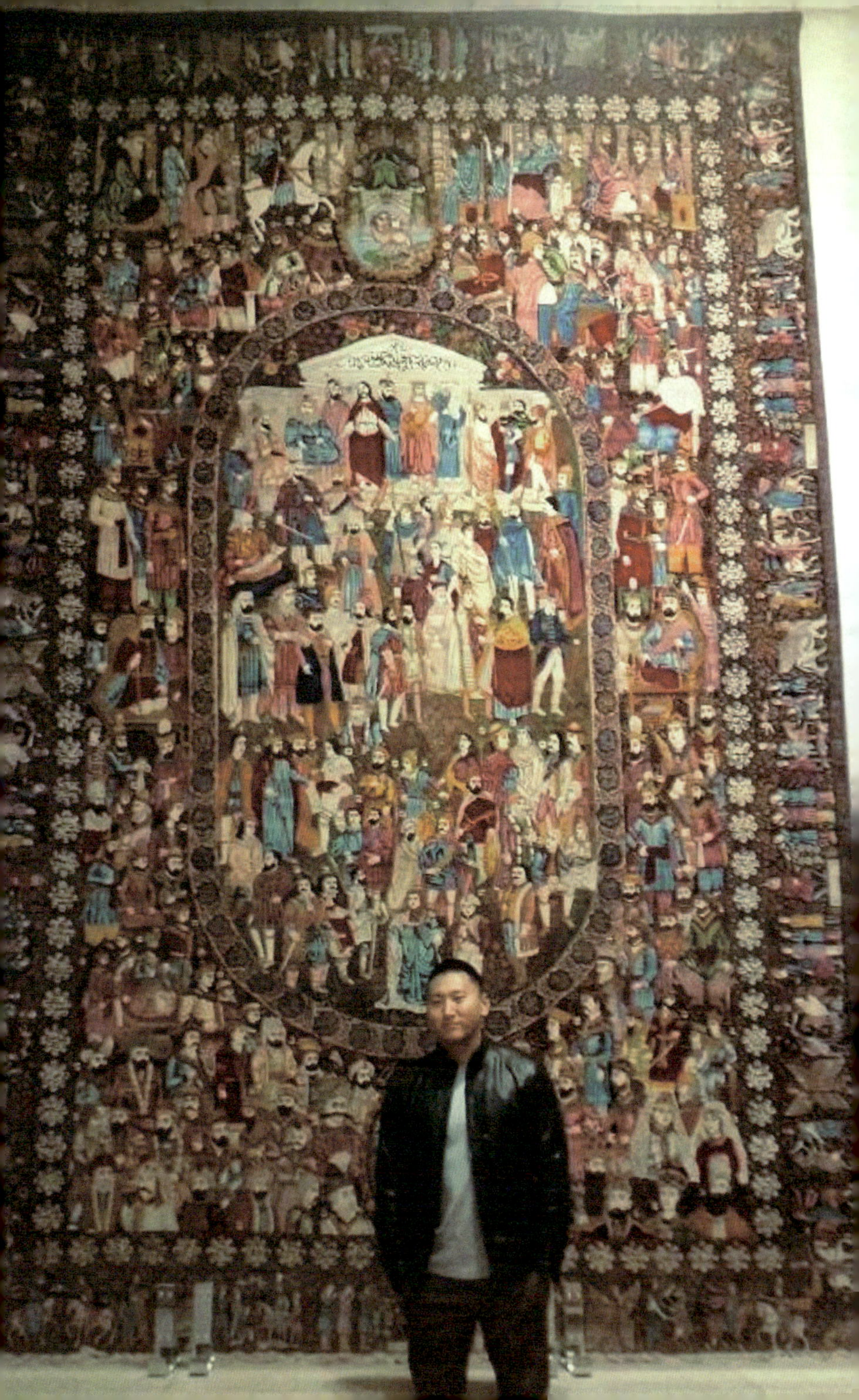

读音 Yu Su，而我们伊斯兰教有一位伟大的先知叫优素福。你与他的名字的发音很相像，只差一个后缀。这一切，难道不是安拉的安排吗？！"

余粟后来通过学习得知，优素福是穆斯林的圣经《古兰经》中的人物。他擅长释梦，是穆斯林信奉的著名先知之一。接着，阿訇将伊斯兰教的起源、宗旨、教义概要等，对这位新加入的年轻穆斯林进行了长达一个多小时的宣讲。这样一对一的，有纪念意义的深入学习，对余粟来说还是第一次，也给他留下了极为深刻的印象。

宣讲完毕，阿訇才将全部文件材料装进一个纸袋，并拿出笔来，边填写加入穆斯林的证书，边问余粟："你今天为什么要到这里来？"

"我想尽快完成手续，早点领到正式的伊朗结婚证，成为合法的穆斯林夫妻。"余粟认真地说。

"这是穆罕默德的旨意！祝福你们圆满幸福！"

说完阿訇把余粟的照片贴在了加入穆斯林的证书上，余粟也签下了他的穆斯林名字：玉素甫（音译）。就此，余粟完成了皈依伊斯兰教的仪式，伊朗结婚合同的第三项要求，他此刻已经完全符合了。

# 五枚金币

余粟皈依伊斯兰教,成了穆斯林,可以说是完成了伊朗结婚合同要求的一项重要程序。然而,伊朗的结婚合同中还有第五项涉及经济问题的更重要条款,这就是男方娶伊朗妻子一定要向妻子支付一定数量的金币。

在伊朗传统婚俗中,给女方金币,是为了充分保护女方的经济利益。金币的数量由男女双方事先商定好,约定的金币数,是要在结婚证书上注明的,这叫"mehriye"。

这笔钱不需要在结婚时付给女方,而是对女方未来生活的一种保障。比如,婚姻期间,女方需要时,有权利向男方要求兑现金币。但在正常婚姻中,这个 mehriye 不过是一种形式,一般不会兑现。

然而倘若夫妻双方要离婚时,女方就可以要求男方兑现约定的金币,男方必须要按照合同中规定的金币数量向女方支付。如金币数量大,男方支付能力有限,则可经法院判定,分期支付给女方。

那么这个金币数量到底多少为宜呢?在伊朗一般有两种基准,一种是按"5"的整倍数递增,如 500 枚,或 1000 枚、1500 枚金币等。

为何按 5 的倍数来计算呢?据说与伊朗伊斯兰教什叶派的信奉有关。什叶派是伊斯兰教两大派系之一。在信仰真主安拉和古兰经,信奉穆罕默德是安拉指派的最后一位使者方面,什叶派和逊尼派都是一样的。但对在穆罕默德之后,谁是正统继承人这个问题上,两派严重分歧。什叶派信奉和崇拜12位伊玛目（即伊斯兰教历史上的圣人先知），而其中又有5位伊玛目最为重要，因此什叶派中又派生出"五伊玛目派"这个分支。伊朗什叶派的标志，也以五个手指的手掌为代表，与逊尼派的星月标记形成明显差异。余粟第一次到伊朗，在机场被哈梅德的每个亲人吻了5下，不知道是不是与这个也有点关联。

金币数额的另一种计算方法，是按照结婚年份来计算的。比如，公历2015年结婚，按波斯历是1394年，那么在这一年结婚，男方可以付给女方1394枚金币。

总之，无论以哪种方式付给妻子金币，都不是一个小数目。如果按现时比价，一枚金币等于200多美金的话，那么500枚金币就相当于十多万美金，合人民币数十万近百万元呢！

余粟知道，哈梅德的父母结婚时，合同上约定支付给妻子的金币数量是2000枚；而哈梅德表姐结婚时，表姐夫签约的数量是1390枚；她大学的女同学结婚，男方签约的金币数量是1500枚。

余粟掂量了一下自己，刚回国创办外语培训学校一两年，有些盈利也都投在学校发展上了，就连自己在爱尔兰留学期间打工的收入也全算上，自己此刻经济能力也是十分有限的。而眼下，他与哈梅德结婚后在北京东三环边购买的住房及操办结婚等费用，还都得靠父母帮助和支援呢。

了解到伊朗婚姻合同的这一条款后，余粟曾就签约金币这件大事跟父母亲做过多次沟通。经过商议，全家最后内定可以签1000枚金币。家人认为，这已经是极尽全家之所能了！

2010年7月25日这天，余粟和哈梅德再次来到了伊朗驻华大使馆。他们这次是来签订结婚手续、签订合同及领取伊朗结婚证的。余

*我的女儿被"秦"迷住了*

粟的父亲、母亲也一同前来,但只能在使馆外等候他们。

在使馆的一间办公室,长着一脸络腮胡子的工作人员哈桑取出一份正式结婚合同书,递给新婚夫妻,请他们双方签字按手印。

对于合同的前四项,双方一致同意,没有异议。到第五项支付金币的条款时,哈桑问哈梅德:"请问你准备向这位先生要多少枚金币?"因为金币数一定要写在合同上,这样才具有法律效应。

哈梅德嘴上没有马上作答,却伸出了五个手指。

哈桑似乎领会了她的意思,便在合同第五项内容最后一行下填写了 500,意即支付 500 枚金币。

哈梅德一看,仍未说话,只是摇了摇头。

哈桑抬头瞥了一眼摇头的哈梅德，按习惯思维马上在 500 的后面又添加了一个 0，数字变成了 5000。

"不会吧？！这婚还能结吗？"对这项条款一直敏感的余粟不禁在心里惊呼！并准备站起来与哈梅德争辩。

但还没等余粟开口，只见哈梅德已满脸通红地和哈桑争吵了起来。结果哈桑很生气地跑出了房间，哈梅德又赶紧追了出去。两个人在门外又指天画地地吵了一番，那位大胡子哈桑才带着明显的愤愤不平坐回到办公桌前。

哈桑拿起笔，眼睛直勾勾地瞪着余粟说："先生，你可一定要对我们这位伊朗女孩好啊！"

余粟不知哈桑何来此话，不知如何作答。

大胡子哈桑又说道："你知道我们刚才吵什么吗？你知道我写 500、5000，她为什么一个劲摇头吗？我们刚才争吵时她这样对我说：'要 500 还是 5000，或是 50000 枚金币，对我来说没有任何意义！因为我只要粟，如果粟不在我身边了，再多的金币又有什么意义呢？！'"

原来哈梅德伸出的五个手指，表示的是 5 个金币。因为她必须遵守伊朗穆斯林什叶派的规矩，在结婚合同里写明金币的数量，所以她要哈桑写上"5"，这是穆斯林什叶派签署婚约合同习俗中的最少的数目。

哈梅德报的这个数让哈桑不能接受。他对哈梅德说："这样不行，这对我们国家的女人没有经济保障！"他甚至因此不同意继续为哈梅德办理结婚手续了。

但是哈梅德仍然坚持，她只要 5 枚金币！

余粟这才恍然大悟，刚才他们俩为啥从屋里到屋外地争吵不休！

这时，大胡子哈桑郑重地将已填写了金币数字的结婚合同递给余粟，并再一次用十分庄重的口吻对他说："玉素甫先生，我希望你任何时候都不能辜负我们的伊朗女人哈梅德对你最最真诚的爱！"

余粟也极为认真地点着头，然后把目光移向身边的哈梅德，他用一种惊异的眼神从上到下仔细地打量着她，半天说不出话。

这时哈梅德面带微笑和余粟打趣说："亲爱的粟！难道连这5枚金币你还要考虑吗？"

余粟傻傻地摇摇头，然后在结婚合同的第五项签下了自己的名字。

这时，余粟心里就像打翻了五味瓶，不知是种什么滋味。当然他心里也最清楚，除了真爱，他还有什么能回馈给爱人哈梅德呢，一切语言都难以表达他此时的心情！

他紧紧拥抱和亲吻哈梅德，以此表达他从内心感激她最真诚的爱！

然后，余粟挽起哈梅德的手快步向使馆门外走去，边走边和她打趣说："亲爱的！这回你可以让我自豪地对父母说，'看，这是我的女人，我没有选错吧！'"

这对异国爱侣迎着阳光，笑靥那般真诚、甜蜜、灿烂，就像太阳下绽开的波斯菊！

# 领取中国结婚证那一天

在伊朗驻华使馆的结婚注册和领证完成后,余粟和哈梅德又抓紧办理了中国的结婚证,毕竟要在中国生活,所以中国的结婚手续也必须完善。

2010年8月4日这天,余粟和哈梅德去了北京的婚姻登记处,办理登记手续并领取中国的结婚证书。

这天,余粟特意穿了一件黄色衬衫,因为他知道,结婚证照片的背景底色是红色的,穿一件黄色衬衫来衬托,看起来是不是很像祖国的国旗呢!

有过海外留学经历,又娶了一位波斯新娘的余粟,在这个有纪念意义的时刻没有忘记自己对祖国的赤诚,要把它体现在祖国颁发的结婚证书上。

也就是从这天开始,余粟和哈梅德真正成为受中国婚姻法保护的合法夫妻。"这也就意味着,从今往后在填各种资料表格时,我的婚姻状况一栏得填写:已婚。"余粟说的轻松,但他清楚自己的人生发生了飞跃和质变,意识到一个已婚丈夫肩负的责任。.

说到为什么选择8月4日这一天领结婚证,余粟后来这样解释说:

"电视剧中常有这样的场景,老公下班回家后,刚进门老婆就问,今天是什么日子呀?老公说今天是你的生日,啪!老婆就打了老公一嘴巴子。说再想想,老公捂着嘴,嘟囔着说,今天是我发工资的日子,工资卡不早就上交你了吗？Duang！老婆又踹了老公一脚。最后，老婆才吼着对老公说，今天是咱们的结婚纪念日啊，怎么你都忘了吗？"

"你看，当男人不易哦，不仅得记这节那节的，还得记老婆孩子的生日，当然还得牢记结婚纪念日。为了防止出现电视中那男人的下场，我就把领结婚证的日子定在了我生日的那一天：8月4日。这样，我就一辈子都不会忘记结婚纪念日了！"余粟笑说。

别看余粟闲来"坏招"不少，但大事面前毫不含糊，结了婚笃定是个"模范丈夫"。仅这结婚登记日的选择，他就做了长远而睿智的考虑，一辈子都不会记错和遗忘。

*北京的婚礼即将开始*

## "逢凶化吉"的婚礼日

中国的结婚证一领,筹办中国婚礼的大事马上提上了议事日程。俗话说金九银十,这是爱情收获的季节,年轻人结婚的旺季,新人们都扎堆办婚礼,所以要选个市内合适的婚礼场地还不太容易。

一天,婚庆公司负责联系此事的小王给余粟打来电话,说工人体育馆附近锦都酒缘酒店有带户外草坪的场地空出来了,要不要订?

"那赶紧的,这么好的场地,不抓紧订,就被别人抢走了!"余粟马上开车来到酒店,迅速交了场地预订费。当他回家把订单拿给哈梅德看时,还沾沾自喜自己占了个大便宜。没想到俩人再看合同上的举办日期时,一下子都愣住了,并同时喊了出来:"9月11号,九一一!"这不是纽约遭恐怖袭击的日子吗?

"难怪别人要退场子,不吉利哪!"俩人尴尬地四目相望。

不过再一想,"嗨!9•11就9•11吧,不是俗话说逢凶化吉吗?我们就化个'吉庆',总比等到明年,或者弄到远郊区县去办要好吧。"

于是,俩人和婚庆公司立即投入了婚礼筹备。印制请柬,整理照片,制作幻灯,预订婚宴。还有一件重要的事,就是邀请伊朗的亲人们来北京参加婚礼。

一切就绪,就等着大喜日子的降临了。可在婚礼前一夜,余粟和哈梅德住进举办婚礼的锦都酒缘酒店,外面小雨却在不停地下着。俩人不免担心,"咱们的婚礼要在户外草坪举行仪式,如果明天雨还不停,怎么举行呢？"结婚前夜，真是难眠。

"粟，快起来。看，大晴天！"第二天天刚亮，余粟被哈梅德的欢呼声叫醒了。

"真是太幸运了！昨晚还小雨淅沥，今天却给了个大晴天！这是老天送给我们最好的结婚大礼啊！"真是人逢喜事精神爽，艳阳高照喜开怀呀！

新娘照例开始装扮，做头发、化新娘妆、戴头饰、穿新娘雪白婚纱……余粟换好一身笔挺西装，精神抖擞地来到酒店门口，招呼陆续来到的亲戚、同学、朋友。

北京时间2010年9月11日11点18分，《love is bule》音乐响起，身披雪白婚纱、头戴花冠的新娘哈梅德，在她父亲的陪伴下，伴随着乐曲缓缓走来。

这时，主持人用激情的口吻说道："看，我们美丽的新娘在她挚爱的父亲的陪伴下，以最美丽的方式圣洁出场了。在女人的一生中，有两个男人对她至关重要，一个是给了她生命、负责她前半生幸福的父亲，另一位是给了她爱情、肩负她后半生幸福的丈夫。今天父亲要亲手把女儿交给新郎余粟先生。"

余粟定睛注视着美丽的新娘向他走来，激动地跪下左膝，抬起左手，要把手捧花献给她。

"顺拐了！"旁边的伴郎低声提醒。

余粟连忙站起来调整姿势，再跪下右膝，抬起右手准备鲜花！

"哈哈！"草坪上的嘉宾们大笑起来："新郎小伙子，还是顺拐！"

做伴郎的发小见新娘马上就走到跟前了，赶紧从后面踢了余粟一脚，急说："跪左膝！"

余粟觉得自己被整懵了，扑通一声，左右膝一起跪下了，双手高擎鲜花。

"这哪是娶新娘呀，这整个一个拜佛的姿势！"余粟内心自嘲道。也许，是因为今天到场的都是从小看他长大的叔叔阿姨长辈，还有他青梅竹马的发小和同学们，在熟悉的亲友面前他反而更觉拘谨。而伊朗婚礼上，尽管陌生人多多，他倒放开了，因为他谁也不认识。

余粟的高度紧张和喜剧范儿，让本来浪漫煽情的场面，变成了小品集锦，绿色草坪上百位前来见证他们幸福婚庆的嘉宾们笑得前仰后合。

哈梅德微笑着把余粟搀扶起来，她父亲以慈爱和满怀希望的眼神看了看女婿余粟，然后将哈梅德的手交到了他的手上。哈梅德父亲用诗般的语言叮咛道："亲爱的孩子，今天我把自己最心爱的女儿交到你的手上，如果我的女儿是一本书，希望你用心去翻阅；如果我的女儿是一首歌，希望你百听不厌。真心地希望你们幸福美满！白头到老！"

这时，主持人接说，"让我们祝福父亲！祝福您又多了一个儿子！此时此刻，父亲的位置将被新郎取代。"话音一落，两位男人：伊朗父亲与中国女婿便深情地拥抱，然后父亲退下。

新郎余粟终于和自己心仪的美丽新娘哈梅德在中国正式牵手了。全场嘉宾共同见证，新郎将清晨刚采来带着露珠的玫瑰捧花献给他爱慕已久的新娘，新娘嘴角洋溢着幸福，从中挑选出一朵最美的回赠新郎。新郎向她行吻手礼，那甜蜜的花香熏陶着这对浪漫新人。

圣洁的婚礼进行曲音乐响起，这对新人在音乐声中相携走向草坪的中心。全场嘉宾起立，向他们抛撒鲜花花瓣，为他们送上雷鸣般祝福的掌声！

玫瑰为爱铺路

至此，中国帅哥余粟和波斯美女哈梅德终于圆满走进了婚姻殿堂，有情人终成眷属！

这看似浪漫的跨国婚姻，这两个生活背景完全不同的年轻人走到一起后，对他们的小家庭以及背靠的大家庭又意味着什么呢？

# 第七章 「痛并快乐着」的融合过程

余粟哈梅德的爱情传奇

## 第七章 亲近引出的尴尬

做了中国的新媳妇,又在北京居住生活,哈梅德很想尽快融入丈夫和他父母的中国家庭之中。要融入就得常来往,哈梅德倒是很愿意跟着丈夫余粟到他父母家做客。

到了做午饭的时候,婆婆不让新媳妇动手,要她在客厅坐着等吃现成的。哈梅德闲不住,就跑进厨房,看看婆婆怎么做中国菜。她从身后轻轻走近婆婆,亲热地抱着她,想给她一个惊喜!

没想到,婆婆却一个激灵!惊叫起来:"哎哟,你干啥呢,让我浑身直起鸡皮疙瘩!"

一向心直口快的妈妈,不好意思当面责备儿媳妇,只好悄声跟儿子说,"以后让你媳妇别抱我了,吓死人了。你爸可都没这么浪漫地抱过我呢!我实在有点不习惯。"

晚饭后,一家人围坐沙发看电视。哈梅德想和余粟的父亲拉近关系,就亲热地靠到公公旁边,边看电视边和他聊天。余粟的父亲对哈梅德的举动感到很不自在,悄悄地往一边躲让。哈梅德不明就里,干脆端了把小板凳,坐得离公公更近了。

"哈梅德,你有什么事要说吗?"公公不自觉地站起身来对她说。

"没有什么事啊,我就是想和您聊聊天。"哈梅德感到非常不理解,转身问老公:"是爸爸不喜欢我吗?"

余粟只得赶紧解释:"不是的!你不知道,按咱们中国的习俗,

在伊斯法罕四十四柱宫

公公和儿媳妇是要拉开一定距离的。"哈梅德似懂非懂地点点头,不作声了。

  余粟的父母亲均出生于五十年代,在长大成人的阶段,正赶上了"文化大革命"。其间,他父亲曾上山下乡,到农村劳动。他的母亲少年时便进入哈尔滨速滑运动队,接受的是军事化的训练和生活。后来,虽同在石油管道局工作,父亲总是忙于工作,出差在外更是常态,难以照料家庭,夫妻感情很好,可从没有过西方人习以为常的浪漫交流举动。

  和自己的公公婆婆亲近,却适得其反,这让哈梅德也感到很委屈。她找余粟抱怨,她觉得自己是在自然表达与丈夫家人的亲热,这种很正常的感情交流,在中国家庭为什么不能被接受。她想不通拥抱婆婆,靠近公公,竟然会让他们感到惊扰,让她也很尴尬。

## 吃不到一块儿的烦恼

在中国的家庭中，父母和子女之间的感情很少会以"我爱你"的语言或互相拥抱来表达。中国家人的感情，往往表现在全家围坐饭桌、共享美味的其乐融融过程中。这也是中国式亲情最常见的表达方式。

可是，当哈梅德进入余粟的大家庭后，用中国典型的家庭亲近方式，反而倒更增添了烦恼。因为穆斯林的饮食有不少忌讳，哈梅德又对饮食比较挑剔，她不吃带皮、带骨、带刺的东西。

结婚后，小两口初来余粟的父母家吃饭时，公公心想，穆斯林肯定不吃猪肉的，那就炖个鸡，烧条鱼，儿媳妇八成能喜欢呢。余粟的父亲是江苏人，自觉烹饪湖鲜美味还算有一手的。

可当公公把精心烧制的多宝鱼、炖鸡汤端上桌时，哈梅德对这些根本不动筷子。余粟向父母解释说，哈梅德从来不吃带皮、带刺、带骨头的食物。

哈梅德看到公公脸上的失落神情，赶快给丈夫递眼色，让他别说了。她宽慰公公婆婆说："没事的，我可以和大家一起试着吃。"哈梅德是真心想从改变自己饮食习惯方面努力，能尽快融入这个中国家庭的生活，赢得家人对她的认可。

自己这样说了，就只好硬着头皮夹起一块带皮的鱼肉，放进嘴里；又舀了一勺鸡汤，喝了下去，表情尽量显得自然从容。但没过一会儿工夫，她就跑进卫生间，把吃下去的东西全吐了出来。她从小就没有

余粟夫妇在北京和父母家人在一起

吃惯这些食物，几次尝试吃下来均告失败，这让哈梅德感到十分沮丧，却也彻底没辙。

儿子有了小家庭，做父母的也要来走动走动。可到了儿子、儿媳妇的小家庭，吃饭更是个头疼的事。若是公公婆婆主厨，做出来的菜，儿媳妇不动筷子；要儿媳妇主厨，烹制伊朗菜呢，中国的公婆也适应不了，真是"巧妇难为异国之炊"啊。

有一次，听说公公婆婆要来家里，哈梅德从早上开始忙乎，打扫卫生、采买了鸡肉、羊肉、蔬菜、水果一大堆，回来就洗菜、切肉、炖羊肉、烤鸡串，拌蔬菜沙拉。待到一桌菜端上来了，公公婆婆却你推我让谁也伸不了几下筷子。

为了不让场面冷清，余粟只好一通猛吃，并连连夸赞媳妇的手艺。等到吃完退席，桌子上的菜却剩下不少。妈妈当着儿媳妇的面也没说什么，但在儿子送父母出门后，还是忍不住调侃几句："我算看出来了，伊朗菜就这几样。吃一顿还行，多了真是吃不下去，吃了还上火！"

嗨，真是费力不讨好！哈梅德尽了最大的努力，余粟都看在眼里，他也觉得哈梅德挺委屈。怎么办呢，后来一家人再聚餐，就都不忙乎了，干脆找个新疆餐厅去吃。

伊朗女人一般手很巧，她们从小接受家庭的教育和熏陶，会把家里布置得整洁美观，比如把水果削成各种花朵，摆出各样造型，制造一种美好的气氛。

哈梅德也是个手巧的女人。有时，丈夫的家人来一起团聚，她就削出一朵朵苹果花，摆在每个人面前。当她把削好的苹果花放在婆婆面前时，婆婆并未表现出欣赏的意思。

"妈，你得给点面子吧。这是人家的一种情调，你要表示一下欣赏。"余粟对妈妈说。

婆婆只好言不由衷地说声好看，扭过脸就和余粟嘀咕说："这多浪费呀，这么好的苹果，被削掉的就不吃扔了。"

哈梅德虽然对听中文还是似懂非懂，但聪明的她看婆婆的神情，好像也能猜出几分。

余粟只好再扮演和事佬的角色,安慰哈梅德:"说你削的苹果花好漂亮!大家很欣赏,我先来品尝!"

哈梅德笑了,但心里却不免有几分失落。

一而再,再而三,哈梅德想按照自己的方式去融入丈夫和公公婆婆的中国家庭生活,但她发现真的很难,很难。

## 亲爱的妈妈，这是我们的隐私

由于风俗习惯的不同，有时也会闹出些矛盾来。

余粟在北京东三环买了新房子，父母来到儿子、儿媳的新居探望。既然是看新房，就会关切地四处参观察看，看客厅里又添了什么新家具、新摆件，卧室里又换了什么新被罩、新窗帘……

没想到，正在余粟爸妈说笑着连看带评论时，哈梅德却从厨房迎了过来。她一脸郑重其事地对公公婆婆说："亲爱的爸爸妈妈，卧室是我们的私人空间，你们不应进去的。请你们尊重我们的隐私。"

在中国，父母到儿子家，一般都像在自己家一样随意，没有什么顾忌讲究。余粟的妈妈一听哈梅德这么说就急了，嗓门也变得高了八度："什么隐私，余粟是我儿子，从小是我给他把尿擦屁股长大，他哪儿我没看见呢，还跟我说什么隐私？"

出面和稀泥的，又得是余粟："妈，我都长这么大了，您就别这么说了，您就到客厅坐会儿去吧。"

在客厅坐了一会儿，婆婆想喝水了，就来到厨房，想拿个杯子自己倒水喝。哈梅德见了，马上迎到婆婆面前："亲爱的妈妈，我是这家的女主人，您需要什么东西，您跟我说。再说您来这儿做客，就坐在沙发上，我会给您倒水的。"

你是女主人！我还是这房子主人的妈妈呢！我在儿子家倒成外人啦？婆婆心里气不打一处来。

"再说了，不管余粟多大，我都是他妈！在我儿子的家，我干啥还要听你安排？"婆婆越想越憋屈，不禁把心里的火发泄了出来。

哈梅德也丝毫不退让，站在门口话音也越说越重："是的。这是在我们家，您在客厅坐着就行了，需要什么我会给您弄好的。"

婆婆一听更气了，瞥了媳妇一眼，甩门就出去了。公公叫着"有话好好说啊！"也没叫住婆婆，只好跟着跑了出去。父母的一次来访聚会，就这么闹得不欢而散。

又有一回，余粟的母亲外出办事。临时想到会从余粟和哈梅德家的楼下经过，妈妈想顺便到儿子家里看看。她在途中给儿子打了个电话，说她一会儿就到儿子家，看看孙子，坐会儿就走。

"多长时间过来啊？"余粟问。

"十多分钟吧。"妈妈说。

没想到，就在这十几分钟里，余粟和哈梅德吵了起来。

"你妈妈怎么能事先不预约就来咱家呢？家里都没收拾。"哈梅德认为自己道理很充足。

"那是我妈，又不是外人，她坐会儿就走，家里用不着非要拾掇得那么干净。"余粟解释说。

"那也不行，绝对不行，不能开这样的先例。这不是干净不干净的事，是相互尊重不尊重的问题。"哈梅德一板一眼。

"我们中国人没那么讲究，家里乱点关系才更自然亲近呢，收拾了倒有点见外的感觉。"余粟继续辩解，想让哈梅德不要太较真，同意他妈妈过来。

"你这是狡辩，之前我跟你父母说过的，来家前一定要预约。这么仓促就来，我们一点准备都没有，这多不礼貌呀！"哈梅德一点让

余粟夫妇合影

步的意思也没有。

余粟一看媳妇这么坚持原则,没有一点通融的余地,他也有点犯难。妈妈来看孙子,你能直通通地拒绝?自己也不能总得罪媳妇,闹得小家庭不愉快啊!这可咋办呢?

铃……手机又响了:"童童,我快到你们家楼下了。"

没辙的余粟一着急,只好编瞎话哄妈妈了。

"妈,我们晚上约了朋友出去吃饭,你事先也没说来呀!"

"你们吃去吧。我就看一眼孙子就行,一会儿就走。"

"不行啊,我们马上就穿衣服出门了,下次再说吧!"

妈妈似乎听出来什么,"童童,我听出来了,是不是你媳妇不让我去家里!"

"妈,真的没有,我们要出去!"余粟只好硬着头皮继续编。

"童童,我今天就想过去看一下,事先忘记告诉你们了。你告诉你媳妇儿,没那么多事,你们家不用收拾,够干净了!"妈妈仍然坚持着。

"妈,真的不是!我们真的要出去!"余粟只好编到底了。

妈妈听儿子这么坚持,只好放弃看孙子的念头,这让她很扫兴。

余粟放下手机,在客厅来回踱步,妈妈到了家门口,硬是没让老人家进来,他心里也很不是滋味。

"粟,你不仅是你父母的孩子,也是咱们这个家庭的男主人。从价值观来讲,咱们这个家庭与你父母的家庭是完全平等的,一定要彼此尊重。如果事先没有预约就来访,是不尊重对方,我是不能接受的!"

余粟知道,在这个问题上,妻子一向坚持她的原则,没得商量,唉。

# 打是亲骂是爱?

在伊朗,父母是不能过多参与到成年儿女生活中的,他们成了家,有了自己的生活,父母更不会过多干预。

而在中国人的观念中,儿子永远是父母眼中的孩子,特别是"80后"这一代,赶上国家的计划生育政策,绝大多数是独生子女,从小就是父母宠爱的掌上明珠。

余粟幼年,爸爸常年在外出差,是妈妈长期承担着抚养他的重任,因此他和妈妈的关系特别亲密。每天,他都要给妈妈打两三个电话。早上:"妈,今堵不堵车呀?"中午:"妈你吃饭了吗?"

妈妈也是每晚7点准时给儿子打电话:"童童,你们在哪儿呢,是不是又到外面吃饭了,总说你们要自己做点饭,既卫生又省钱,怎么就不听呢?"

余粟就常跟妈说:"在家吃饭呢,做的宫保鸡丁,还有西红柿鸡蛋。"说得跟真的似的,妈妈根本听不出来。其实,小两口没几顿是在家吃饭的。这大概也是"80后"青年们的"通病",懒得做饭。

哈梅德对丈夫的"昵妈"电话常有微词,余粟也与她据理力争:"我是独生子女,妈妈的唯一宝贝儿,我当然要随时随刻关心妈妈的感受了。给她电话是多了点,但请你理解。"

后来聪明的媳妇儿有了"制"老公的"招",规定他给妈妈一天不能超过两个电话。余粟还算听话,那就少打呗。

后来有了微信，余粟就常和妈妈在微信上闲聊。有时高兴了，还跟妈妈来个拥抱亲吻的微信表情。哈梅德见了起疑问，"粟，你不是有了新女友吧，怎么还亲嘴拥抱呢？"

"哎，你可看清楚，那是我娘的头像呢！"余粟使劲瞥了媳妇一眼。

余粟妈妈与儿子之间也同样亲昵。有着东北人爽直性格的妈妈，和儿子说话高兴了，就顺手锤他肩膀两下，或蹬他一脚。这让儿媳哈梅德有点看不惯，"亲爱的妈妈，你为什么要打我老公，这是不允许的！他好像不是个男人，总是个小孩子似的。"

"我打我儿子咋的了！我们中国老话说，打是亲，骂是爱！这个你懂吗？"婆婆觉得自己太有理了，说着又追着要给儿子一巴掌。

这时爸爸从厨房出来，问这是干啥呢，妈妈笑说："打是亲，骂是爱！"追打着儿子满屋子跑。余粟心说，我咋这么倒霉呀，招惹谁了，一个劲挨打，真是的。哈梅德看得一肚子气，抱着孩子就出门了。

余粟见状，又赶紧在后面追着哄媳妇。哈梅德生气地说："粟，你太不像个男人，太让我失望了！一个真正的男人，怎么能像妈咪贝贝一样呢，这是不成熟的表现。这也是对我的不尊敬。我不希望我的朋友看到我的老公是这样的，像个永远长不大的孩子。"

伊朗媳妇儿和中国婆婆之间就这么亲密接触着，又暗中较着劲儿。而作为老公和儿子的余粟，在两个亲爱的女人之间不断和着稀泥，"痛并幸福着"地接受来自两边的夹板气。

在塞姆楠红色棉花堡

# 第八章
## 丝绸路上串亲戚

余粟哈梅德的爱情传奇

# 岳父一家来中国

一个新婚家庭，总要经历许许多多碰撞与磨合，更何况这样一个文化背景有着巨大差异的跨国组合家庭呢。然而，也正是在碰撞与磨合中，两家人渐渐加深了相互认知和理解。在历经两千多年的丝绸古道上，又新添了两个异国家庭串亲互访的佳话。

首先踏上串亲之路的，是余粟的岳父岳母及其家人。2011年3月末，余粟的岳父岳母一家，还有岳母的姐姐一家，一共10人，组团来到北京，准备在异国度过伊朗的传统新年"诺鲁兹"。

余粟的岳父母一共养育了五个子女，哈梅德是长女，她还有三个妹妹，一个弟弟。也就是说，余粟有三个小姨子，一个小舅子。

这次来中国，岳父母带上了三个小姨子。小舅子因为年满18岁而没有服过兵役，根据伊朗的法规，是不能领取护照出国的。哈梅德大姨一家，也是四个女儿。大姨父曾是军人，在两伊战争时阵亡了，大姨家的四个女儿从小也受到哈梅德父母的照顾，哈梅德的父母来中国，也带上了她们一家。

其实，余粟的岳父哈梅德•詹姆希迪对中国并不陌生。他的父亲就是在中伊建交后最早踏上中国大地的伊朗人之一。这位经营机泵生意多年的波斯商人，1972年曾来到中国寻找商机。

那次，他到了中国的广州和北京等大城市，登上了名闻遐迩的万里长城，参观了恢宏的皇城故宫。他对中国那些精美的工艺品情有独钟，

余粟一家陪哈梅德父母游故宫

家中至今珍藏着他从中国带回的景泰蓝花瓶和玉雕佛像。

怀着对中国友好情感的老人，很希望能与中国建立商贸关系，然而他没能等到这一天就去世了。但他的儿子哈梅德·詹姆希迪最终实现了他当年的愿望，把机泵生意做到了中国。更让老人在生前无论如何也想不到的，是他的长孙女哈梅德与中国结下了美好姻缘。

哈梅德父母及家人乘坐的飞机到达首都国际机场时，余粟的父母和余粟、哈梅德已经在机场迎候。他们事先已租好了两辆依维柯，拉着伊朗亲家的亲人旅行团，马不停蹄地游览了北京的长城、颐和园，参观了天安门、故宫。

当晚，两家人在王府井全聚德聚餐，请伊朗亲家及亲眷们，品尝了正宗的北京烤鸭。虽然哈梅德·詹姆希迪之前曾来过北京，但彼时心思都扑在生意上了，从没像今天这样悠闲地观景和享用美食。

在接下来的几天，余粟带着岳父母及其家人们转了北海、后海、锣鼓巷，感受这些具有浓郁北京民俗特色的景观，还去了798工厂、欢乐谷，在这些带有现代色彩的园区观赏游玩。

北京的游览结束后，余粟一家和哈梅德一家组成的14人团，便一路开车沿京沪高速南下，相继游览了天津、南京、周庄、上海。

天津是中国北方最大的港口城市，南京是曾经的六朝古都，周庄是典型的中国南方水乡，上海曾是中国乃至亚洲最繁华的现代都市，在近百年前就有了东方明珠的称号。

一周七日的旅程只能是走马看花，但这已经让哈梅德的家人眼花缭乱了。北方都市的古朴厚重，江南城乡的细腻婉约，给伊朗客人留下了深刻的印象。更让哈梅德的伊朗家人难忘的，是余粟一家的盛情与周到。

当旅行结束，两家人在上海机场分别时，余粟的岳父哈梅德·詹姆希迪紧握着男亲家的双手，十分真诚地说："我在伊朗等着你们的到来。"

# 整整 40 多个小时没有合眼

半年多的时间转眼就过去了,在中国的国庆节来临之际,余粟一家及亲戚们也组成了个亲属旅行团,登机前往伊朗。旅行团有余粟一家四口,他大姑一家四口,大姨一家三口,一行共 11 人。

当余粟一大家子下飞机办完入境手续来到机场接机口时,只见哈梅德的全家每人手捧一束玫瑰花迎候在这里。简单寒暄后,岳父说:"都饿了吧,咱们先去吃饭。"

两大家子,共 17 个人,坐上一辆事先租好的大客车,来到了德黑兰市一家著名餐厅,品尝了一顿伊朗特色大餐。晚宴结束,天色已晚,余粟的爸爸表示想回酒店休息,伊朗的观光游览,等到第二天再安排。

然而哈梅德的父亲哈梅德·詹姆希迪并没有应允男亲家的请求,他们让哈梅德对余粟的爸爸解释说:"明天早晨的活动已经为你们安排好了,去看里海漂亮的日出景色。因此,今天晚上就要乘车前往里海,而且夜晚行车,可以避开拥堵。"

既然哈梅德·詹姆希迪这么说了,只能客随主便了。余粟一大家子拖着疲惫的身体,又回到大客车上。凌晨时分,一车人在睡眼蒙眬中来到了里海。还没来得及休息,天空已经渐渐呈现浅蓝色,已经到了等待观看日出的时间。

不一会儿,天水相接的地方出现了一线霞光,渐渐地,水面上的云层被染成暗红色的条状,并由窄变宽,太阳就快要从天边升起来了。

余粟一家在伊朗

　　哈梅德·詹姆希迪通过女儿的翻译告诉大家，在波斯神话中，太阳是光明之神霍尔莫兹德创造的。霍尔莫兹德将宇宙分为七层，太阳所在的日宫在第五层。在这一层的东边，有180个窗户；西边也有180个窗户。太阳神驾驭着马车，从东边的窗口进来，从西边的窗口出去。太阳的光芒普照天地万方，由于凝聚了大地上人类纯洁的灵魂之光而分外明亮。

　　还没等哈梅德翻译完，一轮红日已经从海底冒出，光彩透过薄云，云层和海水由最初的暗红色转变为橙红色。当如同一团火焰的太阳跃上与大海相接的云层之时，橙红色的海波又被镀成了金色。波光粼粼，灿然闪耀……里海的日出，果然壮观美妙。

乘车回到德黑兰，大家吃罢午饭，余粟一家人正想好好睡个午觉，哈梅德·詹姆希迪又通过哈梅德通报说："已经给你们订好了下午3点20去设拉子的航班，一会儿咱们就得去机场。只有五天的时间，为了让你们能多看看伊朗的自然和人文景观，必须争分夺秒。"

当飞机在设拉子降落时，余粟看了看腕上的手表，这才意识到，从昨天他们一大家子置身德黑兰国际机场那一刻起，已经整整40个小时没有合眼了。

在岳父一家的"精心设计"和安排之下，中国的家庭旅行团就这样争分夺秒地开始了伊朗之旅。

## 丝绸之路源远流长

与前一次余粟自己到伊朗不同,余粟一家此次来伊朗之前,就做了些有关伊朗以及中国和伊朗两国交往历史的功课。

中国和伊朗都是历史悠久的文明古国,友好交往历史源远流长。据考古资料记载,最早自公元前4世纪,周朝和波斯帝国便有了交往。

进入秦汉后,在公元前139～前126年,汉朝君王汉武帝派张骞第一次出使西域。他率领一百多人的使团,从甘肃出发前往大月氏(今阿富汗北部),最后到达大夏的兰氏城(今阿富汗巴尔赫市),历时十三年之久。他对西域各国政治、经济、军事、文化、风土人情进行了认真的了解,为打通西方道路创造了条件。公元前119年,汉王朝为联络乌孙,以断"匈奴右臂",派张骞二次出使西域。这次,张骞带了三百多人,顺利地到达了乌孙。并派副使访问了康居、大宛、大月氏、大夏、安息(今伊朗)、身毒(今印度)等国家。

张骞不畏艰险,两次出使西域,开通了联结亚洲内陆与西亚欧洲诸国贸易往来的交通要道,这就是影响深远的东西陆路丝绸之路。在敦煌莫高窟壁画中,还有描绘张骞出使西域故事的"张骞出使西域图"。

公元前105年,汉朝使者们沿着张骞开拓的足迹,来到了安息,即今伊朗境内,拜见了安息国国王。汉朝使臣在国王脚下展开了轻柔华美的丝绸绫绢,安息国王大悦,以安息名产鸵鸟蛋和魔术表演团回赠汉武帝。

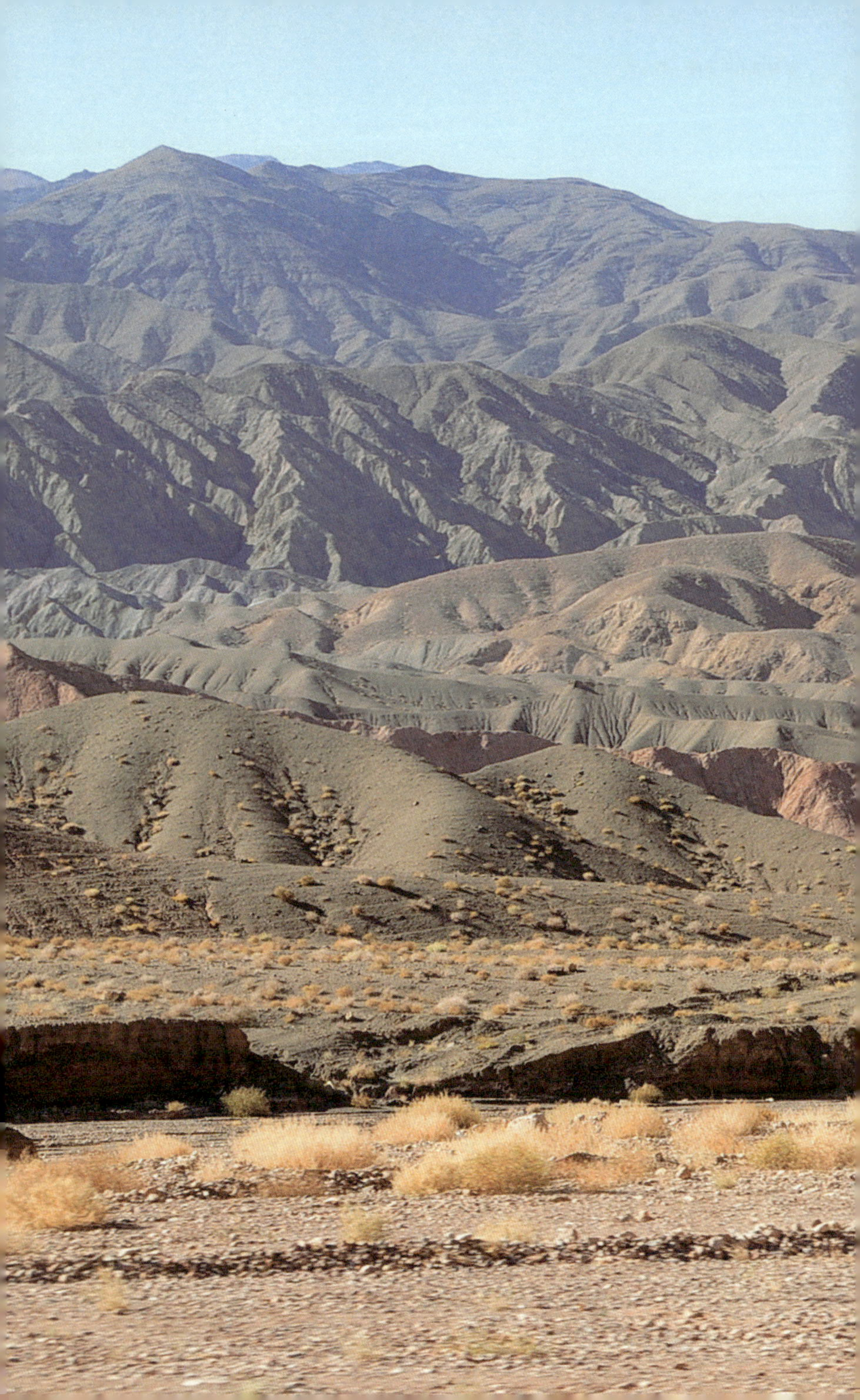

漫漫丝绸古道

唐宋时代，中伊两国的交往达到鼎盛。唐朝的长安、泉州、广州和扬州等地居住着大量从事贸易的波斯商人，还有波斯人聚居的波斯人村，中国的丝绸、铜器、漆器、货币等大量流入伊朗。同时，波斯人也给中国带来了菠菜、葡萄、苜蓿、胡桃、胡萝卜等物，并将其音乐（如琵琶）、舞蹈、建筑艺术、拜火教和摩尼教等带到了中国。这是丝绸之路的繁盛辉煌时期，对古代中伊两国经济文化交流产生了巨大的影响。

*卢特夫罗长老清真寺穹顶著名的孔雀尾光影*

明孝宗弘治十三年（1500年），一位名叫阿里·阿克巴尔·哈塔伊的伊朗人来到中国，并将其所见所闻写成《中国纪行》（亦即《哈塔伊游记》）一书。书中记述了他对当时中国的军队、法律、经济管理、城市建设、历史、地理、文化艺术、宫廷礼仪、宗教信仰、社会习俗等方方面面的观察，这是500多年前伊朗人笔下中国的真实记录，也是中伊两国交流史上留存下来的唯一一部有关中国的波斯文古籍。

有意思的是，这部波斯古籍的中文翻译者之一，正是与余粟一家有着数十年交情的老友，余粟与翻译者的儿子是从小一起长大的莫逆之交。

# 设拉子，玫瑰与爱之城

余粟一大家子组成的旅行团在伊朗正式观光的第一站是古城设拉子（Shiraz）。

设拉子这个名字让人首先想到的，是一个酿酒葡萄的品种。设拉子葡萄酿成的酒，酒体饱满，有一种优雅馥郁的醇香。而在伊朗神话中，葡萄酒的酿制术也恰恰起源于远古的波斯。

琐罗亚斯德教经典《阿维斯塔》中如下记载：在大地上的第一位国王扎姆士德时期，有一年葡萄大丰收，人们将吃不了的葡萄榨汁留存。起初，这种葡萄汁酸涩不好喝，遂被称为"毒汁"，封在大缸里丢在了角落。很久以后，有一宫女身染重病，痛不欲生，就想饮"毒汁"自尽。不料，开封后缸里却散发出异香，她喝了之后浑身舒坦，病症全消。于是，扎姆士德将封藏的汁液命名为"药王"，葡萄酒酿制方法也由此诞生了。

走进设拉子市区，安静优雅，风光旖旎，街头的玫瑰园、街心花园，花卉缤纷绽放，清香阵阵袭人，置身其中，赏心悦目。

城区内有一座闻名遐迩的莫克清真寺，它还有一个更媚人的名字——粉红清真寺。寺中精美的彩釉建筑和阳光透射下五彩斑斓的祈祷大厅，充满了浪漫炫美色彩，让来到这里的人流连忘返。

然而，给这个历史悠久的古城带来"玫瑰与爱之城"美誉的，并不仅仅是这座城市景色的秀美，而是这座城市里诞生了非常多的诗人，

设拉子的粉红清真寺

在许多街道和公园里,你能看到诗人的雕塑和纪念碑,连空气里都散发着诗意的醉人氤氲。

蜚声世界的德国诗人歌德,曾经在其《东西诗集》里这样写道:"谁要真正理解诗歌,应当去诗国里徜徉;谁要真正理解诗人,应当前去诗人之邦。"海涅所说的"诗国",就是伊朗;他所说的诗人,就是对世界诗坛有着重大影响的中世纪伊朗诗人菲尔多西、莫拉维、萨迪与哈菲兹,他们被誉为伊朗文学大厦的四大柱石。

四柱石中的萨迪和哈菲兹,就诞生和长期生活在设拉子。除了他

粉红清真寺伊万

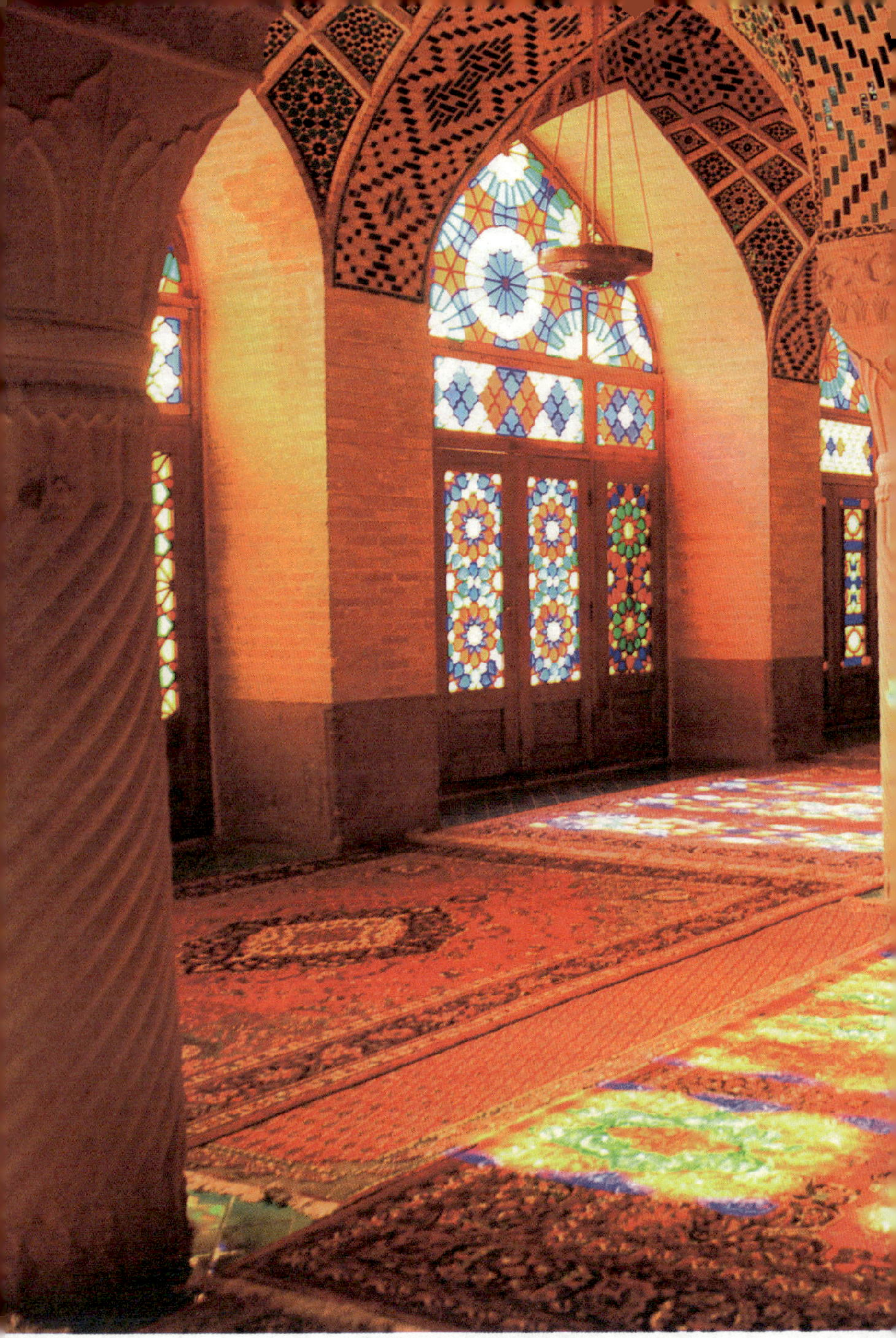

阳光把窗户彩色玻璃的缤纷绚烂投射在粉红清真寺的祷告厅地面

来哈菲兹陵墓瞻拜的人络绎不绝

铭刻着哈菲兹诗文的哈菲兹石棺

俩之外，这个城市还诞生过一大批知名的诗人，可以说设拉子撑起了伊朗诗坛的半壁江山，故而又有"诗歌之都"的美名。

来到设拉子的游客，都会到萨迪、哈菲斯的陵园瞻仰拜谒。余粟一家人，自然也不例外。他们先到了萨迪的陵园。陵园就在设拉子的北门东面，而这座北门就是设拉子著名景观古兰经门。有意思的是在可兰经门的另一边，也是伊朗著名诗人、哈菲兹的弟子哈鹫的陵墓。

萨迪的一生中有 30 年时间在四方云游中度过，足迹遍及叙利亚、埃及、印度、阿富汗，甚至到了中国新疆的喀什，广泛接触了社会各阶层人物，亲身体验了穷苦大众的疾苦，这对他世界观的形成和文学创作产生了深刻影响。

特殊的经历使得萨迪的作品通俗而富有哲理，极具训谕的色彩。在当今联合国大厦内的墙壁上，都刻有萨迪的诗文："人类本同源，如一体四肢；一肢受创，全身皆感其痛。"可见其影响之深广。

萨迪的创作对伊朗后世的文学影响巨大。晚于他近百年的哈菲兹视他为心中的英雄，能背诵他的许多诗作。萨迪最有影响的作品是诗集《蔷薇园》，据说早在元代就传到了中国。

从萨迪陵园穿过设拉子城西北以哈菲兹命名的大街，走到尽头，就是哈菲兹陵园。陵园依照霍尔莫兹德构造七重宇宙的布局，高低错落，象征人生经历的不同阶段，起起伏伏。

园中玫瑰绽开，松柏常青。经过一列条形柱廊，下边是一座八根白色雕花立柱支撑的美亭。亭上覆圆形穹顶，穹顶内的镶嵌和彩陶装饰十分精美，亭子中央平放着大理石的石棺，棺顶上方石面如花纹般镌刻着哈菲兹的抒情诗，不断有拜谒者在此献上红色玫瑰。

哈菲兹被奉为"伊朗诗圣"，在伊朗诗歌史中的地位，相当于中国的李白与杜甫。他在 20 岁时就因美妙的抒情诗写作而崭露头角，但他不愿意被邀进宫廷当御用诗人，遂成为纯粹的苏菲，即抛弃一切物质享受，只追求精神满足的人。

由于自幼就博学古兰经，精通阿拉伯文学与典故，哈菲兹诗风优美、流畅、简洁，内容丰富多彩。他将人类的七情六欲以花一般的语言描绘得淋漓尽致，他还写了大量爱情诗，读之让人神魂颠倒。

他在《爱的所在》一诗中这样写道："爱无所不在／一根树枝上的／每一个弧度／你的眼睛端详我们的千种方式／每一颗心所能描绘的无数形状／春天果园里散发的芳香／燃烧的光线／仿佛火热的双唇／宇宙之裙的旋转／它的裙褶间藏着／其他的世界……"

哈菲兹的诗常以"爱"为中心，而与爱俱来的，便是神的降临。在哈菲兹看来，神就是爱，爱就是神，当人们心中的爱苏醒时，神就在其中浮现。他的诗歌节奏美妙富于音乐性，以手抄本和民间艺人吟唱的方式，在伊朗广为流传，对民众的影响仅次于《古兰经》，成为伊朗民众生活中不可或缺的部分。

走进伊朗人家，你肯定会看到哈菲兹诗集；同时人们也将哈菲兹诗集作为馈赠宾朋的最好礼品。逢年过节，长辈会为晚辈们高声朗读哈菲兹的诗歌，以此祈祷生活的幸福安详。

哈菲兹与伊朗人的生活联系之紧密，还可以从一个特殊的文化现象上表现出来，即伊朗人常常用哈菲斯的诗歌来占卜。在设拉子的街头，在哈菲斯的陵园内，就常有为游人和朝拜者占卜的占卜师。

占卜师一手托着小鸟，一手拿着装有一摞彩色卡片的小盒，卡片上写着哈菲兹的经典诗句。有兴趣求卜的人，可默默许个愿望，然后让小鸟从盒子里随意叼卡片。占卜师通过对卡片上面诗句的解析，说

*安放哈菲兹石棺的亭子*

出许愿者的心愿，或对求卜者的命运做一些预测。

中国前任驻伊朗大使刘振堂，就曾谈起过他的一次占卜经历："那天已近黄昏，我在当地一位官员陪同下来到了哈菲兹陵园，陵园的管理处主任穆罕默德·塔阿里先生请我许个愿，我就在心中默许中伊两国关系世代友好。塔阿里随后翻开《哈菲兹诗集》的一页，朗诵起来，大意是'那是一轮旭日，让霞光普照，为人类带来和煦，让万物充满生机。'我听了非常兴奋，笑答这正是自古以来两国友好关系的写照。"

有不少人遇到人生的困惑，便会带上哈菲兹诗集，来到陵园。一边默念疑问和祈求，一边手抚石棺打开诗集，接受哈菲兹为他指引的生命出口。而随手翻开的那页诗句，往往正是他们所期待的答案。

哈菲兹的诗歌占卜为什么会如此灵验,或者说那么贴近人们的心思?也许是因为他是伊朗人的"心灵之神",能给伊朗人以精神力量。人们沉浸在他美妙的诗歌中,接受他的精神指引,接受他冥冥中的启迪。

由于哈菲兹诗歌的广泛深入流传,孩子们从小背诵着他的诗歌长大,以致伊朗人的表达方式也受到了诗化的影响,细腻、婉转、含蓄。人们对哈菲兹有一种由衷的挚爱与敬仰,甚至到了神化的地步。

就在亭子的边上,余粟和家人看到一位伊朗母亲,左手搂着孩子,右手捧着哈菲兹诗集,目光专注地凝视着诗人的陵寝。那虔诚的情感,肃穆的氛围感染着余粟和家人,他们也肃立在诗人陵墓旁,向这位伊朗人民心目中敬仰的圣者致敬。

# 波斯波利斯的历史辉煌

设拉子一带，曾是古波斯的中心，在城东北50余公里的塔赫特贾姆希德，就是阿契美尼德王朝最恢宏的都城波斯波利斯。波斯波利斯这个名字是希腊人给起的，意为"波斯国的都城"。

当余粟和家人来到这里，一下车便可远远眺望到那座高居于旷野台地之上的宫殿遗迹，那一簇簇高大的石柱群在蓝天白云衬托下，气势壮阔雄浑。高大拱门，巨型石雕，断墙残垣，以及遍地散落的石块，无不在诉说着一个古老帝国的辉煌。

大流士一世在位时（公元前521~前486年），是波斯帝国的鼎盛时代。随着疆域的扩大，财富的积累，帝国先后在波斯境内建造了三座都城，这座被古波斯人称为"贾姆希德的御座"的宫殿群，最初是波斯帝王的夏宫。随着不断地扩展殿堂和日趋华美的构造雕饰，这里成为波斯帝国君主举行重大礼仪庆典之都。

波斯波利斯宫殿群的建造，经历了大流士一世、其子薛西斯一世、其孙阿尔塔薛西斯一世三代帝王，直至公元前330年亚历山大大帝率军入侵并将之焚毁时仍未完工。然而耗时150年，占地13.5万平方米的规模，已使之成为2400年前世界上最为宏大的建筑群。

彼时的波斯是世界上最为强盛的帝国，幅员跨越亚、非、欧三大洲，将世界文化的几大源头包纳其中，因此这个宫殿群的建筑艺术融汇了两河流域、美索不达米亚和希腊等诸多文化元素，丰富而瑰丽。

在导游引领下，余粟一行由西向东，顺阶梯而上，前往宫殿群落的高台。阶梯的石质台阶每一阶都十分宽大，坡度平缓，这是为了前来朝贡的使团驮着贡品的马匹便于行走。

来到阶梯尽头，展现在眼前的，是一座有四扇石屏风和四个立柱组成的高大拱门，其名曰薛西斯门，也称万国之门，还有人称之为波斯门。石屏风高十二三米，其上雕刻着亚述人的避邪之灵拉玛苏。拉玛苏人面、牛身、鹰翅，人面上皆戴有王冠，据说人面是依照波斯大帝的面容雕刻的。

入得万国门左转90度通向波斯波利斯的正殿，即觐见大殿，又叫中央大厅，这是波斯帝王接见朝贡团的地方。大厅呈正方形，边长达61米，可以同时容纳千人以上在其间活动。大厅内有石柱36根，大厅外前廊和左右侧廊各有石柱12根，共计72根，现仅存了13根。这些石柱均高18米，托梁石柱顶端的镂刻雕饰，极其精致，美轮美奂。

已成断壁残垣的中央大厅，当年的富丽堂皇只能由参观者展开自己的想象了，但在考古发掘中从大厅地下发现的石刻上，却留下了当年真实的痕迹。石刻分别以波斯、埃兰和巴比伦三种楔形文字记载了大流士一世的铭言：

"我，大流士，伟大的王，众王之王，列国之王！从索格德的萨克斯坦（古土耳其斯坦的一个省）到库沙（埃塞俄比亚），从印度到萨尔德（里地），这就是我的国家，是众神中最伟大的神明，至高无上的光明之神阿胡拉·马兹达恩赐于我的。阿胡拉·马兹达神保佑我和我的王族……"

中央大厅是建在2.5米高的平台上，两侧筑有阶梯，阶梯边的石墙上，都有大型浮雕，其所描绘的是波斯新年庆典盛况。

薛西斯门

北侧的浮雕主要反映的是帝国的武功。波斯米底亚士兵手执长矛，肃穆站立；御林军的文武将士和弓箭手英姿勃勃；还有挺拔的松柏，狮子猛扑公牛的画面。据说公牛代表的是力量，而狮子更是至高权力和凯旋的象征。狮子扑向公牛，处于上风，表达了战胜强敌的威风与霸气。在伊朗的许多古迹的墙壁、立柱的基座上，都能看到这样的雕刻。

南侧的浮雕有23组，描绘了来自23个波斯属国、属地的使节代表朝贡团进贡献礼的场景：三人一排，在宫廷官员带领下，携带金银珠宝等各色贡品，款款而行的场面。牵着牛提着纺织品的埃及人，捧

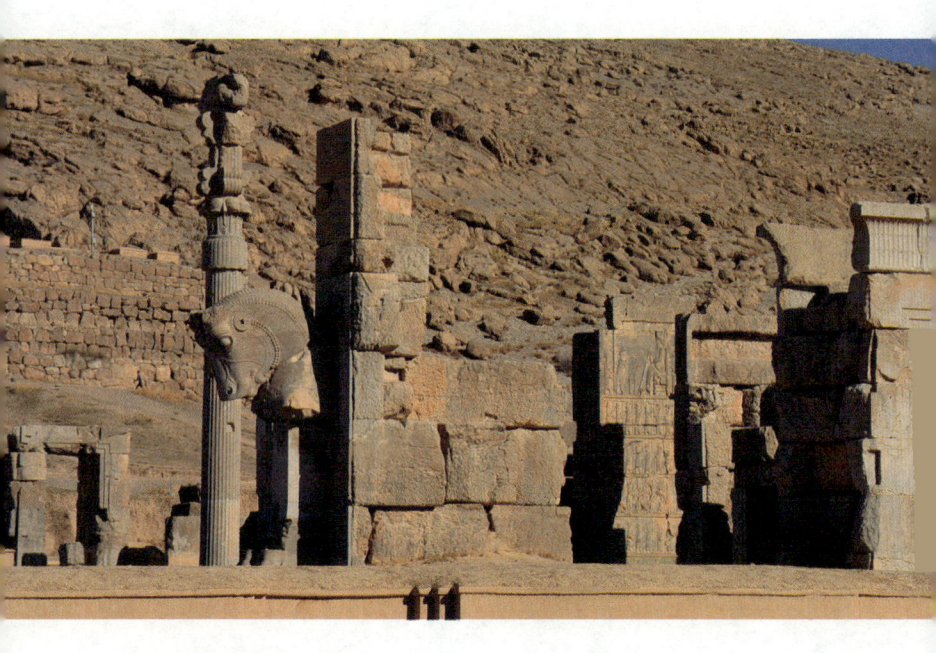

波斯波利斯宫殿群遗址之薛西斯寝宫

着陶器的巴比伦人，进献手镯短刀的米底人，抬着象牙的伊索匹亚人，赶着骏马的亚美尼亚人……每组浮雕以一棵生命树隔开，每组人物的面相、发式、头饰、衣装、武器各不相同，展示出当年波斯帝国的幅员辽阔、族群众多，物产富饶。

这些看上去形象清晰、栩栩如生的浮雕，已经在沙土之下掩埋了2000多年。直至20世纪30年代才发掘出土，重见天日。经过清理，这些浮雕完好如初，精美绝伦，犹如重新打开厚重的古波斯历史画卷。

在中央大厅东侧，就是著名的百柱宫。这座正方形宫殿有100根圆柱，分成10排，柱基至今尚存。百柱宫四周共有8座大门，36扇窗户。

宫殿北门边的墙壁上，雕刻着百官谒见国王的场景。大王端坐在上方御座，面前摆着两炷高香，臣属们向大王呈递上书，敬候谕旨，50名士兵两侧肃立。据说雕刻中的国王就是薛西斯一世。

在百柱宫东面，是大片的军营，南面东侧是形如迷宫的金库、贮藏室，南面的西侧是薛西斯一世居住的寝宫。在整个宫殿群东边的山坡上，是阿塔薛西斯二世的陵墓。

波斯波利斯的宫殿建造，也可说荟萃了各文明古国的文化要素。如用百根高柱支撑的百柱宫，与埃及卢克索的卡尔纳克神庙不无相像；雕刻人首、牛身、鹰翅坐像的创作灵感也显然借鉴了埃及吉萨金字塔前的狮身人面像。但与埃及的神殿和陵墓的构建不太相同的，是这里更多地展现了现实和世俗的题材。

与埃及那些鸿篇巨制的土石工程筑造所截然不同的是，参与波斯波利斯宫殿群建造的，大都是领取工资和实物报酬的工匠和艺术家，而非毫无人身自由的奴隶。这一点非常有意思。

令人扼腕的是，马其顿国王亚历山大率军攻占波斯波利斯，在纵

第八章　丝绸路上串亲戚

波斯波利斯宫殿群遗址鸟瞰

兵掠夺之后将这辉煌的宫殿群付之一炬，如美丽童话般的帝国都城就这样毁于一旦。一个属于阿契美尼德的繁盛荣华在大火中消逝了，如同波斯大地上一场华丽壮烈的梦。

徜徉在波斯波利斯宫殿群的遗骸之间，细细阅读深深镌刻在砖石之上的古波斯历史，让来自东方文明古国、领略过中国皇城故宫的余粟一家也感叹不已。

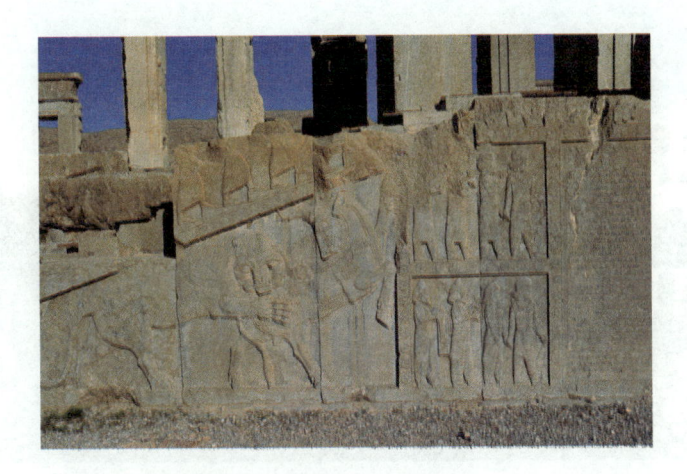

波斯波利斯宫殿群遗址的浮雕

## 在扎因达鲁德河上看桥

在北面与设拉子所在的法斯省相衔的是伊斯法汗省，省城伊斯法罕是伊朗的第三大城市，也是伊朗历史上另一个兴盛期——萨法维王朝的首都。

有人说伊斯法罕是伊朗最美丽的城市，伊朗国内也有一句俗语，叫作"伊斯法罕半天下"，就是说游览了伊斯法罕，就等于看了半个世界的美景。因此到伊朗，伊斯法罕是必游之地。

哈鹫大桥

哈鹫大桥下的孔洞

一条美丽的扎因达鲁德河穿伊斯法罕城而过,将古城对分为两半,河上自古以来建造了十几座不同材质、不同形状的桥梁,可称为伊朗古桥密布的城市之一。特别是哈鹫大桥、三十三孔桥,以其优美的造型和多样的功能已成为伊斯法罕标志性特色建筑。

美丽的哈鹫大桥长 105 米,宽 14 米,共有 23 个桥孔,桥身为上下两层拱廊结构。上桥中央有两座亭榭,是专为国王阿巴斯二世喝茶观景会客而建。据说当年国王就落座于中央桥亭榭,大臣和各国使节及夫人们各据一个桥拱,共同观赏扎因达鲁德河上的景致或水上庆典活动。

哈鹫大桥下流淌的扎因达鲁德河水

　　哈鹫大桥建于17世纪，桥的设计者是一位亚美尼亚工程师。此桥建成，既连接了两岸往来，同时又有水坝之功效，可通过水闸抬高水位，将水引入两岸水渠灌溉农田。如今的哈鹫大桥，更是一道风景，也是伊斯法罕人休闲的去处。

　　余粟一家人在岸边望去，桥下的拦河坝旁，人们三三两两地在石基上散步，或坐于石上，静静观赏流动的清波。这里有年轻人俏丽的倩影，老年人从容的神态，孩子们嬉戏的欢愉。

哈鹫大桥桥头忘情吟唱哈菲兹诗歌的老人们

来到桥侧面的拱廊下,这里更有甜蜜情侣在窃窃私语,流浪歌手在弹琴唱歌。还有不少阖家来此的人们,铺块波斯毯,坐在上面喝茶、抽烟、聊天。

在另一端桥头,有一群老汉吸引了众人的目光。他们有腔有调地吟唱波斯诗圣哈菲兹的诗歌,有的边唱边摇动两肩,有的微闭双目,全然陶醉其间的神情极具感染力。余粟一家和许多路人一样,不由得停下脚步,默默地聆听。据说伊斯法罕有众多民间诗会,常常相约来此颂诗吟唱。

让余粟和家人感动的是,来往桥上桥下所见到的伊朗人,无不对他们报以和善的笑容和"秦!秦!"的呼唤。他们还被邀请参加家庭聚会,品茶,抽水烟,合影留念。这让余粟和父母深深感受到了伊朗人的友好盛情,他们亦将携带的小礼品分赠给伊朗人。

在伊斯法罕市,余粟和家人下榻的酒店,就在另一座著名大桥三十三孔桥的旁边。入夜时分,吃过晚饭,一家人便兴致勃勃地来到桥畔沿河公园漫步。

夜幕降临后的三十三孔桥,灯光开启,犹如夜空中一条金灿灿的水上长龙。那三十三孔伊斯兰风格的扇形桥拱在灯光照射下分外美丽,与不远处河面上几十米高的人工喷泉相映成趣。

这座砖石古桥和哈鹫大桥一样,具有多种功能,行人、观景、小憩。依水的桥洞内可乘凉、饮茶、品点心、吸水烟。入夜后,一群群水鸟聚集桥旁栖息,光影、鸟影、水影、人影,交相呼应,别具情韵……

三十三孔桥建成于阿巴斯一世时期的1606年,由宫廷大臣阿拉威尔迪汗设计建造,比哈鹫大桥的历史还要悠久。290多米的长度也大大超过了哈鹫大桥,是伊斯法罕最漂亮的一座石桥。

三十三孔桥夜景

　　三十三孔桥好像有种魔力，无论夜与日，总是吸引你走近它，遥望它。因为这古桥好似一道流动的风景，它的美联结着伊斯法罕的古往今来，联结着伊斯法罕人的生活的情趣。

## 现场解读"伊斯法罕半天下"

伊斯法罕这座位于扎格罗斯山和库赫鲁山谷地的古城,不仅风光优美,拥有11~19世纪的各式伊斯兰风格建筑,而且作为"丝绸之路"南路的重要驿站,南来北往的商客都汇集于此,各种商品琳琅满目,成为东西方商贸的重要集散地,富甲天下。

《伊斯兰在波斯》一书对伊斯法罕有如下描述:全城有"162座清真寺,48所经学院,182个客栈和173个公共澡堂。路人服饰豪华,市场繁荣,精美的帐篷一个挨着一个,货铺上排列着姿丽多彩的工艺品"。

在市中心的伊玛目广场,汇聚了萨法维王朝时期的建筑精华。广场的四周被两层楼高的连环拱廊骑楼环绕,并由它串联着瑰丽的阿里卡普宫,幽蓝色的国王清真寺,宁静圣洁的卢特夫罗长老清真寺。

生活在北京,熟悉北京天安门广场的余粟一家人,置身面积超过8万平方米的伊玛目广场,真没觉得有多么宏阔,但导游介绍说,它是紧排天安门广场之后的世界第二大广场。不过广场特有的景致,还是给余粟一家人留下了深刻的印象。

广场上绿草如茵,花丛点缀,中央有一个碧波潋滟的水池,池中喷泉在阳光中交织成一片五彩虹霓,周围环绕的奇美建筑倒映在池水中,一起构成了天方夜谭的意境。

萨法维王朝的君主酷爱建筑,常在全国搜罗建筑人才,无论什么

国王清真寺

伊玛目广场上的游览马车

伊玛目广场景色

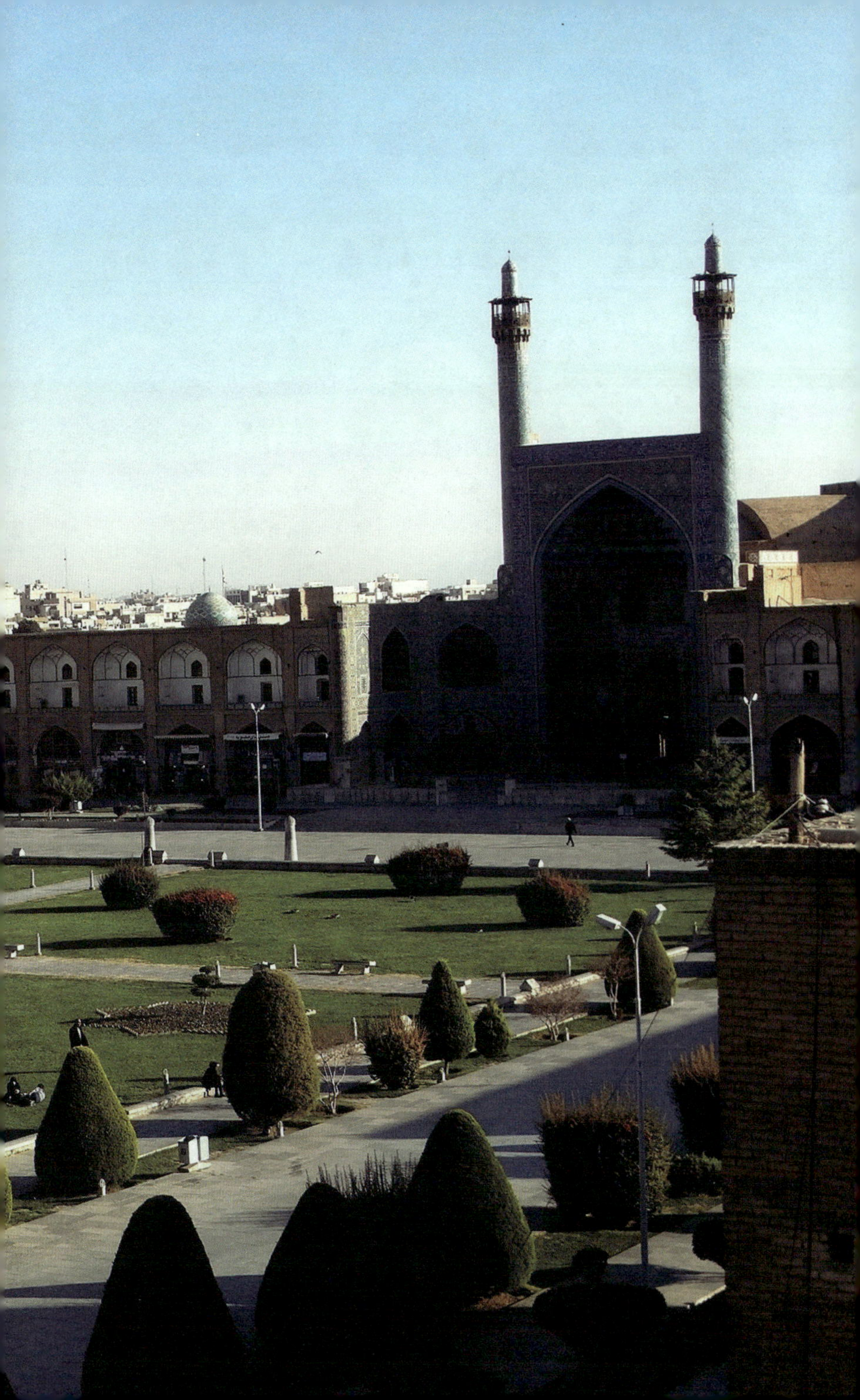

阿里卡普宫顶层的音乐演奏厅

卢特夫罗长老清真寺

身份地位，都可能得到国王的接见。国王还屡屡颁诏，全国上下每个人都可以设计建筑物，一旦设计得到国王赏识，立即注资投建，建成后设计者还会得到丰厚奖金。一时间，全国的能工巧匠纷纷聚集首都伊斯法罕，用自己的聪明才智和艺术灵感参与这座城市的打造。

阿里卡普宫处于广场西侧，楼高48米，是17世纪早期伊朗的最高建筑。这个六层的建筑妙处在于从正面看只有两层，第二层是个三面开敞的平台。当年萨法维王朝的君王就在此居高临下，主持阅兵仪式；或与外国宾客观赏焰火和马球比赛。

到宫殿背面，才看得出六层建筑的轮廓。内里通过螺旋形的楼梯上下到不同楼层，每一层都有不同装饰风格的房间，曾经布置着各种绘画和艺术精品。顶层是个演出厅，厅内墙壁外层是木制的，有乐器形状的镂空。据说这是为了吸附杂音，使演奏的声调更为清晰。有意思的是演奏者在楼上奏乐，其座位在参差错落的格子中，还被镂空的木屏遮挡着，这样是为了使演奏者看不到楼下君王的真容。

阿里卡普宫对面的卢特夫罗长老清真寺，是专供王室成员礼拜的场所，因此没有宣礼塔。它起初是国王为来自黎巴嫩的长老卢特夫罗而修建，后来成为国王及王室成员的御用清真寺。寺内装饰以柠檬黄为基调，用料上乘，精雕细琢，墙饰的阿拉伯图案细腻精致，显示着皇室的雍容与高贵。

在卢特夫罗长老清真寺右侧，是伊玛目清真寺，整个清真寺以蓝色为基调。寺院是四伊万格局，其中南伊万因为朝向圣地麦加，比入门的北伊万更为高大和富丽堂皇。其彩釉瓷砖镶拼成几何图形工艺的繁复精美，让人叹为观止。

来到主礼拜堂，你立刻会被四周海洋般的幽兰色彩所包围。令人

四十柱宫前廊柱

称奇的是，主礼拜堂高大的穹顶分内外两层，内层高 38 米，外层高 54 米。在穹顶正中的下面吟诵古兰经，声音便会在殿堂环绕回荡，有如天籁。余粟的家人都站到此处试了一下，果然有共鸣扩音的奇效。

伊斯法罕著名的四十柱宫，在皇家园林的北面，是国王接待贵宾和外国使节的宫殿。其实王宫前廊的整松木巨柱只有 20 根，加上宫前水池中的倒影才映现出 40 柱的景致，故此得名。但 40 在波斯语中另有为数众多的含义，例如《阿里巴巴与四十大盗》，四十大盗是很多而并非只有 40 个的意思。

四十柱宫最吸引人的，是正厅内四壁绘满大大小小的壁画。其中最珍贵的是反映阿巴斯一世宴请土耳其斯坦国王，其祖父塔赫马斯普一世接待印度国王胡马雍，伊斯玛伊尔一世抗击奥斯曼人的六幅巨画。

四十柱宫内大大小小的壁画

四十柱宫柱墩

余粟哈梅德的爱情传奇　　左伊朗　右中国　★　233

*四十柱宫*

　　六幅歌颂萨法维王朝文武功德的壁画，都有真实的史实为依据，因此观画不仅是一种艺术享受，也是对伊朗历史的温故。其他的壁画也都再现了当年皇家日常生活和骑射筵宴等情形，也能让人加深对那个时期宫廷生活的了解。

　　在哈梅德家人的精心安排下，余粟一家人在短短六天的伊朗之行中，游览了里海、设拉子、亚兹德、伊斯法罕、阿比雅尼、卡尚和德黑兰。如果说余粟的第一次伊朗之行，对其古老的历史感到震撼的话，他的这一次游历，则是对伊朗灿烂而渊远的文化，做了更深刻的解读。但他此刻还没有意识到，这将对他后来的人生产生了潜移默化的影响。

## 第九章
## 爱在天路与海角的宣示

余粟哈梅德的爱情传奇

# 一个年轻人的话撞击着他心灵

时间似飞转的车轮，转瞬间，余粟和哈梅德结婚已过了一年。这时，他和朋友一起创建的邦杰外语培训学校，也顺风顺水地走上了正轨，不仅有了稳定的生源，也开始盈利并收回了投入的成本。

学校聘请了一批专职教师和行政人员来进行运转和打理，并不需要投资创建人余粟再花费太多精力操持了。余粟那颗年轻的心又开始躁动，他暗自畅想和筹划着，要再找寻自己喜爱的事情来做。

一天晚上11点多，丝毫没有睡意的余粟，打开电视，下意识地调换着电视频道……忽然，一个年轻男子的声音飘进了他的耳朵："很多事情，如果你不趁着年轻去做的话，以后就真的没机会做了！"

原来，他调到了旅游频道，《行走天下》栏目的特约嘉宾谷岳正在讲述自己的经历。他的话一下抓住了余粟的心，遂锁定这个节目看了下去。

谷岳出生在北京，11岁跟母亲移民到美国后，曾随家人开车环游美国的32个州。他大学毕业后只工作了两年，就辞职做环球旅行，至今已走过了五大洲的42个国家。

2009年夏天，为了与在德国的女朋友伊卡见面，谷岳和哥们刘畅在北京后海的一个角落里冒出一个疯狂的念头：从北京一路搭顺风车，去德国柏林！他们随即办好了途经国签证，准备好了行装。

出发那天，北京烟雨蒙蒙。谷岳和伙伴背着几十斤重的行李，在后海边竖着大拇指表示要搭车。可等了1个多小时，都没有司机愿意停车。好不容易，一位好心司机同意把他们带到进入河北高速公路的收费站入口。

下车后，谷岳他们又继续在雨中苦苦等候，不少人劝他们不要继续这种近乎痴狂的搭车跨境行动了。但两个年轻人坚持着。半个多小时后，终于搭上了第一辆驶往河北的私家车。

在接下来的近3个月里，他们搭乘了88辆陌生人的车，穿越16000多公里，走过了中国、吉尔吉斯斯坦、乌兹别克斯坦、哈萨克斯坦、格鲁吉亚、土耳其、伊拉克、保加利亚、罗马尼亚、匈牙利、斯洛伐克、捷克、德国13个国家。他们搭乘的车包括大货车、摩托车、小汽车、马车、农用三轮车、卡车……只要司机愿意打开车门，他们就兴高采烈地一窜而上。

当然，他们也曾被1000多位司机拒绝。常常要花费几小时，才能找到一辆愿意搭载他们的车。最长的一次，他们在路边等了整整两天。谷岳说，那次在路边从上午等到深夜，只好先找旅馆下榻，第二天才搭到车。

大部分时间，他们只能挤在货车后座上。有一次，轿车已坐满了人，他们只好钻进了后备厢，"那通常是狗狗的位置，呵呵。"

三个月后，谷岳和刘畅终于到达捷克边境，前方就是德国，伊卡的家——柏林已经近在咫尺。

他们在公路服务区便利店外，举着一张写有Berlin（柏林）的白纸。等了不久，他们搭上了一对年轻男女的顺风车，下午就到了东柏林。在前往西柏林的城铁上，谷岳心里涌出了浪漫的诗句："这三个月我每天都朝着太阳落山的方向走，因为在太阳落山的方向就是柏林，伊

闯西藏的途中

卡在等待着我。"

走出城铁,谷岳发现了一个花店,仿佛是老天在冥冥提示,他买了一束花后继续前行。走着走着,突然听见了一个非常熟悉的声音,他回头一看,竟然是伊卡骑着车冲了过来。

谷岳惊喜万分地看着伊卡,心里感觉到一种纯粹的快乐!他顾不得放下身上的背包,紧紧拥抱住伊卡,亲了很久很久,把那束凝结了千山万水情意的鲜花献给了伊卡。

谷岳用自己的行动实现了梦想,也用这种奇特浪漫的方式表达了他对女朋友的爱!谷岳激情浪漫的故事,让余粟热血奔涌,彻夜难眠。

"真的,那一晚,谷岳的叙述一直在撞击着我的心灵!我一定要趁年轻,去做以后即便有了钱、有了时间也难以去做的事情。"心动不如行动,激情迸发的他随即开始计划着一场远行,去实现一个跃上世界"高极"的行动。

## 壮志未酬的进藏冒险

没过几天,那是 2011 年的 6 月 25 日,天刚蒙蒙亮,余粟醒来看了看表,还不到 5 点。他翻身下床,并把身边的哈梅德晃醒。"走,媳妇,咱们今天就开车去西藏!"

正在睡梦中的哈梅德以为老公在说梦话,没搭理,扭过身又睡了。余粟一看,硬是把睡眼朦胧的哈梅德扶坐起来,用一种不容置疑的口气对她说:"你走不走?你要不走,我就自己走了!给你 10 分钟收拾行李,赶紧的!"

其实,哈梅德也是个向往传奇旅行生活的女子,她和余粟恋爱时就曾游历了阿联酋、土耳其和伊朗国内不少地方。而这次太突然了,哪能丝毫不准备,说走就走呢?

余粟自顾自地穿好了衣服,不容商量地催道:"还有五分钟,我去开车了,10 天后回来。"

哈梅德这下才清醒过来,余粟是玩真格的了,赶紧起身穿衣收拾行李。脸没洗牙没刷,拿上几件换洗衣服和一条毯子,两个人就出发了。

坐进了车里,哈梅德还是想打退堂鼓:"要么咱们开车向北走,去个近点的地方怎样?或者你的计划再缓几天,多约上几个朋友一起进藏怎样?"

可此时的余粟热血贲张,欲罢不能。他知道,如果第一次就退却,以后可能就再不会有这么大勇气一路狂奔去闯西藏了。

"不行，决定了就一定走下去，无论明天是刮风下雨，还是路途崎岖，我们都得这样走下去！"余粟这样回答哈梅德，也像是在对自己说。

"我们的青春如此美丽，没人欣赏也没有关系；至少到我们死去的那一天，我们懂得了什么是年轻！"余粟边驾车边放声唱了起来，歌声伴着两颗年轻的心一路飞驰。余粟紧踩油门，一路向西。

从北京到拉萨单程3100公里，他们一路风驰电掣，在高速公路上狂奔，除了加油、上厕所和用餐，基本人不离车。

第一天晚上10点，他们便开到了甘肃省靖边公路服务区。余粟看了看导航，一天就"杀"出去了1200公里。看着导航上的公里数在不断减少，他俩心也在飞。为了节省时间，他们没有寻找旅店过夜，而是放倒后排座椅，就睡在了车里。

凌晨4点多，他们就被车外的轰鸣声吵醒了，同在靖边服务区夜宿的大货车已经打着了车，准备出发。余粟一骨碌爬了起来：必须赶在他们之前上路，否则就得堵在大货车队后面慢慢爬行。

第二天，天气不错，西北高原上的蓝天白云，看着就爽。余粟的越野车一路穿过甘肃，进入青海，伴着人烟稀少的山野荒漠撒欢奔驰。晚上8点，车到青海省格尔木市，这一天走了870公里，距拉萨不到900公里了。"老婆，明天咱们就能亲见布达拉宫了！"余粟难抑兴奋。

第三天天还未亮，余粟的越野车已经开出了格尔木市。6月末，在北京已经能感到夏天的暑热，而西部高原上的清晨却还是寒气逼人。他们没带御寒的衣服，只好把毯子披在身上。开出格尔木市不远，越野车便驶入青藏公路最高的昆仑山路段。

不一会儿，天空飘起了雪花，"望着那漫天飞舞的雪片，好像大

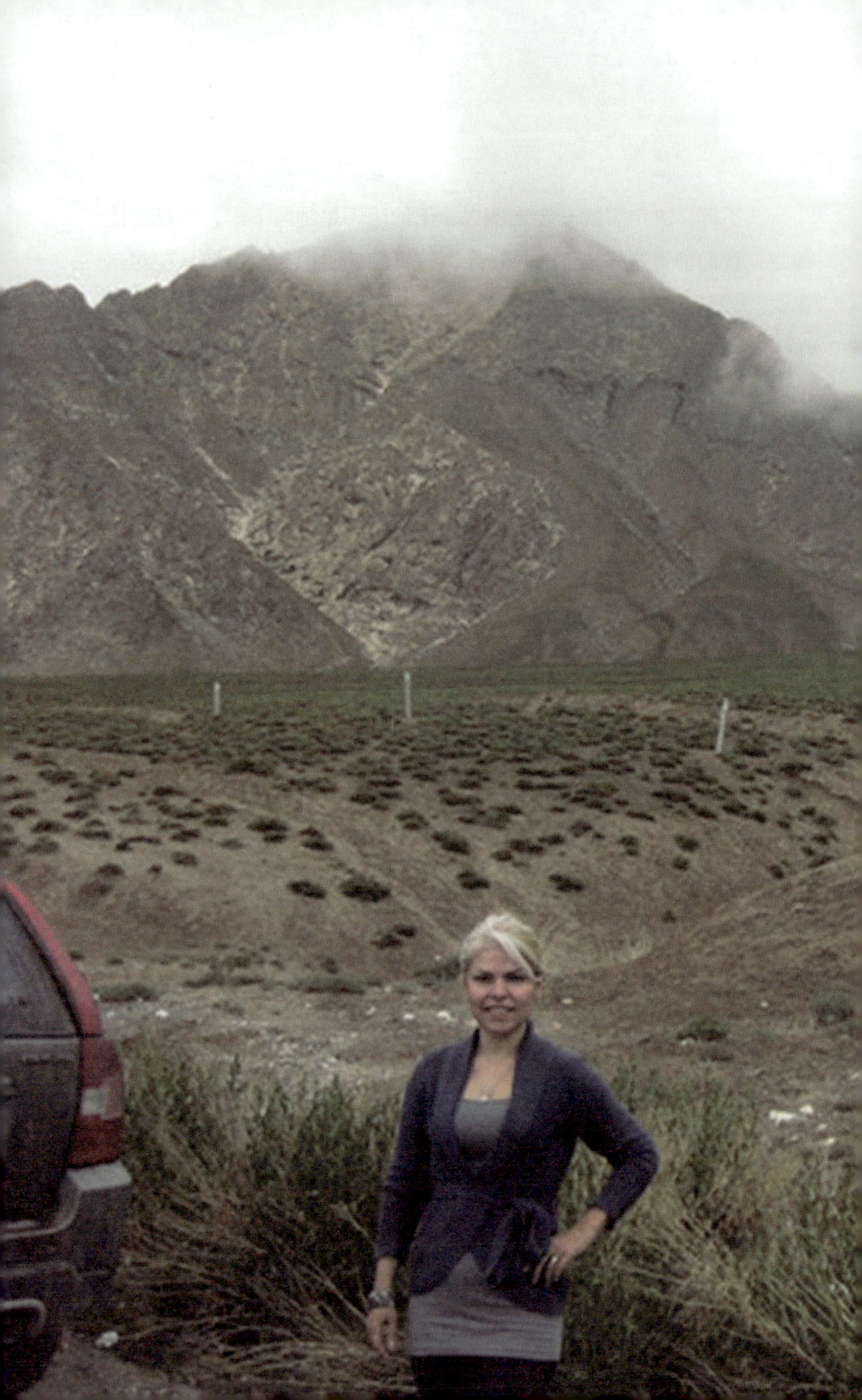

*闯西藏的途中*

自然为我们送来的礼物！太美了！"

他们一路欣赏着奇美的高原地貌，旷野、雪峰、蓝湖、野牦牛、藏羚羊、沉醉其间，完全忘记了三天来的奔波疲劳，甚至开到海拔5500多米的昆仑山口时，由于高度亢奋，似乎也完全没有高原反应。

翻过昆仑山，距离拉萨还有600多公里了。余粟对哈梅德激动地高喊："胜利就在眼前，今晚就到拉萨喽！"

越野车向着拉萨欢快飞奔，可没想到，在距离拉萨约530公里的时候，一位背枪的武警士兵拦住了他们："请出示身份证。"

余粟赶快掏出各种证件出示：身份证、护照、户口本、结婚证。士兵查看后，让他们等一等，说是要汇报一下。等待的这会儿，余粟似乎预感到要出问题了。

过了一会儿，士兵走回来，严肃地对余粟说：根据上级指示，外国人如果没有特别批文，目前一律不得入藏。

余粟一听，脑袋几乎要炸开了似的，他用几乎是哀求的声音对士兵说："兄弟，你看，我们从北京连续开了2天多，几乎没有休息。眼看就要到目的地了，却要把我们堵回去，这也太懊丧了！我们确确实实是来旅游的，能不能通融一下？"

这时，从路边营地里走过来一位军官。他面容和蔼又语重心长地对余粟说："小伙子，你们的心情我能理解。这么短时间就把车子从北京开到了这里，很不简单！但你赶上了西藏和平解放60周年大庆，西藏自治区首府拉萨举办的各种大型国际活动即将开启。为了确保安全，没有特殊批文的外国人是禁止入藏的。你是一个中国人，在这个非常时期，希望能以国家大局为重。"

看余粟低头不语，军官的语气更加缓和："前面还有好几道检查站呢，就算我们这道关卡放你们通行了，后面还是会有人劝阻你们返回的，就请你们配合一下吧！"

军官的话句句在理，本还想发发火的余粟，这会儿也只能默不作声了。再多的请求和解释也无济于事，只能怪自己年轻冲动，行前没做好充分的信息咨询。吃一堑长一智吧。

再有几个小时就能到拉萨了，可现在只能带着巨大的遗憾，调转车头。

"来日方长，以后肯定还会有机会的。再说，来时只顾赶时间了，一路的美丽景色都没能停下看看，返回的途中咱们就慢慢欣赏吧。"哈梅德轻轻抚摸着余粟的肩膀，满眼的体贴和安慰。

# 哈梅德把仅剩的一袋氧气塞给余粟

来时一路斗志昂扬，此刻俩人就像泄了气的皮球，一下感觉好累好困，路好漫长。本来从检查站返回格尔木也不过四小时的车程，但余粟却觉得导航仪上的公里数变化好慢，即使把油门踩到底，车还是跑不起来。

天也渐渐黑下来了，余粟突然感到头剧烈疼痛，心脏也开始砰砰乱跳，他使劲坚持着把车缓缓开到了前方的加油站。从车里晃晃悠悠出来，加油站的小伙子一看，赶忙上前扶住了他。

"大哥，你这是高原反应呀！赶快去旁边小卖店，买盒红景天，拿个氧气袋。"余粟点着头，但感觉身体像灌了铅般沉重，气也喘不上来。十多米远的便利店，他一步步艰难地挪了半天才走进去。

他像抓住了救命草似的，买了红景天口服液，一口气喝了5小瓶，接着又买了4个氧气袋（一个可以用2小时）。

加满油后，余粟边吸氧气边驾车往格尔木返。路上黑漆漆的，开着大灯，也只能摸索着前行。路上没有一辆车，唯有他们的越野车在昆仑山上孤独爬行。三天来的亢奋被彻底摧毁了，此刻只剩一身的疲惫和不适，眼皮一个劲打架，他感觉再也无法强撑下去了。已是夜晚11点多，再这么挺着要出事故的。

几点灯光出现在前方，余粟把车开了过去。路边有几间简单的平房，他们停好车朝灯光走去。余粟先敲敲门，房子里面有声音，但没人开门。

余粟推开门一看，脸上顿时冒出了汗。只见大约20平方米的小屋，至少有二三十个喇嘛拥挤蜷缩在里面。他们一看有人进来，马上都警觉起来，眼睛直勾勾地盯着余粟。

余粟下意识地退到门外，听到一个喇嘛粗声问道："怎么了，有什么需要吗？"余粟听到是普通话，才松了口气，又把半个身子探进屋里，向喇嘛询问是否有住宿的客房。

那喇嘛站起身，走到余粟身边，指指外面不远处的平房说："一个床位50，一间屋子4个床位。"余粟给了他200元，包下了这个房间，喇嘛便提着一盏煤油灯，带他们来到房间，把钥匙交给余粟后，便消失在漆黑的夜色中。

"说实话，长这么大，我还真没害怕过什么，但这一晚，我确实感到了一丝恐惧。"余粟说。借着昏暗的油灯，余粟看见屋里有个窗户，窗帘在哗哗飘动，走过去一看，原来只有窗帘，根本没有窗户。他心里顿时又紧张起来，这和敞着门有什么区别啊？他越想越不安全，又回车上取了把扳手，攥在手里。

两人躺下后，裹上从家里带的毯子，再盖上潮湿的被子，但却一点也睡不着。也许是高原反应加担惊受怕，余粟感觉胃里翻江倒海，难受极了。就这么直直躺着，不知过了多久，身边的哈梅德小声问："老公，你睡着了吗？"

"没，睡不着，恶心，头晕，想吐……"余粟瞄了一眼手机，3点40分了。"要么咱们再坚持坚持，继续走？离格尔木已经不是很远了。"

"走吧，我觉得这地儿不安全，不宜久留。"哈梅德表示同意。

他们迅速起身，余粟本想去拉门，却感到一阵晕眩，脚像踩了棉

西藏归途经过青海湖

花一样软绵绵的,一个趔趄,瘫倒在了门边,大口呕吐起来,吐得连腰都直不起来了。哈梅德赶紧扶住他,帮他捶背,拿湿纸巾为他擦脸,还把剩下的半瓶水送到他嘴边,呕吐稍止后,哈梅德把那袋仅剩的氧气插进了老公鼻孔。

余粟推让着,想把氧气留给同样疲惫不堪的哈梅德。可哈梅德却柔声对他说:"老公,你比我更需要氧气,车还得你来驾驶呢。听我的话,别争了!"说着搀扶着余粟向车子走去。

"我一辈子都不会忘记这个夜晚",余粟说。在黑暗荒芜的青藏高原上,妻子把氧气袋塞给了他,在他身心最疲惫困顿的时候安抚他,照顾他,给他信心。还有什么理由不去深爱这样一个女人一辈子呢?余粟从没有过这么至深的感受。

车又启动了,一路上余粟看着身边的哈梅德一直抓着塑料袋,难受地干呕。他十分心疼,但也无可奈何。他必须牢牢紧握方向盘,用全身心稳稳驾车。车灯像一把利剑,劈开了昏黑的夜晚,向着山下的希望前进。

第二天早上8点,余粟和哈梅德终于返回了格尔木市,他们有一种从地狱重回人间的感觉。他俩第一件事是到澡堂洗了个澡,然后吃了一顿有生以来最香的德克士饭。生活真美好!

他们这次驾车闯西藏的行动很失败,没能到达拉萨,没能看到"世界第三极"的雪域风光。但是从另一个角度看,他们又收获甚丰,他们克服了重重困难,挑战了自我,有了一次精神上的契合与洗礼!

这也许就是旅行的意义所在吧。不在乎你走多远,不在乎你去过哪里,重要的是旅行把余粟和哈梅德的心紧紧拴在了一起。这次"天路历险"让他俩彼此更加懂得珍惜对方。

## 爱倾泻在"天堂岛"

虽然单车闯西藏意外搁浅,但余粟和哈梅德对旅行的热情却丝毫未减,他们仍然向往着携手浪迹天涯,决不放弃任何一次旅行良机。

2012年春节,余粟的岳父母来北京看望女儿。一天,一家人一起去悠唐购物中心购物,恰巧赶上悠唐正在举办一个旅游季抽奖活动,凡在商场购物的客人均有机会参加抽奖,头等大奖为南太平洋天堂美岛斐济的双人免费旅游。

"咱们也碰碰运气吧!"他们一家在商场购买的物品较多,换取了多张抽奖卷,获奖概率自然会高一些。

活动主办方特邀了早年校园民谣男子组合"水木年华"成员,在电视《我是歌手》节目中蹿红的歌星李健担当抽奖嘉宾,现场气氛十分热烈。当余粟夫妇来到抽奖现场时,上千人的露天广场人头攒动,活动正在火爆进行,已有两个奖项有人领取了。

终于,等到开头等奖了,可连抽了几次,都无人领取。也许是持奖券的人都对自己的运气不抱什么希望,早早地离开了,李健不得不一而再从箱中抽取下一个号码。

就在余粟也快失去等待的耐心之际,李健报出了新的奖券号码和持有人姓名。余粟听到自己的名字,有点不大相信!但哈梅德却迅速做出了反应,起身激动地喊道:"是我老公!我老公!"

说完,哈梅德赶紧拉着余粟的手,俩人一起跑上了台。开奖嘉宾李建大声说:"噢,我们幸运的获奖者上台来了!好一个帅哥余粟,和他的洋美女太太!你们俩可以一起去美丽的斐济旅游了!恭贺你们!"

"我们不是两个人,我肚子里还有了宝宝,我们是三个人!"哈梅德用她特有的诙谐高声说道。台下随即爆发出一阵热烈掌声。

哈梅德意犹未尽又说道:"这次活动很真实,我们也很幸运,抽中了旅游大奖!我们非常高兴!非常开心!我们非常热爱旅游!我代表老公余粟,也代表肚子里五个月的宝宝,感谢主办方!感谢主持人!感谢大家共同见证了我们的幸运!"

然而,待到将要出发的时候,活动主办方对哈梅德的身体状况突然产生了顾虑,万一出点什么事,主办方是要担责任的。于是,他们出面劝说余粟和哈梅德放弃这次远游。

"斐济路程较远,中途还要在首尔转机,很辛苦!你爱人有孕在身,行动不便,又是第一个孩子,万一有什么闪失,可要后悔一辈子啊!"

余粟的父母也极力反对小两口在这种情况下远游:"别为了这点小利,连生命都不顾了,这太危险了。咱不能图一时痛快而不计后果啊。"

可是哈梅德在这事上非常执着,因为在她眼里,这是一次非常完美的浪漫之旅,也是她向往已久的爱之旅。她盼着在美丽的海岛,面向大海和太阳,表达她和余粟今生今世坚如磐石的爱恋;这对她们爱情的结晶,将要出生的孩子,也是一个最特别的见证。

因此,无论主办方劝说,还是家人反对,都无法动摇哈梅德对这次斐济之旅的坚持。为此,她还和活动主办方签了一个类似"生死文书"的协议,如果发生意外,完全由个人承担责任,主办方免责并不受牵连。

就这样,余粟和有五个多月身孕的爱人一道,踏上了5夜6日的斐济之旅。在登机前悠唐公司举办的欢送会上，余粟和哈梅德这个特殊家庭成了媒体记者们追访的对象。

飞机到首尔转机时，哈梅德还精神抖擞，有说有笑，但从首尔到斐济的飞行途中，哈梅德开始感觉不适。机舱内的座位空间狭小，乘客在十多个小时航程中挤在其间会感到很难受，更何况一位大肚子孕妇。飞行中哈梅德多次从座位上站起来，不安地来回走动。

好不容易熬到飞机快在斐济机场降落了，哈梅德突然脸色惨白，直冒虚汗。主办方陪同人员看这状况，就劝说他们："实在不行，你们到了机场就打道回府吧。"哈梅德却一如既往的执着，一再说能坚持，能坚持。

一月多的天气，北京还是冰雪寒冬，而斐济却是摄氏 30℃的盛夏高温。一冷一热的强刺激，加上飞机上的疲惫不适，还未出机场，哈梅德就呕吐开了。

看着爱人惨白的面庞，痛苦的表情，余粟很心疼，对哈梅德说："不行，就别挺着了，咱们这就往回返吧。""我能坚持，能挺得住，你不必担心。去帮我买一杯果汁吧。"哈梅德用微弱的声音说。

余粟赶紧去买了冰芒果汁和猕猴桃汁，哈梅德大口地喝下去后，脸色就比先前好多了。看来冰果汁对缓解哈梅德的症状很灵验，她的身体与活力正在慢慢复苏。

他们来到玛那岛，下榻在"天堂度假村"酒店。"天堂"，一个令人无限遐思的词汇。哈梅德经常会在静谧的夜晚做着绮梦，梦幻中，她游到了一个曼妙之地，一处仙境，这曼妙的仙境也许就是她要寻找的天堂吧。

"天堂度假村"草坪绿色如茵，放眼望去是怡人的海景，浩瀚无

带着肚子里的孩子游斐济

际的蓝天,银色的沙滩,浪漫诗意的晚霞,返璞归真的草屋,这一切不就是梦中"天堂"的模样吗?斐济,不就是他们梦里寻觅的"天堂之岛"吗?这一夜,他们陶醉在天堂岛的绝色美景中,香甜入梦。

第二天,他们和旅友分别划着五颜六色的独木舟,悠悠飘向"天堂"的深处,在一片湛蓝之中,时间似乎静止了,他们要在此尽情享受专属于他们的天堂般的浪漫时光。

接下来,余粟还在斐济透明的海水里玩了浮潜,阳光照映下的海底有一种让人窒息的美,五彩缤纷的珊瑚和海藻,自由嬉戏的热带鱼让人目不暇接,仿佛掉进了万花筒的世界。

## 第九章 爱在天路与海角的宣示

从海底又回到了海上,一向酷爱运动的余粟挑战了风帆项目。在一次次冲浪和跌落海水的刺激中,他大呼过瘾。哈梅德也在岸边尖叫着,为余粟加油助威。

夕阳西下,他们携手在软绵绵的银滩上漫步,听那层层波浪拍打礁石发出的回响,望那丛丛红椰林的剪影,似一群红裙少女在风中翩翩起舞,真是如诗、如歌、如画。

夜晚,全团将在酒店举行联欢晚会。哈梅德忽然想起一件事,他跟余粟说,"粟,我要在晚会上送你一件礼物。"

说罢,哈梅德转身去了他们住的水上屋,回来时手上拿着一个崭新的篮球。

"我们一起收拾东西,怎么就没发现篮球呢?""我把篮球藏在衣服下面了,就是想给你一个意外惊喜。"哈梅德狡黠地笑了。

她一字一句地对余粟说:"你喜欢打篮球,去年你生日时,我没给你买什么礼物,今年,我特意从 max 店买了一个品牌篮球,万里迢迢带到斐济的天堂岛、蜜月岛上,作为礼物送给你,希望它能见证我们的爱情,希望你能喜欢。"

"啊,老婆,你太让我感动了!"余粟一下把哈梅德抱起来,转了几圈。在场的旅友们都不禁为哈梅德这件浪漫的礼物叫好。领队也深为感动,拍着余粟的肩膀说:"帅哥,你可要好好珍惜你的波斯美女的一片深情哦!"

在浪漫的天堂岛,哈梅德和余粟这对爱侣再披婚纱,面向大海,背衬椰林,补拍了美丽的海岛婚纱照。如果说,贸然闯西藏,他们把深情袒露于"天路";这一次,他们又把挚爱宣示在了"海角"。

第十章
**磨合还在继续**

余粟哈梅德的爱情传奇

# 伊朗女人不坐月子

2012年5月，余粟和哈梅德的第一个儿子丹尼尔就要出生了。伊朗岳母专程从德黑兰赶来北京，照顾大女儿生产。

一般来讲，外国女人是没有坐月子概念的，也没有中国人所讲究的诸多产妇禁忌，如不能受风，不能动凉水，不能吃凉食等。

哈梅德分娩顺利，刚从产床下来被推到病房，她的母亲就给她榨了一杯冰柠檬汁和芒果汁。哈梅德正感觉浑身疲惫，嗓子干渴，抱起杯子咕咚几口就喝下去了。

中国婆婆正好也来到病房，看到了这一幕，不禁大呼："我的妈呀，这还得了呀，咋整的，不是乱套了吗！刚生完孩子，怎么能喝这冰镇果汁呢？"说着，就要去夺哈梅德手上的果汁杯子。

"这有什么大惊小怪呢？没关系的！"哈梅德毫不理会婆婆，一杯果汁早就见了底。

婆婆一看没辙，便调侃说："你以为我这是担心你呢，这是担心我孙子没有奶喝了！你喝这么冷的东西，不是把奶都憋回去了吗？"

余粟见状，赶紧对哈梅德说："你看，我妈说得也有道理，刚生完孩子就喝这么凉的东西，是不太好！"

"粟，这是我们伊朗人的习惯！请你尊重！"哈梅德望向余粟。

这时岳母也过来插话了："我们伊朗女人就是这样的，你看，我生了五个孩子，每次我婆婆也给我喝冰镇果汁的。你看我不是没事，挺好嘛！刚生完孩子，身体是热的，喝些果汁是凉性的，有利于恢复体力，补充维生素 C。"岳母说得有理有据，还真没话再辩驳了。

刚生完孩子，哈梅德出了医院。回到家中的第二天就开始洗澡，第四天就抱着孩子出门上超市，给孩子买日用所需。到了第 19 天，她提出要回伊朗。

"为啥那么着急？"余粟问。哈梅德说："按照伊朗的传统，小男孩生下来第 7 天就要割包皮了，当然也有到学龄前才割的，而中国只为成年男子做手术。"看来是为了让儿子遵循穆斯林的仪轨。

婆婆听说哈梅德要走，不干了："咱中国的风俗是小孩生下百天后才能出远门呢，这还没满月，就要抱孩子坐飞机走那么远，绝对不行！"

为了寻找说服婆婆的理由，哈梅德上网查找证据。百度出来的资料显示：小孩生下来 4 天就能坐飞机。但她不好直接在婆婆面前理论，把"皮球"踢给了余粟，要他去做自己母亲的思想工作。

余粟只好把"百度"的依据跟妈妈念叨了一遍，希望妈妈能允许哈梅德带着儿子回伊朗。妈妈看看儿子，又盯一眼儿媳妇，叹着气说："要不要带孩子回伊朗，我不说话了，就听你余粟的一句话啦。"

余粟心知，不论他说什么，都会得罪这两位他最爱的女人的其中一位。急中生智的他突然想到了中国传统的抓阄裁决法。他从厨房拿了两根挂面，一根长一根短，握在手里，让婆媳俩抽。谁抽到了长的，谁就有决定权。

哈梅德一把抽到一根长的，高兴地搂着老公脖子亲着说："太高兴了，这下我们可以回伊朗了。"婆婆趁哈梅德抱余粟之际，把儿媳抽到的面条掰成了两截，然后说道："你们看，我手里的面条才是长的。"

哈梅德顿时变了脸色,说道:"亲爱的妈妈,您尽可以阻止我回伊朗,您也可以向着您孙子,但您绝不能这样耍赖,这是不行的!"

见争执没有结果,余粟妈妈抱起丹尼尔就要出门,生怕哈梅德把未满月的孙子抱回伊朗。可哈梅德寸步不让,拦在屋门口说:"亲爱的妈妈,这是我的儿子,您不能抱走!"

婆婆说:"这也是我孙子呀,我怎么不能抱走?"

为了结束妈妈与妻子无休止的争吵,余粟只好得罪妈妈了:"妈,你把丹尼尔放下,让哈梅德她们回伊朗吧。"

听余粟这么说,他妈妈只好放下襁褓中的丹尼尔,生气地摔门走了。

在儿子丹尼尔来到人世第 21 天时,哈梅德便带上儿子,跟岳母一起回伊朗了。

待到哈梅德即将生产第二个孩子时,余粟妈妈接受了上一回的教训,不跟小两口发生正面冲突,而是跟他们耍起了心眼。孩子临出生前,她跟余粟说:"儿子,我们家的天然气坏了,你拿户口本给我,我要去报修。"

余粟二话没说,就把户口本给了妈妈。他哪里知道,妈妈心里盘算的是没户口本,就办不了护照签证,儿媳妇也就没法把刚生的孩子带回伊朗。

可孩子出生了,要上户口。余粟找妈妈要户口本:"我要给孩子上户口。""那我跟你一起去办吧。"妈妈就这样,监理了孙女上户口的流程,并将户口本一直把持在自己手中。

也许是穆斯林对初生的女孩没有什么生理上的约束,而哈梅德对婆婆强调的中国习俗也多了几分理解,因此她没有再急着要求带新生儿回伊朗的娘家,余粟的妈妈悬着的心终于放了下来。

## 两个家庭的不同生活观

这个跨国小家庭自建立起,就引起了两个大家庭成员之间不同生活方式、思维习惯、观念信仰的碰撞与摩擦。经过一年多的磨合,相互间似乎已经逐渐适应。然而,当余粟和哈梅德的孩子出生后,围绕照顾家庭和养育孩子的新一轮摩擦与磨合,又开启了。

儿子丹尼尔出生后,哈梅德也像一般伊朗女人那样,不再外出工作,专事照顾家庭、丈夫与孩子。

哈梅德和她母亲认为,这就是她们伊朗女人的生活,祖辈一代代传下来的生活方式。而余粟和他妈妈起初就不太能理解,特别是工作了一辈子,有着"女子也顶半边天"概念的余粟妈妈更是觉得,女人这样不就是完全依赖男人,在过一种寄生的生活吗?

尽管婆婆看不惯,但哈梅德自有她的道理,她说:"我虽然不上班,但这是为了更好地照顾家庭,把家里收拾干净,把自己打扮得漂亮,不是能够让老公回到家心情愉悦吗?一个家有妻子每日操持,才能使丈夫的脸面好看,使这个家庭不受伤害呢!"

为了说服儿子站在自己一边。余粟妈妈一再跟儿子提起当年往事:她和余粟爸爸结婚时,余粟爸爸常去新疆、青海等边疆地区出差,一去就是几个月甚至半年多,来去坐火车都要好几天。那时回家团聚一趟都非常不容易,电话通信也远不如现在这样方便,常常一两个月音信全无。北京这边的家,就靠妈妈一人支撑,既要上班,还要照顾余粟,非常不容易。

可是在伊朗就不同了，按照穆斯林的习俗，男人娶的老婆越多，说明他越有能力，能照顾更多的女子。伊斯兰教的先知穆罕默德就有四个妻子，其中有三个是寡妇，他都能很好地照顾起来。

在现实的伊朗，主持清真寺的阿訇，他们一般是通熟《古兰经》与圣训，遵守教义，为人师表，劝善戒恶，品德高尚的穆斯林。他们社会地位很高，受人尊敬，伊朗普通人家的红白喜事、重大礼仪，都要请资深阿訇来做主持，而许多阿訇也是娶两三个妻子的，家庭生活的经济来源也都依靠阿訇。

爷爷奶奶、爸爸妈妈和丹尼尔

伊朗人也很讲究礼数，不同场合下要用不同方式表达情感与礼貌。余粟的儿子丹尼尔出生后不久，岳母来北京帮助女儿女婿照顾外孙，一待就是三个多月。岳母临回伊朗前，余粟跟哈梅德商量说，这次你妈太辛苦了，我准备了一万多元钱，表示一下感谢之情。哈梅德一听就给拦下了，她说，我妈又不是保姆，你不用给钱了。岳母看女儿女婿在争执，听了缘由后，也跟着说："我是来看女儿和外孙的，为她们做点事情，这都是应该的！"

余粟一见这样，也就不吱声了。晚上回屋睡觉时，哈梅德和余粟商议说："你给我妈钱不太好，但可以送给她一张卡。"

"你这不是有毛病吗，都是一家人，钱和卡不一样吗？"余粟说。

"不一样！送她一张卡，表示一种尊重和孝敬。是送给妈妈的一件礼物，给钱就不太好接受了，有点看轻人的意思。"哈梅德解释说。

第二天，余粟就把钱交给哈梅德，让她存进一张银行卡里，送给她妈妈，然后陪着她妈妈去商场购物。那天晚上，哈梅德和岳母从商场回来，购买了衣服、食品等不少中国货，岳母非常高兴地对女婿说："粟，我太感谢你了！"

"没关系的，您辛苦了！"余粟嘴上这么说，可他心里却觉得本来挺简单的事，却要这么迂回折腾。

后来，余粟的父母听说亲家母要回伊朗了，也跟余粟商量，人家来帮助照顾孩子确实很辛苦，我们是不是也要给些钱表示感谢呢？余粟一听，便立即表示反对："您可千万别给钱，我已经吃了一回瘪了，您要表示，就买点礼物送她吧。"

余粟妈妈不信儿子的话，心说，这钱我还一定要给她。

岳母临走前，全家人在一起吃饭，余粟妈妈就说："亲家母，你也真是辛苦了，照顾孩子真是不容易呢！"说着就拿出包着一万元的红包，对哈梅德说："送给你妈妈，我们非常感谢她！"

哈梅德没有接，却跟余粟嘀咕道:"你没跟你妈说吗？钱不能要！"岳母也说："丹尼尔是你们的孙子，也是我的孙子，我照顾他是应该的。不能要钱，我也不是到这儿来打工的，不能要。"

余粟妈妈赶紧解释说："绝不是把您当雇工看呀，我们是想表示对您的感谢呀！您可不要想歪了。再说，我拿出的钱就不能收回来了。"妈妈说着又把红包塞给了哈梅德。

哈梅德又把钱推给了余粟，说不能要。余粟只好又把钱还给了自己父亲，说："要不然你们就去换一张卡再给吧。"

余粟爸爸说，一家人还走那个程序干啥呢，就把钱又给了余粟。余粟转身对哈梅德说："媳妇，你看怎么办吧？"一家人在餐桌上推搡着，服务员看着都很奇怪：这一家人干啥呢，怎么钱都不想要了。

最后，余粟还是把钱给了哈梅德，让她去办一张卡。这事才算了结了。第二天，哈梅德带她妈妈去商场买了中国茶叶、鹿茸、衣服等物品，回到家，岳母特意让余粟拨通了免提电话，说感谢余粟的父母送给她这么多礼物，非常感谢！余粟妈妈也连说，不客气，不客气！

这就是两种文化的差异，对同一件事情，看法却完全不一样，办起来还要多一道程序。

# 女婿和岳父打起来了

余粟本来和岳父母及其家人的关系十分亲密,特别是对岳父岳母,他们常像西方人那样拥抱亲吻,远没有中国人讲究的长幼有别,有时他和岳父还像哥们儿一样,一起出去投篮球,玩电子游戏。

岳父是一位虔诚的什叶派穆斯林,他严格遵守什叶派的教义,一天要祷告三次,而逊尼派穆斯林一天则要祷告五次。即使来到了中国,他同样一丝不苟。每天早五点、下午两点、晚七点按时祷告。

有一天,岳父和余粟全家一起去饭店吃饭,快到下午两点时,岳父就打开随身装盒携带的一块小毯子,再从盒内取出一本袖珍版的《古兰经》,在餐桌边铺好毯子,面朝穆斯林圣地麦加的方向,坐在毯子上,默念起古兰经。饭店的人们都好奇地前来围观拍照,岳父丝毫不受干扰,照做无误。

余粟全家人见状都默不作声了,余粟妈妈觉得这事儿不好理解,本来挺热闹的家庭大聚会气氛一下给搅和了,但也不好多说什么。

还有一次,余粟和哈梅德傍晚陪岳父去逛北京的宜家商城,快到7点的时候,岳父说他马上要祷告。余粟赶快给他找个相对安静的地方,最后找到上货的安全门旁边。岳父把小毯子一铺,就坐在那里祷告,结果立即引来一圈人好奇地围观,许多人还问余粟这是干吗。余粟只好解释说,这是我岳父,虔诚的穆斯林,到点就一定要祷告。

但有一次,在岳父母来北京时,余粟和岳父之间却发生了激烈的冲突，甚至动手打了起来。

那还是在哈梅德怀孕几个月的时候。一天余粟正好有事要外出应酬，就准备把哈梅德送到自己父母家，岳父母陪着一起坐进余粟的车里。路途中，岳父母一再好心劝说余粟要多陪伴爱人，不要让她在这个时候受委屈。

说着说着，岳父有点动气了："粟，我觉得你不像个男人。哈梅德是我女儿，她也是个女人，现在怀孕几个月了，挺着大肚子，你不陪伴她，还要自己出去，你太不像个成熟的男人了！"

岳父的话一下激怒了余粟，岳母和哈梅德还在一旁帮腔，余粟只感到火气一直往上蹿，实在按捺不住了，就在车里大喊起来。谁知岳父毫不示弱，也叫喊起来。

余粟想，这是在中国的地盘，哪能让你这么指手画脚。他一脚刹车，就把车停下，把岳父从车里拽了出来，两条汉子就在路边僵持起来。余粟气急之中，脑袋撞在了岳父鼻梁上，血顿时流了出来。

这时哈梅德肚子疼得痉挛，岳母叫喊着赶快上医院吧。两个男人这才停止纠缠，迅速开车赶往余粟妈妈所在的医院。在医院，哈梅德经检查并无大碍，余粟岳父的创伤也得到了处置包扎。

几人来到余粟父母家，余粟父亲见状，便询问起事情的原由。为了让父亲能公允地判断，余粟特意打电话叫来了他在京的一位伊朗朋友，为双方叙说来做翻译。这哥们也真够意思，中断了在山东的生意洽谈，乘高铁赶到了余粟父母家。

听完伊朗朋友翻译的讲述，余粟父母首先责备起自己的儿子："不论如何，你动手打你的岳父都是不对的。你一定要向岳父承认错误。"这时的余粟已经冷静下来，他向岳父检讨了自己的任性莽撞。

在送岳父母回去的路上,余粟再次真诚地向岳父道歉:"是我做得不对,对不起。"余粟的诚恳道歉,得到了岳父谅解:"谁都有年轻的时候,你只要认真想一想就对了。"

岳父随后对岳母说:"粟这孩子本性不坏,就是娇生惯养,比较任性。我想他会慢慢成长起来的。这事就'外列世古(wailieshigu)'了"。意思就是"算了,翻篇了"。

虽说冲撞是激烈的,但和解也是真诚的,余粟很感谢岳父对他的大度和宽容。这一篇就这样真的翻过去了。

## 哈梅德眼中的男子汉

丹尼尔出生之后,爷爷奶奶出于对孙子的疼爱,也更频繁地来儿子儿媳家走动。但让人意想不到的是,亲热接触多了,中国婆婆与伊朗儿媳又暗中"较起劲儿来"。

有一次,余粟的妈妈来看望孙子,随后三代人一起去逛超市。妈妈说:"你们看孩子需要点什么,尽管往购物车里装。"说着,就把自己看中的吃的、喝的、用的装进购物车。

妈妈正在装的兴头上,哈梅德却有意见了:"亲爱的妈妈,如果是余粟说这样的话,我会很高兴!这表明余粟很有能力,能让我们过上如此富足的日子。而听您说这个就不一样了,让我觉得余粟在您面前是个永远也长不大的孩子,不像个男人。"

这话让余粟妈妈一时难以接受:这不是跟我抬杠吗?我好心好意给你们买点东西,还要跟我算得那么清。婆婆生气了:"好,你不想接受我们长辈的好意,要跟我们长辈讲什么独立,既然如此,那你们结婚我们给你们买的房子是不是也马上就还给我们?"

余粟妈妈这只不过是气话,不成想,儿媳妇脾气也很倔:"那好,还就还,没什么了不起的。我们现在收入还可以,回去我们就算一下,就一点一点还!"

一家三代乘兴而来,赌气而归。气头上的余粟妈妈回到家还真的就拟定了个借钱协议,内容是,某年某月,余粟借钱多少多少买房,自今日起每月还款 1 万元，直到还清为止。此后，余粟便按此协议，每月 8 日给妈妈的卡上打一万元。

然而在私下里，妈妈悄悄跟余粟说："本来我就想说说而已，没想到你媳妇脾气真倔，现在就这么办吧。这钱呀，就当是我先给你们存着，以后你们需要，就拿去用。"

余粟回家跟哈梅德学说了妈妈的话，心想媳妇听了会高兴。不成想，媳妇又生气了："余粟，你怎么那么没志气呢？太不像个男人了。这钱给你妈就是给你妈了，怎么成了帮我们存着呢？这钱我是绝不会要的。"

哈梅德的态度，余粟只好如实向自己妈妈反映："妈，我媳妇说这钱不能要，还是给你们老俩口，该换车就换车，该旅游就去旅游吧。"

妈妈一听，心里这个别扭，抱怨说："哎，真是不识好人心，那就算了！我们去旅游吧。"但说归说，妈妈惦记儿孙，为儿孙不惜付出全部的爱，却是永远不会变的。

余粟也深知父母内心的想法，但他也觉得，自己如今也是一个男子汉了，应该自立了。在经济上，即便是有条件，也不能依赖父母。哈梅德强调的自立的观念，是对的。

后来，由于哈梅德的缘故，他结识了更多来到中国生活创业的伊朗朋友，对他们的为人和观念，也有了更多的了解。他感慨最深的就是，这些伊朗朋友，一个个都是自立自尊、有责任感的男子汉。

余粟的这些伊朗朋友都是在中国的大学深造后留下来的，但他们都是只在来华的第一年接受家里的资助，都是还在大学读书的第二年，就开始想方设法打工或创业，逐渐实现经济上自立。

通过余粟，我们也走访了一些在中国生活的伊朗人，在问到他们

一家三口在伊朗大不里士蓝色清真寺

的经历时发现，他们都是从来华读书的第二年便实现了经济上的独立或半独立，在第三年就再不会花费家里的一分钱。

他们说，自己家里都还有兄弟姐妹，父母能把自己送出国读书，就已经尽了他们做父母的最大努力了。如果每个子女在外读书都依赖父母，父母的负担就太沉重了。他们因此都有早一天经济自立，减轻父母负担的紧迫感，认为这是理所当然。而且实现了经济上的自立，使他们在任何人面前，都能够保持自尊。

余粟说，他特别佩服自己的这些伊朗朋友，感到他们虽然没有什么豪言壮语，但他们是有责任感和自尊的真正男子汉。这也促使他自己时刻想到自己的责任，他也希望自己能在哈梅德的眼里成为这样的男子汉。

基于上述原因，余粟觉得妻子在某些事上好像在和自己的妈妈暗中"较劲"倒也不是什么坏事。但在另一些问题上，妻子和母亲较劲，就让他大伤脑筋了。

比如吃饭，余粟的母亲是东北人，喜欢吃以炖、酱、烤为主，色重味浓的东北菜。儿子结婚之初，母亲心想，儿子就爱吃我做的东北菜，儿媳妇进了家门，也应该学着吃学着做；有了孙子，就要培养孙子也爱上这一口。

因此，每次儿子儿媳妇孙子来家，余粟妈妈就做上一桌子地道的东北菜，什么小鸡炖蘑菇、酱肘子、焖豆角等。可哈梅德每次只上桌看看，一口都不吃，最多吃点蔬菜沙拉什么的。

大概哈梅德意识到了婆婆的心思，便和婆婆较起了劲。你不是在饮食上要影响我们吗？那我就限制你们看孙子，减少来自婆婆的影响力。原来余粟父母一周来看孙子两次，后来改为一周一次。如果回到父母家还吃东北大鱼大肉的话,就加长不让余粟父母探视孙子的时间,十天半个月才能看一次孙子。

这对婆媳就这么暗中较量了一段,但最终还是余粟妈妈妥协了。她无奈地说:"算了算了,不喜欢吃就不吃吧,还省得做了,去外边找个清真饭店吃算了,只要能让我们看孙子就行。"

在穿衣打扮上,余粟妈妈认为穿衣服得体就行,不一定那么讲究俏丽修身。但是哈梅德可不这么认为,她觉得女人一定要穿得性感漂亮,能吸引自己爱人的目光,这不仅有年龄差异的因素,也与中伊文化观念的不同有关。伊朗女人通常不上班,有时间装扮自己,晚上出去参加活动,必须要打扮得漂漂亮亮,像参加婚礼似的。

余粟妈妈觉得,这是因为儿媳妇不上班,才有时间在家捯饬,要是上班了,就没这个时间和心思了。但哈梅德说:"即使我上班,也会精心收拾打扮一番的。"

余粟妈妈认为,容貌美并不唯一,心灵美才是最重要的。哈梅德却说,容貌和心灵都要美!母亲和妻子,谁说的更有理呢?自己支持谁呢?

余粟说,唉,她们较劲,最头痛的就是我了。

# 丹尼尔吃饭了

对于孩子的养护教育，中伊两个家庭的传统习惯讲究也有所不同。

比如，带孩子到大超市时，哈梅德听任孩子随便爬着玩，因为她觉得自由玩耍是孩子的天性。而身在医院检验科工作的余粟妈妈一看小孩在地上爬就受不了，赶紧拿着洗手纸给小孩擦手。

哈梅德说："亲爱的妈妈，您有多爱余粟，我就有多爱丹尼尔！请您还是不要插手我们对丹尼尔的教育吧。丹尼尔的手用不着这么紧着擦。"几次下来，余粟妈妈没了脾气，只得放任不管。

丹尼尔咳嗽发烧了，哈梅德会按照伊朗的一套做法，尽量不吃药，烧得厉害了，就拿酒精给孩子擦全身降体温。而余粟妈妈就急着要孙子吃消炎片，吃甘草片等，见孩子高烧不退，催着带孩子去医院打吊针。

在这种时候，哈梅德总是坚持自己的一套疗法，让余粟弄来柠檬水、猕猴桃水，冰镇后让丹尼尔喝下去。余粟妈妈看着干着急，但第二天丹尼尔就退烧了。余粟妈妈还能说什么呢？中国疗法让位于伊朗疗法。

在小孩吃饭这一点上，中国最常见的是爷爷奶奶都追在孙子后面喂饭吃，吃一口，还问，烫不烫啊！有的老人担心孙辈消化不了，甚至把饭菜放在嘴里嚼碎了再喂小孩吃，舐犊情深溢于言表。

而伊朗妈妈哈梅德，在喂饭这个问题上却恪守一套严格规定。

第一点，绝对不能把饭菜放在嘴里嚼碎了再喂孩子，这是不卫生的做法，容易使得细菌交叉感染；饭烫放在嘴里先尝尝再喂孩子，这法子同样也不可取，饭烫可先吹吹凉凉；怕饭菜孩子不好消化，可拿小勺在碗里先捣碎。

第二点，绝不能追着孩子喂饭吃。伊朗妈妈哈梅德认为，孩子饿了，自己会来找吃的，不饿他就不吃呗。如果老追着他喂饭，就会让孩子生成一种以自己为中心的错误意识。

对于第一点，中国爷爷奶奶说"OK"，可以接受；而第二点呢，爷爷奶奶有所保留，心说小孩子，你不喂他自己怎么吃？就得喂呀！哈梅德却说："亲爱的爸爸妈妈，您们一定别喂丹尼尔！我来管。"

可吃饭的时候，伊朗妈妈哈梅德就坐在饭桌上自己吃，丝毫没有喂儿子吃饭的意思。丹尼尔坐在沙发上自顾自玩着积木和拼图，也压根没有吃饭的意思。

余粟妈妈看着着急："丹尼尔，你过来吃一点吧，咱们大孙子饿不饿，吃饭吧。"

"亲爱的爸爸妈妈，丹尼尔饿了，会过来吃的，他不饿，咱们也不要去催他吃，逼他吃，这样是对孩子的溺爱，没什么益处的。"听哈梅德这么说，余粟妈妈只好不吭声了。

丹尼尔玩累了，就自己凑到桌边，让妈妈喂他两勺饭，一切那么自然。

丹尼尔长到三岁了，在吃饭这件事上，妈妈哈梅德开始用另外的方式让儿子接受一些好的行为理念。

有一天，余粟父母来到儿子家看望孙子，全家一起吃饭。大人们都在桌上吃着，丹尼尔却仍迷恋在他那堆玩具之中。大人们快吃完了，丹尼尔才想起过来跟妈妈说，他想吃饭。

哈梅德表情严肃地告诉丹尼尔，今天没有饭吃："因为刚才我们吃饭的时候,你没有过来吃饭。咱们是一个大家庭,大人吃饭的时候,小孩要跟着一起吃。但是刚才大家吃饭时,你却在做自己的事情,所以你要承担这样做的后果。今晚你要饿着,只能等着明天早上吃早餐了。"

丹尼尔一听哇哇哭了:"我饿!爷爷我饿!奶奶我饿!"边哭边去向爷爷奶奶求救。爷爷知道儿媳是在教育孩子,也不敢轻举妄动!就拿眼睛瞅瞅余粟,余粟又拿眼睛瞅瞅哈梅德,心说,爸你别看我呀,我不是也得听她的吗?

"要不先让丹尼尔喝点水?"余粟爸爸试探着问。余粟妈妈性急,使劲瞪着哈梅德:"怎么还能不让吃饭呀,想饿死我孙子哪!"说着就去厨房给丹尼尔拿吃的。

哈梅德赶快拦下婆婆:"亲爱的妈妈,你们是这里的客人,我在教育我孩子的时候,请您不要插进来!我要在孩子面前树立威信!"

余粟妈妈一听就翻脸了:"什么,叫我不要插进来!哈梅德,你要弄清楚,丹尼尔是我儿子的儿子,我是丹尼尔的奶奶,我们怎么就不能管孙子呢!小孩不喂怎么能长胖、长高呢?小孩就得喂着吃,这算什么错!"婆婆急赤白脸地跟媳妇理论起来。

"亲爱的妈妈,要不要喂孩子这事,咱们回头再理论。但我有我的教育方式,我的儿子我来管!你们现在就看电视吧,管教孩子一定得先听我的。"

爷爷也急了,插进来说:"什么叫你的孩子你来管,我也是丹尼尔的爷爷呀!中国的教育讲究孩子要大家一起管,你们不忙时就你们管,你们忙的时候,我们就来管,这有什么不对吗?再说孩子现在饿了,为什么不能给他吃饭!"

哈梅德一看公公也插进来说她，觉得很是委屈，就把眼光转向老公。余粟心说，怎么都看我呢！可他心里清楚，每到这种时候，只有自己出来打圆场了。

"爸妈，你们都坐下来，哈梅德不是不让你们管孩子，她的中文表达不好，太直白，让你们误会了！"

正在几位大人来回争吵、余粟费心解释时，不知所云的丹尼尔又求救似的抱住了爸爸："爸爸，我饿！""你饿，刚才吃饭的时候你为什么不吃？"余粟也要跟媳妇保持一致，不能自作主张。

"我刚才玩玩具呢，刚才我不饿！""那以后你不能想干什么就干什么，在大家都吃饭的时候，你也要一块儿吃，听到了吗？"

"爸爸，以后我会这样，但是现在我饿了，能不能吃饭呢？"丹尼尔一个劲拽爸爸。"好，那你跟妈妈商量去，我不能决定。"

丹尼尔看求救了一圈没有用，就抱着哈梅德，用波斯语跟她说了一大通。看得出，哈梅德也趁机教育了他一通，丹尼尔这回乖乖站在那里听，他知道再不乖更没饭吃了。

哈梅德说完，摸了摸丹尼尔的头，然后从厨房热了一碗饭菜端出来，让丹尼尔坐着自己吃掉。这个成功的教育案例，告诉余粟和家人，"伊朗妈妈"确实是有一套教育孩子的好方法。

# 爷爷，你穿背心出门不文明

三岁多的丹尼尔，在妈妈的文明礼仪教育熏陶下，也学着用大人的眼光评判家人了。有时全家一起外出吃饭，余粟爸爸穿的比较随便，一条肥大的运动裤，一双跑步鞋就出来了。

丹尼尔看见就说："爷爷，你怎么穿这样的裤子就来了，太难看了！"爷爷笑着说："你个小孩子，还知道不好看呢。那你说什么好看。"

"要穿笔挺的裤子，好看！"丹尼尔调皮地笑笑。"小家伙，都是家里人，不一定穿得那么讲究吧。""不行，不行！"丹尼尔摆着小手，一个劲摇头。最后，爷爷听从了孙子的意见。

夏天时，天气热，余粟爸爸有时帮着照看丹尼尔。外出散步，他就一件跨栏背心，一条短裤头，这样凉快呀。有一次吃过晚饭，爷爷就这一套装扮，拉着孙子要下楼在小区里散步。可丹尼尔却怎么也不跟爷爷走，爷爷拽也拽不动。

"爷爷，你穿这背心不文明！"丹尼尔也跟爷爷讲理了。"怎么不文明了，你以为你住在皇宫呢，楼下散步的老百姓不都随便穿吗？还有露肚皮的呢。"爷爷挨孙子说，脸上有点挂不住了。

"那不管！爷爷，你只要穿上一件我爸爸的短袖T恤，我就跟您走！"丹尼尔也使激将法了。说着他打开家里衣橱，帮爷爷挑了一件爸爸的短袖衫，看着爷爷换好，这才让爷爷领着一起下楼骑自行车去了。

等儿子儿媳回家后，爷爷一个劲抱怨说，你们这么教孩子，我们

女儿诞生后变成了一家四口

以后要来你们家还得西服革履的呢,真受不了!

哈梅德赶快解释:"那倒不是。但是一家人走出去,就代表一个家庭的形象,穿得整齐干净,也代表这个家庭很讲究文明礼仪。穿背心裤衩就出去,这不文明,也是对别人的一种不尊重。"公公不作声了,咋办,以后注意吧,不习惯也得慢慢习惯,咱中国不是文明礼仪之邦吗?

## 孩子的兴趣是最重要的

谈到孩子的教育，余粟主张，一定要遵从小孩自己的想法，观察他喜欢什么，对什么事情感兴趣，然后再引导他去学习发展。而不是家长喜欢什么，或希望孩子怎样，就按自己的想法硬让孩子去学习，接受教育。自己的成长经历中，对这一点可有着切身体会。

余粟从小淘气好动。有一次，上小学了，出门忘记带钥匙，放学后进不了家门，他就先在外面玩了一阵，后来感觉冷，还要回家做作业，急迫中他找了把小刀子，想撬开一楼家中的玻璃窗爬进去，结果一下把玻璃划碎，碎玻璃扎在了他的眉骨上，至今仔细看还能看出疤痕，好险哪！

余粟爸爸虽经常出差在外，但对儿子的课外教育特别看重，一心想让他多接受点文化熏陶，也改改他身上的躁动毛病，磨炼一下沉稳的性格。暑假到了，爸爸就给儿子报了个书法班。他对小余粟说，一个男人，字就代表他的形象。

出差回来，爸爸问儿子，书法练得怎么样啦？余粟拿出他练习的临摹本给爸爸看，上面全部写的"一"。爸爸说你怎么全练"一"呢？余粟说老师说要从基本功练起，每天就写"一"。

连续写了一个多月，连"二"都没让写，这让小小年纪的余粟感觉枯燥无味，太腻烦了。他对爸爸抱怨说："我对书法实在没有兴趣"。爸爸一看也没辙了，只好又给他换了个歌唱兴趣班。

当年余粟的父亲也是个文艺范儿青年，吹口琴、出板报、写个诗什么的。因此，总想按照文艺书生型培养余粟，但余粟可不是那个类型的孩子。

给余粟报了个唱歌班之后，爸爸又出差远行了。一个多月后，爸爸回家就去少年宫接儿子。老师对余粟父亲说，您最好让孩子换个武术班或足球班吧，他确实不适合唱歌。可爸爸不甘心，对老师说，每个孩子身上都有闪光点，您得寻找他身上的闪光点呀！

余粟天生性格好动，站在合唱队里也不老实，像个泥鳅似的左扭右扭，人家唱高音他唱低音，人家向左他向右，把周围团员都带跑了调，队形也给搅乱了。辅导老师只好说，余粟，你不要出声了，跟着大家晃就行了。

书法不行，唱歌也不灵，爸爸回家和妈妈一商量，干脆来个"狠点的"，给余粟报了一个芭蕾班。余粟一听，快要气疯了！爸爸却说，你的性格太急躁，火气太大，像你运动员出身的妈妈。让你练芭蕾，是让你能静下心来学点艺术，让艺术熏陶你的性情安静一些。

于是，小学生余粟，被扔进了芭蕾女孩堆里。全班十多个女生，只有俩男生，他们穿着紧身裤，天天练踮脚尖、踢腿、转圈什么的。男孩子动作比较笨拙，常被那些女孩子们笑话，上了两三次课，余粟就跟妈妈哭诉说："打死我也不去跳芭蕾了，太丢人了！学校里的同学都认识我。"

妈妈接受了教训，就来征求余粟的意见。余粟说他想踢足球，想学吉他。可是妈妈说她不能决定，还要去和爸爸商量，结果都被爸爸否决。爸爸说："你看你妈就是搞运动出身，性格太过直率急躁，所以我想要你磨炼一下耐性，调整一下性格。"

后来余粟上了初中，虽在班上仍是调皮的学生，但学习成绩上佳。余粟就跟爸爸讲条件："如果我考到全校前十名，您就给我买一把吉他。我也不去上吉他班，自己学就行了。"爸爸说："好！"爷俩就达成了君子协议。

当时余粟的成绩在学校全年级 300 多人中排名 50 左右，属较好的第二团队，但其实他根本没有太努力。有了买吉他的动力后，余粟就像上了发条似的，知道使劲了。那时的中学生余粟几乎是个"摇滚迷"，什么崔健、唐朝乐队等人的歌，他都听得滚瓜烂熟，就差怀抱一把时髦的吉他了。

初一那年暑假前的考试，余粟真下了功夫，结果一举考入全年级第 11 名，距他承诺的第 10 名仅仅一步之遥，晋升到了年级学习成绩优秀的第一团队。爸爸确实非常高兴，妈妈也为儿子跟爸爸说情："老余呀，你就让孩子学一点他喜欢的东西吧！他的成绩也确实进了一大步呢！"这次爸爸虽不情愿，但总算开了恩，给余粟买了一把他喜欢的吉他。

买吉他的路上，爸爸还跟妈妈嘀咕："想学乐器，钢琴、小提琴不好吗？那摇滚歌星抱个吉他，嘶哑叫喊，我看着心就烦！"这爷俩怎么老也拧不到一起。

那个暑假，一把吉他就让余粟静下心来，在家闷头苦学苦练。他每天对着一大厚本电脑扒谱练习弹琴，一个指法一个指法练。功夫不负有心人，余粟终于能弹奏出完整的吉他演奏作品了。

爸爸出差回来后，余粟马上热情迎着爸爸说，听我给您演奏一曲，弹完之后，爸爸说："你去上课了？""没有，是我自学的！"说完，余粟有些得意地看着爸爸，还等着听两声夸奖。

丹尼尔和狄安娜

可没想他连爸爸的笑脸也没等到,却听到了这么一句:"你要是把这学吉他的劲头都用在学毛笔字和练唱歌上,说不定你今天早就去参加书法和歌唱比赛了!"

"那些我不喜欢!"余粟梗着脖子说。"我不知道这吉他摇滚好听在哪儿,闹哄哄的!"爸爸嘟囔着。爷俩闹了个不欢而散,真扫兴啊。

爸爸不欣赏自己欣赏,余粟从此对吉他更加痴迷。中考期间,除了上课完成作业,他依然成天抱着吉他。妈妈根本叫不动他,爸爸见他让摇滚吉他迷了魂儿似的,甚至弹到了深夜,生气地跟他大叫了一通,不让他弹琴了。本就处在叛逆期,余粟火爆脾气上来,一下竟把吉他给砸了!

爸爸一见更气了:"你砸吧,你是不是翅膀硬了,谁都不能说了!"余粟一甩脸,骑上自行车离家出走了。爸爸也气坏了,追到阳台上喊道:"你给我滚!走了你就别回来!"

已是深夜12点了,余粟没有一点音信。妈妈心急火燎地给亲戚们打电话。余粟的姥爷也被惊动了,生怕外孙子有个好歹,大舅也骑个摩托车到处去找外甥。闹到第二天,余粟才在妈妈和姥爷亲戚们的劝说下回了家,一场出走风波暂告一个段落。

这件事以及那段纠结的课外学习经历,给余粟留下的印象至深。所以余粟在儿子丹尼尔的成长教育方面就格外注意,儿子有兴趣的东西才让他学。

一岁多的时候,余粟给丹尼尔买了个儿童玩的架子鼓。丹尼尔一听到架子鼓有节奏的音乐,就兴奋异常,跟着音乐左比右划,浑身扭动,节奏感特别好。快3岁时,余粟又给他买了一个高级点的架子鼓,不带录好的架子鼓音乐,必须凭自己感觉打出节奏,丹尼尔也兴趣十足,成天摆弄。

　　余粟想,既然丹尼尔喜欢架子鼓,等他妈妈带他从伊朗返回北京后,就给他报个架子鼓兴趣班,这个适合男孩,训练他的节奏感和爆发力。他还想让儿子学游泳,游泳能训练男孩子的体能和肌肉拉伸,对孩子的形体和身体素质都有益处。

　　在这一点上,哈梅德和余粟的看法一致。除了兴趣学习外,哈梅德还特别看重对儿子的父爱教育。

　　每一年的父亲节,他们一家三口(女儿迪安娜还没出生)都要去照相馆照个全家照。哈梅德总要为余粟和丹尼尔挑选一套图案同样的T恤亲子装,来渲染父子情浓的气氛。丹尼尔从小就在妈妈的教育下,经常当着余粟的面,大声喊着:"爸爸,爸爸,我爱你!"余粟一开始听着有点别扭,后来才慢慢习惯了。

　　余粟从小确实缺少这样的情感记忆。他对父亲一向很尊敬,但从小到大,他从来没有拥抱过父亲,也没有对他说过,爸爸,我爱你,更没有为爸爸过过一次父亲节。

　　当然,彼时的环境也不一样,爸爸为了国家的发展建设常年出差,忙碌在各地的石油管线上,牺牲了家庭亲情,甚至弄得连儿子都认不得爸爸了,更别提父爱教育了。余粟觉得,那样的情景,再不能发生在自己的儿子身上。

在大不里士一座修道院前合影

# 第十一章 从旅游到导游的角色变换

余粟哈梅德的爱情传奇

## 伊朗旅游带团，发挥他的长项

伴随着儿子丹尼尔的降生成长，余粟开始感到，肩头的责任更重了。此时，他感觉自己的事业好像还需要找一个新的重心。

邦杰外语培训学校已经走上正轨，并不需要他投入太多精力。于是他自己创办了一家旅行公司，主要做些对外劳务输出和商务考察等签证、机票、线路安排等业务。两年间，他先后办理了多批赴印度、巴基斯坦、缅甸、印尼等劳务输出的业务，也办理过赴德国、北欧、美国、加拿大商务考察的团队业务。

从业务需要考虑，他专门考下了导游证、国际领队证。然而旅行社这些方面的业务量并不稳定，特别是商务考察方面，随着政策变化和政府的管控，单位的商务考察业务量越来越小。

2012年末，余粟已经对自己公司和工作如何转型的问题考虑了很久。这时，北京一家很有名的大型旅游公司——众信旅游找到了他。

当时国内已有了土耳其、以色列、约旦等几条比较受欢迎的中东旅游线路，而伊朗旅游还基本是一片空白。众信旅游准备在中东新开拓一条旅游线路，即伊朗旅行线路。他们从同业口中打探到拥有导游证、国际领队资格，且曾多次往返伊朗，娶了一位伊朗妻子的余粟。

众信旅游认为余粟拥有得天独厚的优势，况且他对旅游业务已经相当熟悉，如若聘请到他来开拓伊朗线路，绝对能打造出一张旅游王牌。

就当时中国的导游队伍看，对伊朗熟门熟路的非余粟莫属。从结

带众信旅游的团队在德黑兰

婚后,他就不断往返于中国和伊朗之间,2010年后,他更是以领队和导游的身份,带过几个国内的商务考察团去过伊朗。

众信旅游邀余粟参与开辟新线路,真是找对了人。在余粟的出谋划策下,众信旅游分别设计了8天和12天两条线路,并随即就由余粟带着众信旅游首发团前往伊朗。

伊朗线路刚刚开辟时,由于国内民众对伊朗认识上的隔膜,走这条旅游路线的游客并不多。因此,余粟在与众信旅游合作后,还分别带了前往欧洲、美国、埃及、南非、以色列和约旦的旅行团。

有着欧洲留学、中东驻外经历,又热爱旅行的余粟,发现做起导游来，自己更是如鱼得水。而带团到世界各地行走，也大大拓展了他的视野，积淀了他更深厚的业务底蕴。

从客观上讲，是旅行社的伊朗线路首先选择了余粟；而从主观上讲，是他的不寻常经历、喜欢不断钻研和领悟，走上做国际旅游领队和导游又是一种必然。

从此，国际导游成了余粟的主要工作。几年来，他走了许多国家和地方，可以说已经是旅游达人了。他觉得带团既是一份工作，又是开阔眼界、了解世界、提升自我的极好机会。

身为国际领队，余粟觉得不单单是带着大家玩，为大家服好务就万事大吉了。他认为旅游团是一个临时的大家庭，自己也是这个家庭的一员，通过彼此交流，相互沟通，自己也能学到不少东西，增广见识。

许多地方他所带的游客是第一次去，而他已经来了数次。一般行程安排都是选择了比较好玩，值得一看，最为精彩，性价比较高的景观，他已经很熟悉了，但他仍会觉得再次置身其间，换一个观察角度，还会有新的感触和收获。因此，余粟有时玩起来比客人玩得还要嗨，还要有兴致。

法国的罗浮宫，他已经进去了许多遍，欣赏了许多遍，但他每次来到这里，并不会感到审美已然疲劳。把游客们带进罗浮宫，做完自己的讲解后，他会钻到附近小街小巷，悠闲地转转，抓拍一些有趣的瞬间，换一个角度，在不同的心境中，继续领略异国的风情。

## 爱尔兰酒吧的味道

有一次,余粟带团游北欧,来到了丹麦首都哥本哈根。一天游下来,地陪导游感到开心,就邀请余粟去赌场和丹麦风情酒吧转转。余粟对他说,自己已经是第四次来北欧了,每次都要去他喜欢的爱尔兰酒吧坐坐,这次也要和先前在酒吧认识的老朋友见面打打招呼,我对爱尔兰酒吧的黑啤真的感兴趣。"

爱尔兰酒吧世界各地都有,但装饰风格不尽相同,不像麦当劳和肯德基那样,有着全球统一的标志。余粟每次带团出国,无论是印度、美国,还是欧洲某个国家,只要晚上有时间外出,他一定要奔爱尔兰酒吧,去喝一杯他最爱的吉尼斯黑啤酒,和酒吧的当地人畅饮聊天。

"爱尔兰酒吧是一个品牌,就像提到陶瓷,你就会想到中国的景德镇一样。每一处的爱尔兰酒吧,绝对是当地最有特色的酒吧。"

那天晚上九点多,余粟步行着去寻找爱尔兰酒吧。每次来哥本哈根,他去的都是不同的爱尔兰酒吧。这次他边打听边寻找,又在哥本哈根西北边方向找到一家爱尔兰酒吧。

酒吧里很安静,有人抽着雪茄,有人在喝黑啤,也有情侣在那儿约会,感觉告诉余粟,他找对了。有些外国游客常光顾的酒吧,不仅喧闹,大家聊天内容也很虚,但真正的爱尔兰酒吧不一样。

余粟也像当地人一样,要了杯吉尼斯黑啤酒,坐在窗边的一个位置,有滋有味地喝着。酒吧临一条步行窄街,看着各色当地人或旅行者从

爱尔兰街头的吉尼斯酒吧

你的窗前走来走去，就好像在看一场实景电影。

　　一会儿，旁边桌来了几个当地的男女大学生，他们单纯而热情。得知余粟来自中国，还是一位国际领队，便和他攀谈起来，向他询问如何去中国旅游？余粟把中国好看、好吃、好玩的东西一一向他们推介，还说他们要去北京，一定联系他当导游。

大学生们给余粟介绍了丹麦的小美人鱼，安徒生，海盗船，还告诉他丹麦人喝酒的习惯，他们拿起酒杯来，说"斯够"，就是"干杯"（丹麦语）。丹麦人说了"斯够"，就一定要把杯中酒喝干。如果你不干掉，人家以后就再不跟你喝酒了。不像中国人，说干杯，你可以干，也可以不干。

北欧人的性格有点像中国的东北人，直爽热情，因为都是地处寒带，天寒地冻。所以虽说都是欧洲人，但彼此的性格差异很大。德国人古板而严谨，法国人聪明而滑头，英国人傲慢而沉稳，北欧人的性格很温暖，很朴实。那里人口稀少，很希望把自己的国家介绍给别人，希望与人交流。

后来，这几个大学生又带余粟来到一个当地的丹麦迪尔酒吧。这酒吧的装修是重工业金属风格，黑洞洞的。坐到这里，就像是坐在火车车厢里的感觉。余粟和他们又在迪尔继续喝酒聊天，一直聊到凌晨……

那一晚，余粟感觉特别开心，好像又找回了他在爱尔兰留学时的那种感觉。

"留学与旅游虽然都在他国，但感觉完全不一样。旅游一个国家，感觉什么都新鲜，房子漂亮，美食好吃，什么都比中国强，但其实你对这个国家的认识很肤浅；而留学呢，待在一个国家那么久，很腻很烦了，可这时才是你对这个国家比较深入了解的时候。"

# 玩得更有内涵

还有一次,余粟在印度带团,与一位中文很好的印度导游合作。到了晚上,他就带余粟去了德里一条类似小姐街的地方。到了那条街,导游说,你自己过去看一看,挑一挑,我就在这里等你。

余粟在街上走了一圈,拍了点照片就回来了。导游感到奇怪:"莫非你没有看上的?"

"我还真没往那个地方想。"

"那你想去哪儿?"

"你能帮我找个当地的爱尔兰酒吧吗?"

"爱尔兰酒吧!你喜欢喝什么酒?"

"我喜欢喝吉尼斯黑啤,一定要当地那种纯正的。"

导游给他的朋友打电话询问了一圈,好不容易找到了一个所谓的爱尔兰酒吧,可进去一看,并不是当地正宗的爱尔兰酒吧,只是挂了这个招牌。余粟最想去的,是当地人常去喝酒的那种爱尔兰酒吧。既然来了,他和导游就坐下来喝酒聊天,倒也蛮惬意。

后来,旅行团又到了孟买。导游知道了余粟嗜好,提前上网搜找,还向当地同行打听。待到晚上客人们到酒店休息后,导游便按照预先侦查好的,带着余粟来到孟买老城的大巴扎后面,一家很小的门脸前。

这个爱尔兰酒吧外观很不起眼,周围环境也有点脏乱,但走进去之后,看到有很多当地人,包括很多在印度孟买上班的欧洲人在酒吧里喝酒。余粟说，这个就对了，就是这家，就是这种感觉。于是他和导游要了两大杯吉尼斯黑啤，喝着聊着很尽兴。一个孟买的夜晚，就在吉尼斯黑啤的陶醉中度过了。

余粟说，他确实非常喜欢吉尼斯黑啤酒绵润醇香的口感，自从在爱尔兰留学时与吉尼斯相遇后，便对它情有独钟，再喝那些清啤、黄啤什么的，就感觉寡淡无味，如喝白开水一样。

吉尼斯黑啤酒的原料有四种 —— 大麦、啤酒花、水和酵母，是用烘焙的大麦酿制而成，因此具有一种黑黝黝的颜色，口味也别具一格。吉尼斯黑啤酒看上去颜色很深，似乎酒劲很大，但许多烈性啤酒迷声称，吉尼斯比其他烈性啤酒要淡得多，且可与大多数食物相配。

黑啤上面厚厚一层酒沫，入口有点微苦，下咽时又回甘返甜，有点像咖啡的味道，余粟非常喜欢这种醇美的口感和味道。

在做了国际旅游领队工作之后，余粟有机会接触各个国家和各个地方的人，如果能在工作之余，通过世界各地的爱尔兰酒吧，去感受和体验各个国家和地方人们的生活和感觉，也是一种一般人所难以实现的独特享受。

余粟说："爱玩，能玩，还得玩出花样来，玩出比一般旅游客人更高级更有内涵的东西。这样你才能引领你的客人，让他们有所收获。如果你带领游客到一地游玩，你的玩法还不如你带的游客，那你不是有愧于自己的职业吗？"

所以，余粟无论走到任何一个国家，一定要找到爱尔兰酒吧，到真正的当地爱尔兰酒吧，去感受真正的当地民风心态，风土人情，再把自己的领悟传递给他所带领的游客们。

世界文化遗产伊朗的千万古村落

## 有损中国人的形象,我绝对零容忍

自从余粟担当了国际领队后,他与每个团队客人开始接触的那一刻,都要强调一件事:你是一个中国人。

从北京出发的机场上,他就开始讲:"你走出去,不仅代表你的城市,你的省份,还代表'中国'。外国人不会说你是北京的,上海的,天津的,而是叫你'中国人'"。他带的团队,不允许客人在公众场合随地吐痰,如果发现了不守规的客人随地吐痰,他会讲一个古兰经的故事,婉转地予以批评。

他也反反复复地告诫自己带的游客,在公开场合一定不要大声喧哗。有一次,他带团来到伊朗古城亚兹德的古堡花园酒店,这个院落式的酒店景色很美,房间是伊朗传统民居古堡,屋顶有彩色玻璃顶窗,房间外是回廊,四面的客房围绕着中间一座漂亮的波斯花园,夜灯点亮时,更像一个美丽的迷宫。

中国团客人入住后,为美景所吸引,便呼朋唤友,在花园里摆姿势拍照。还有的客人来回串屋,拉人打牌。他们的大声笑闹和喧哗,打破了酒店的安宁,影响了其他客人休息。

有一个法国游客实在忍受不了,跑到花园内向正拍照的中国客人大喊:"闭嘴,中国人!"可是中国客人们听不懂老外的法国话,依然我行我素笑闹着。法国游客没辙了,就跑到酒店前台,向领班投诉。

于是,领班带着法国游客敲开了中国领队余粟的房门。法国人一见余粟,好像找到了出气筒,态度生硬地说:"你不能让你带的中国人小点声吗?"

余粟听了,感到有一种说不出的羞愧,同胞的所作所为让他此刻很尴尬。他马上代中国团员向法国游客道歉:"真对不起!我的客人们也许很开心,如果影响到你们休息了,实在很抱歉!我马上去劝说他们。"

余粟抬腿出门,又想起什么,转过头跟那位来告状的法国人说:"先生,我还想跟您说,我们的客人有错,可以改,但并非每一个中国人都是这样的。大多数中国人是讲文明礼貌的,这一点也请您记住。"

一场酒店投诉风波总算平息了。事后,余粟又向团队的客人们反复强调,要注意自己代表的中国形象。他说,"我一年要带十多个旅游团,算起来也有三五百人吧。我只希望你们在回国的时候,能想起自己在国外代表了中国人,给自己祖国的形象增加了光彩。这样,我作为领队会很感谢你们。"

余粟说,"在游览时,我可以笑脸飞扬,讲我的故事,跟客人们开玩笑,但一涉及有损中国人形象的问题时,我绝对是零容忍。"

对于团员来说,你或许可以迟到,不听导游讲解,但在国外公众场合有素质欠缺或不令人满意的表现,余粟都会不留情面地当面指出或婉转告之。"我认为这是我当领队之后,十分注重和强调的一点。"

还有一次,余粟带团去法国一个"高大上"的餐厅吃饭,吃的是"蜗牛大餐"。餐厅服务员个个都是帅气的小伙,端菜入席,但却瞅都不瞅中国人一眼;而对另外一桌日本人,他们却和颜悦色,细致入微。从他们自然流露的眼神和态度,已经明显反映出其内心的尊重与鄙夷。

为什么会这样?余粟注意做了观察。要说日本团队你不得不服,

*世界文化遗产伊朗的赞姜古堡*

一桌人吃饭总是安安静静,没人喧哗。讲话时永远是一人在讲,大家听。而中国团队,永远是一群人在讲,一声更比一声高,互相间不知该听谁的。

后来余粟每次带团都去那家餐厅,感觉都很特别,很想把自己的脸遮上,这是因为自己同胞的一些不文明行为而引出的郁闷。"人家挣了你的钱还不尊重你,透过他们的那种眼神你就看得出,感得到,我痛恨那种眼神!"

每次用餐前,余粟总要再三强调,不管你在国内是领导还是什么大腕儿，进到这家餐厅之后，不能大声喧哗；吃饭时别弄出噪声；吃自助餐，要吃干净自己盘中的食物再去取；对于自己喜欢吃的，不要哄抢，肯定每人都有一份；一定不要取食太多，以免造成浪费。余粟说，他曾看到有的中国团队，一上来就疯抢蜗牛，那情景实在太丢人了！

余粟认为，维护中国人的形象，要从点点滴滴做起，他希望自己带的团队能给中国人争点脸面。但并不是所有的领队都会这样做，有的领队采取视而不见，或事不关己高高挂起的态度，也许是见多不怪了。

然而，余粟却始终坚持不懈地努力着。他觉得，这是领队的责任，这直接关乎中国人在国外的形象，他是站在最前线的，不能袖手，不能懈怠。尽管上面有旅行社，有部门经理，有各级旅游局，但只有领队处在第一现场。

"一走出国门，我特别强调我是一个中国人。也许是因为在海外留学数年，回国后也常跑国外，所以我的感触特别深！"

余粟还说：你可以整容化妆，但你洗不掉你的皮肤，洗不掉你黄种人的印记；你可以说一口流利的英文，交外国女友，但人家还是认得出你是亚洲人，是中国人！

既然你是中国人，为什么不能用自己的行动为中国人这个内涵多添加些褒义呢？！在相当长一段时间里，一提到中国、中国人，总有那么多负面的词汇：人多，空气污染，不讲文明。为什么我们不能通过自己的努力，让人家一说起中国人，就与高科技、聪明、智慧、强壮这些词汇联系起来呢？

因此，余粟每次带团，总是不厌其烦地唠叨民族自尊话题：去餐厅，不要穿背心短裤，得穿着正式一点；给女孩拍照片，得主动示意一下，别老偷偷摸摸在那儿拍；你做什么事情，就要想想这事合不合体，做了会

伊朗著名的景观赛姆南红色棉花堡

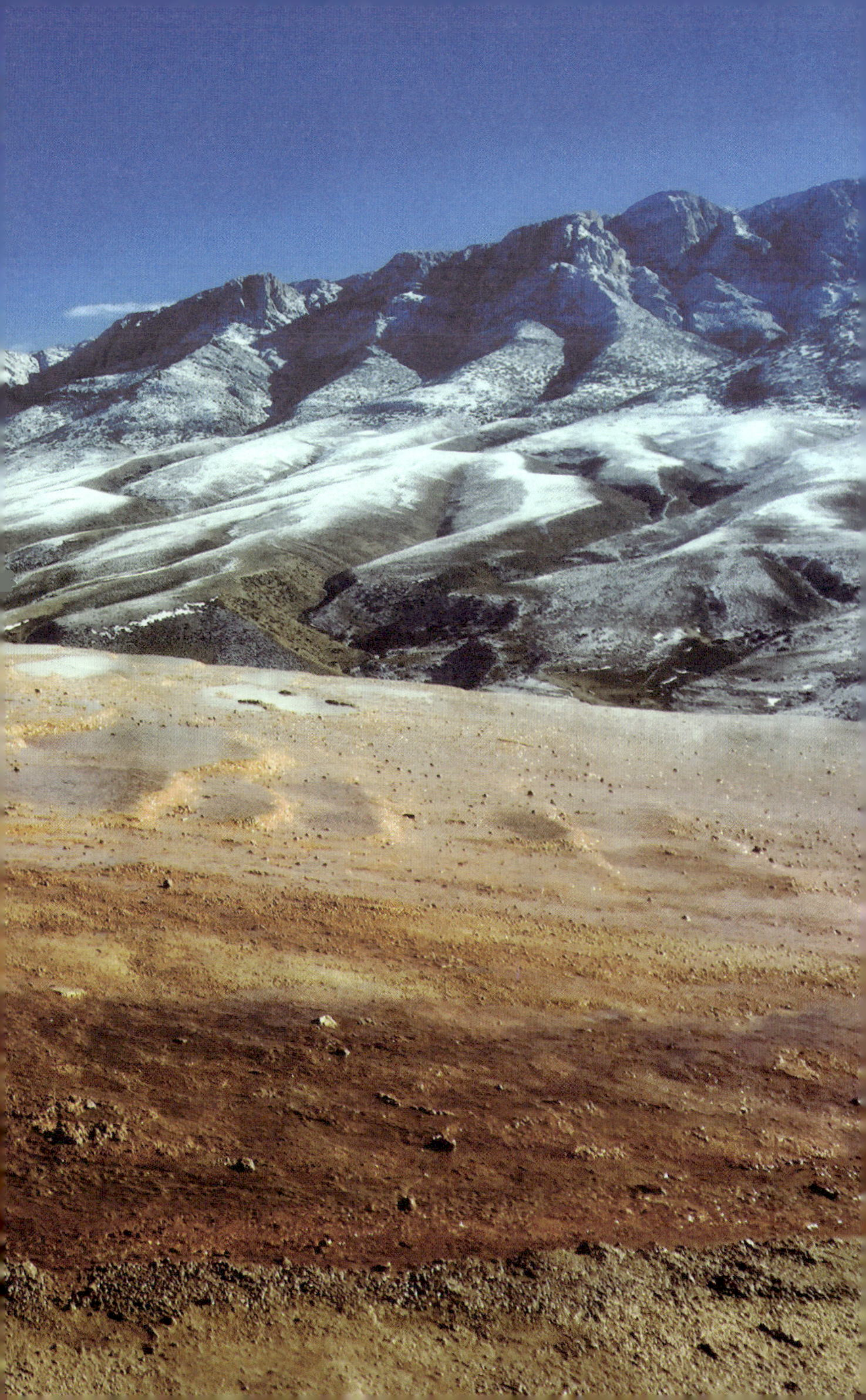

不会给别人带来什么困窘……

  余粟想通过自己这个窗口,扩散出中国人的阳光心态和正能量。他想,要约束别人先要从自己做起,从领队做起。他希望通过几年的努力,看到中国人的改变,看到老外们眼光的改变。他说,他对此还是充满信心。

余粟哈梅德的爱情传奇

第十二章
**情迷一带一路**

# 古城亚兹德

到众信旅游参与开辟伊朗旅游线路至今，余粟已带了 50 余批客人到伊朗旅游。然而让他最难忘的是 2015 年初，他带一个考古旅行团来到伊朗。

那是他第一次带这样的文史专业团队，团员中大多是历史学教授和专家学者。为此他和专家学者们一起设计了一个 21 天的行程，几乎遍及伊朗大部分最知名和重要文物古迹。

亚兹德老城土屋别致的门环

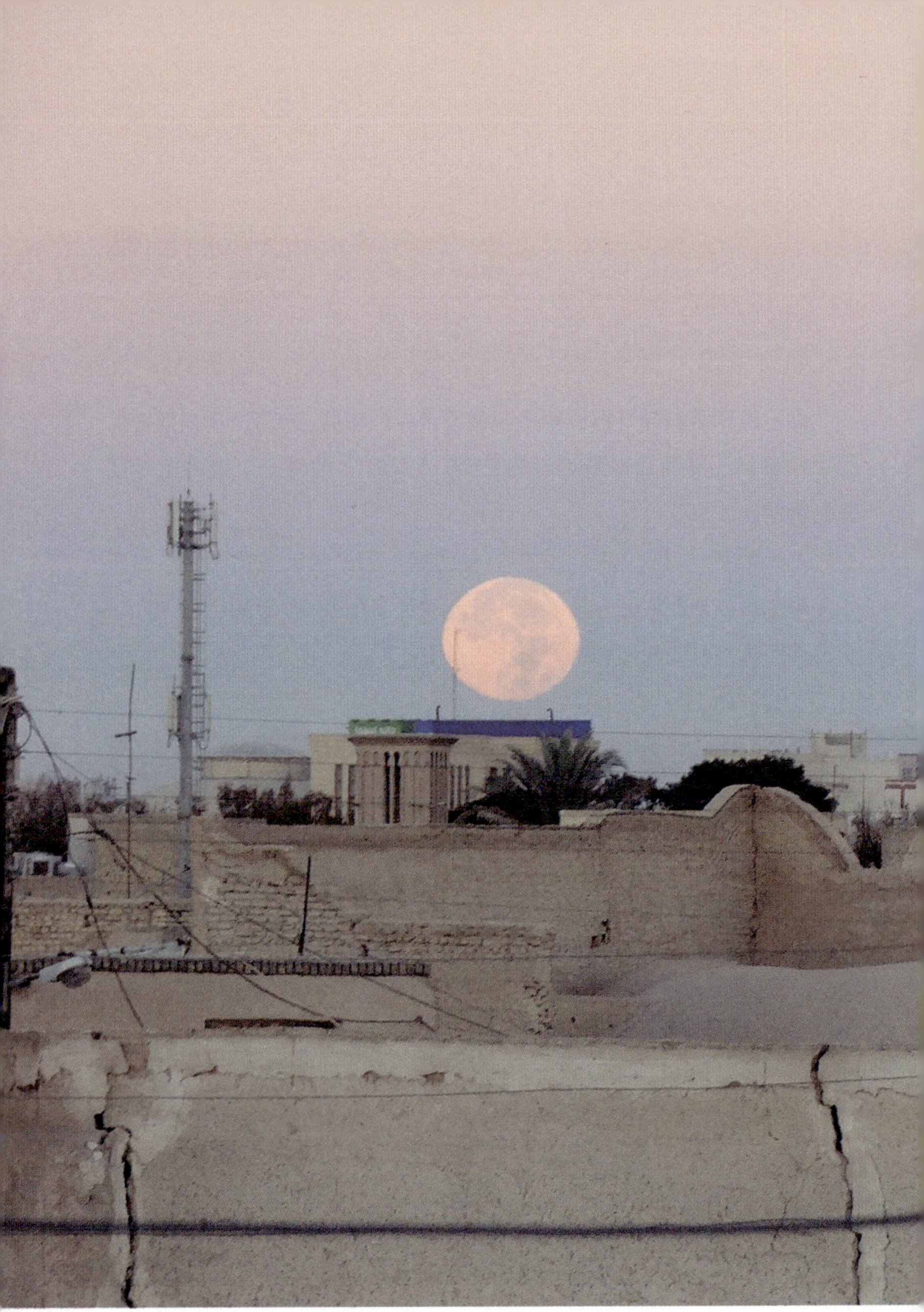

月光下的亚兹德

第十二章 情述一带一路

　　他们去了距德黑兰600多公里的亚兹德。这座古城位于伊朗腹地沙漠的边缘。让余粟没有想到的是，这个到处是黄泥屋的不起眼老城，竟有着3000多年的历史，被称为"地球上最古老的人类居住的城市"，因此被联合国教科文组织列为世界文化遗产。

　　当然，亚兹德的金贵还不仅仅在于古城的历史年头长，还有一个重要因素是在蒙古军西征时期，伊朗很多城池毁于成吉思汗和帖木儿的铁蹄之下，亚兹德却能安然无恙，始终保持着其独特的地貌和人文风格。

　　在公元7世纪伊朗被阿拉伯帝国征服后，亚兹德成为众多琐罗亚斯德教信徒的避难所，他们纷纷从临近省份逃到这里，扎根，繁衍。这样一来，亚兹德遂成为琐罗亚斯德教的圣地，许多与琐罗亚斯德教相关的遗迹，要到这里寻找。

　　走在迷宫般的老城内，你可能在七拐八拐中迷途，巷道延伸得毫无规矩，满眼皆是低矮陈旧的黄泥砖建筑。有些巷道直接穿过房屋底层，身高的人需猫腰穿行。这种布局结构除了是为应对沙漠的恶劣气候外，也是为了防御敌人骑兵的长驱直入。

　　老民居一般只有一两层，土砖砌成，黄土抹墙，在街道的这一面墙基本看不到窗户，多数窗户开在院子里面的立面。许多房屋为半地下式，门前是向下铺设的台阶，要走下去才能推门进屋。这样可以降低室温，腹地沙漠气候炎热。

　　更有意思的是老城的许多土屋的门扉。土屋的门扉都是老旧原木的，木门上两个门环很不对称，左边的呈长圆柱形，仿如男性的生殖器，右边的是相对扁薄的心形，仿如女性的生殖器。

　　有的解释说，如此门环乃是为了辨别访客的性别而设置。男人来访，

亚兹德街巷

用左边的门环叩门；女子来访，用右侧门环叩门。由于门环的形状不同，敲击木门发出的声音就不同，主人通过声音，便能判断来客是男是女，由此决定是由家中的男主人还是女主人来开门迎客。

穿过弯曲古巷，一座清真寺赫然现出。寺正门伊万上方是两座高耸的宣礼塔，有 48 米高，相当于 15 层楼，其高度不仅是在亚兹德，在整个伊朗也屈指可数。这就是亚兹德著名的地标星期五清真寺，你能在伊朗 200 里尔的钞票上看到它。

尽管余粟已经多次带团来伊朗，见识了太多式样的清真寺，但这座星期五清真寺在他看来特别漂亮。正门用蓝白两色的瓷砖装饰，素淡清雅。清真寺内有连环拱廊将庭院相连。圣殿的拱顶用彩陶镶嵌工艺拼制，非常精致。

在古城的中心广场，有一些传统的公共浴室，还有古老的商队旅社，表演传统戏剧"塔厄齐耶"（一种宗教戏剧）的场地，还有一座陵墓，三个储水池和一个大巴扎。站在广场尽头的三层拱廊排楼上，整个亚兹德城区尽收眼底。

不知在伊朗别的地方，是不是还能找到这种盛大景观：满眼都是还在使用的古老房子。然而，看着那些穿梭于巴扎的身穿黑袍的妇女和活泼可爱的孩子，浓郁的生活气息扑面而来，穿行在这片泥土色的"活着的"古城，就好像走进了历史隧道，让人有种时光倒流的感觉。

亚兹德的历史，可以追溯至亚历山大大帝时代。这里公元 642 年被阿拉伯人征服后，成为丝绸之路上的一个重要驿站，以丝绸、纺织品和地毯交易而闻名遐迩。和大多数伊朗城市相似，它于萨法维王朝末期开始衰败，在很长时间里，不过是腹地沙漠边缘的一个老旧城镇。

古老传统和位居腹地的地理位置，使这座城市相对封闭，也相对

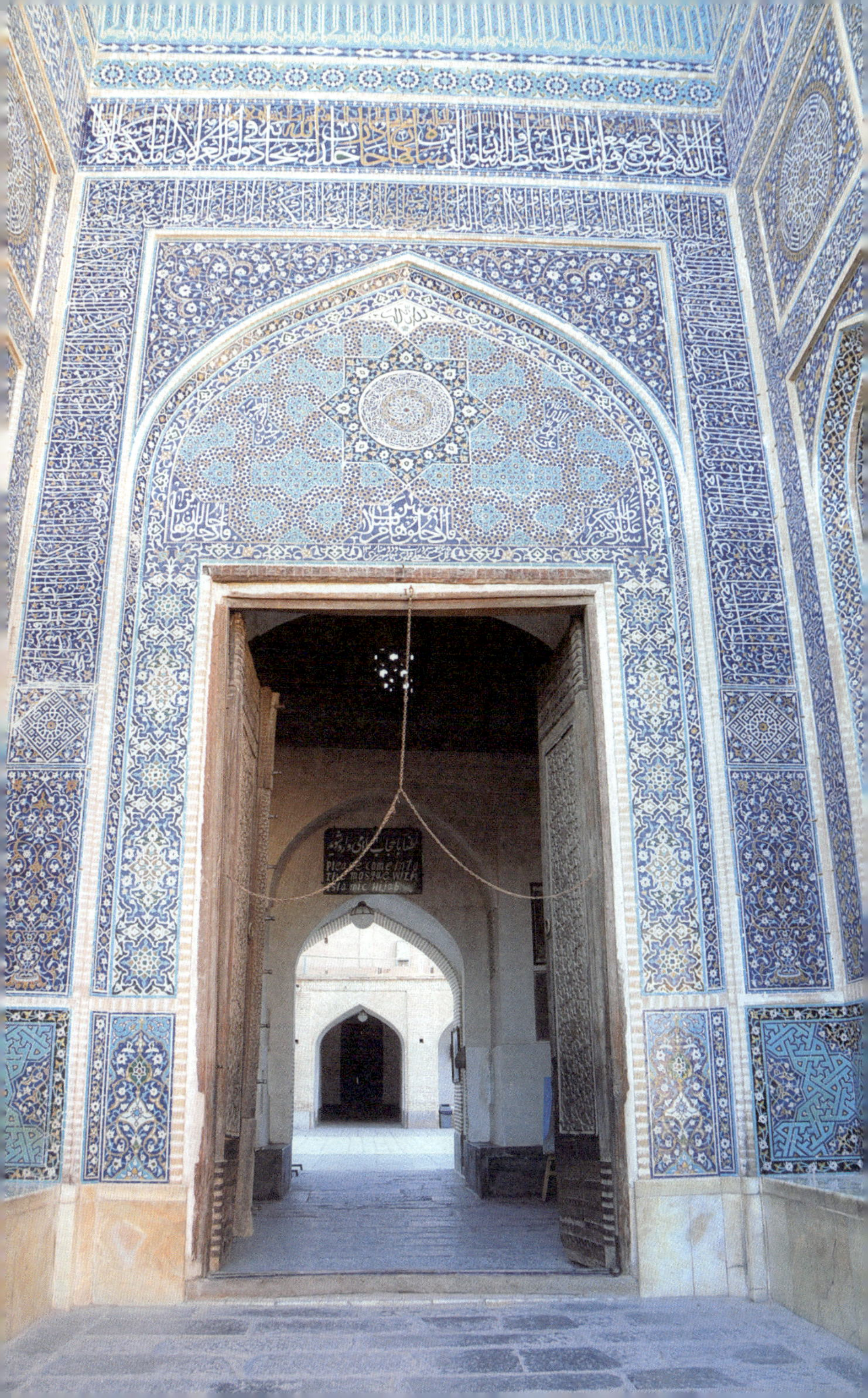

保守，没有大城市的开放与浪漫。然而这种安静、朴素又乡土气息浓郁的独特氛围，却吸引着世界各地人们。怪不得团里这些教授专家们来到这里，也会被它迷住。

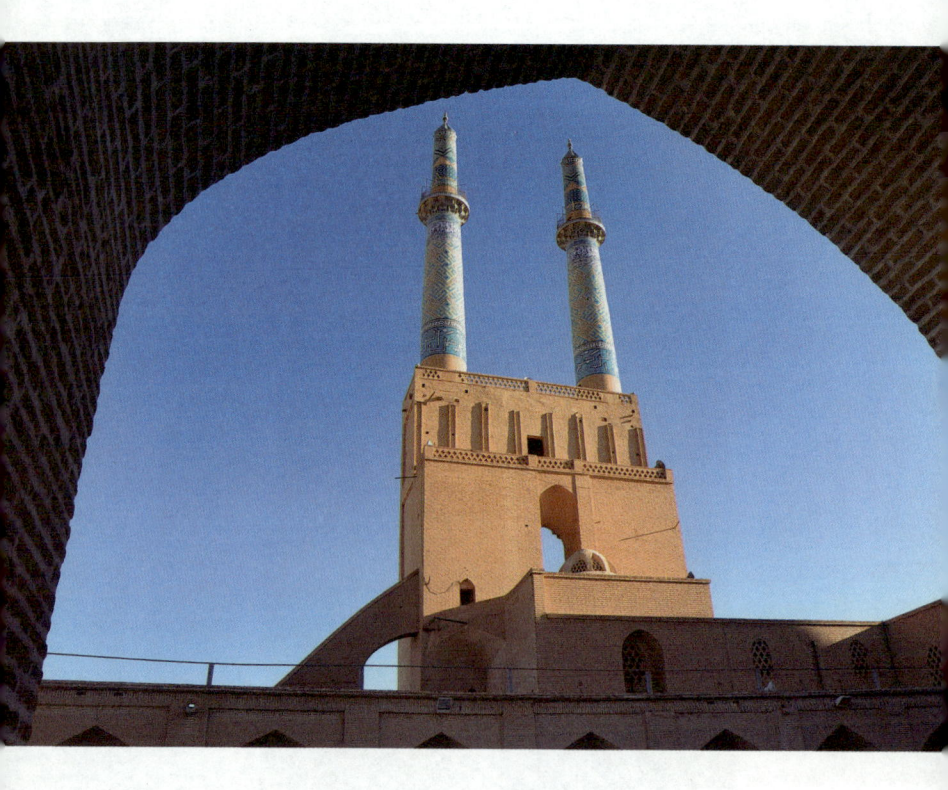

星期五清真寺

# 重燃公元470年的不灭圣火

游人来到亚兹德,主要还冲着阿泰什卡代、恰克恰克和阿尔达康这三处琐罗亚斯德教文化的圣迹而来。排在第一的阿泰什卡代,指的就是琐罗亚斯德教神庙内永不熄灭的圣火。据说,神庙里的圣火已经燃烧了1500多年。

琐罗亚斯德教是基督教诞生之前西亚最有影响的宗教,也被中国人称为拜火教、祆教,因其创始人琐罗亚斯德而得名,按波斯语也有音译为查拉图斯特拉,德国著名哲学家尼采就著有《查拉图斯特拉如是说》一书。在3世纪萨珊王朝时期,拜火教成为波斯的国教。

余粟带着考古旅游团来到坐落在亚兹德市郊的火神庙,团中一位研究琐罗亚斯德教教义的教授,为大家做了简单的解说:世界各地许多原始宗教所崇拜的神往往狰狞、恐怖,但又施舍、普惠,集善恶于一身,人们既祈求它又惧怕它,宗教仪式是取悦它的一种方式。成熟的宗教则有所不同,大多独尊一神,这个神充满神性,善待万物,启迪天下。

然而,琐罗亚斯德教与这两者皆有不同,它主张一神崇拜,却又是一种二元论宗教,认为主宰宇宙的有两个神,一个是代表善良、光明的阿胡拉·马兹达,另一个是代表邪恶、黑暗的阿赫里曼。

阿胡拉·马兹达与阿赫里曼不停地激战又势均力敌,人们为阿胡拉祈祷、呐喊、助威,用熊熊烈火张扬它所代表的光明,而且相信它终将获胜。拜火教有一种战斗意义上的乐观,坚信人的本性由善良之神造就，光明的力量总会壮大，最终大家都会面临伟大的"末日审判"。

琐罗亚斯德教提出了一系列伦理原则，最著名的一条，与中国先秦思想家的学说如出一辙：己所不欲，勿施于人。该教还明确定义了人的三大美德：虔诚、正直、体面。人的三大职责：化敌为友、改邪归正、由愚及智。

据说琐罗亚斯德教的圣火分为三个等级，而奉祀最高等级圣火的神庙只有九座，伊朗境内唯一的最高等级神庙就在亚兹德，其余都在印度。

走进神庙院门，便是一个圆形喷泉水池，火神庙倒影投射在水池中，比单独欣赏建筑实体更有韵味。火神庙的建筑并不伟岸，因而更凸显了正门上方镌刻的拜火教教徽——法尔瓦哈的双翅形象。这位智慧老人的翅膀一前一后，代表善与恶；翅膀分三层，分别代表思、言、行。法尔瓦哈面向前方，表示永远前行，摈弃一切恶思恶言恶行。他手中握一圆环，代表其与上天的契约。

进入神庙正门，里面有一小厅，小厅正面有一用玻璃和护栏隔开的密室。透过玻璃可以看见密室内安置着一个酒樽状的火坛，一簇圣火在坛中燃烧。

神庙祭司介绍说，坛中圣火是 20 世纪 20 年代亚兹德重新修建这座拜火教神庙后，伊朗的拜火教徒们从印度拜火教坛取回火种，置于庙内火坛密室重新点燃的。这来自印度的火种，是从公元 470 年燃烧至今。圣火坛由专人看管，日落盖上铜盖，日出时开盖，常年守护，并接受拜火教徒们的顶礼膜拜。

7 世纪，阿拉伯人灭亡了波斯萨珊王朝，伊朗人被强制改信了伊斯兰教。大约在 11 世纪，琐罗亚斯德教作为国教已然消逝，而一些虔

亚兹德存有燃烧了 1500 多年圣火的火神庙

神庙门楣上的琐罗亚斯德教教徽

诚的拜火教信徒从各地躲避到亚兹德附近的沙漠里,继续拜火教信奉。

伊朗的古代史也是一部拜火教的历史,拜火教犹如古波斯文明的躯壳和依托。在伊朗,无论属于哪个教派的信徒,对拜火教的历史作用都予以公认。

如今,作为古老宗教的拜火教虽已枯萎,伊朗的拜火教徒也仅存十几万人,然而固守优秀文化传统的伊朗人,却仍在日常生活中运用着拜火教遗留下的文化遗产。以每年十二个月为例,伊朗从不排斥使用伊斯兰历,也用格里高里历的月名,但日常沿用的,仍是延续数千年的拜火历月名。

从拜火教神庙出来后,余粟带领团员们去考察亚兹德城外现仅存的两座寂没塔(Towers of Silence,天葬台)遗迹。

天葬是古老拜火教的独特葬俗。拜火教认为,万物皆为纯洁无瑕,

亚兹德城外的两座寂没塔

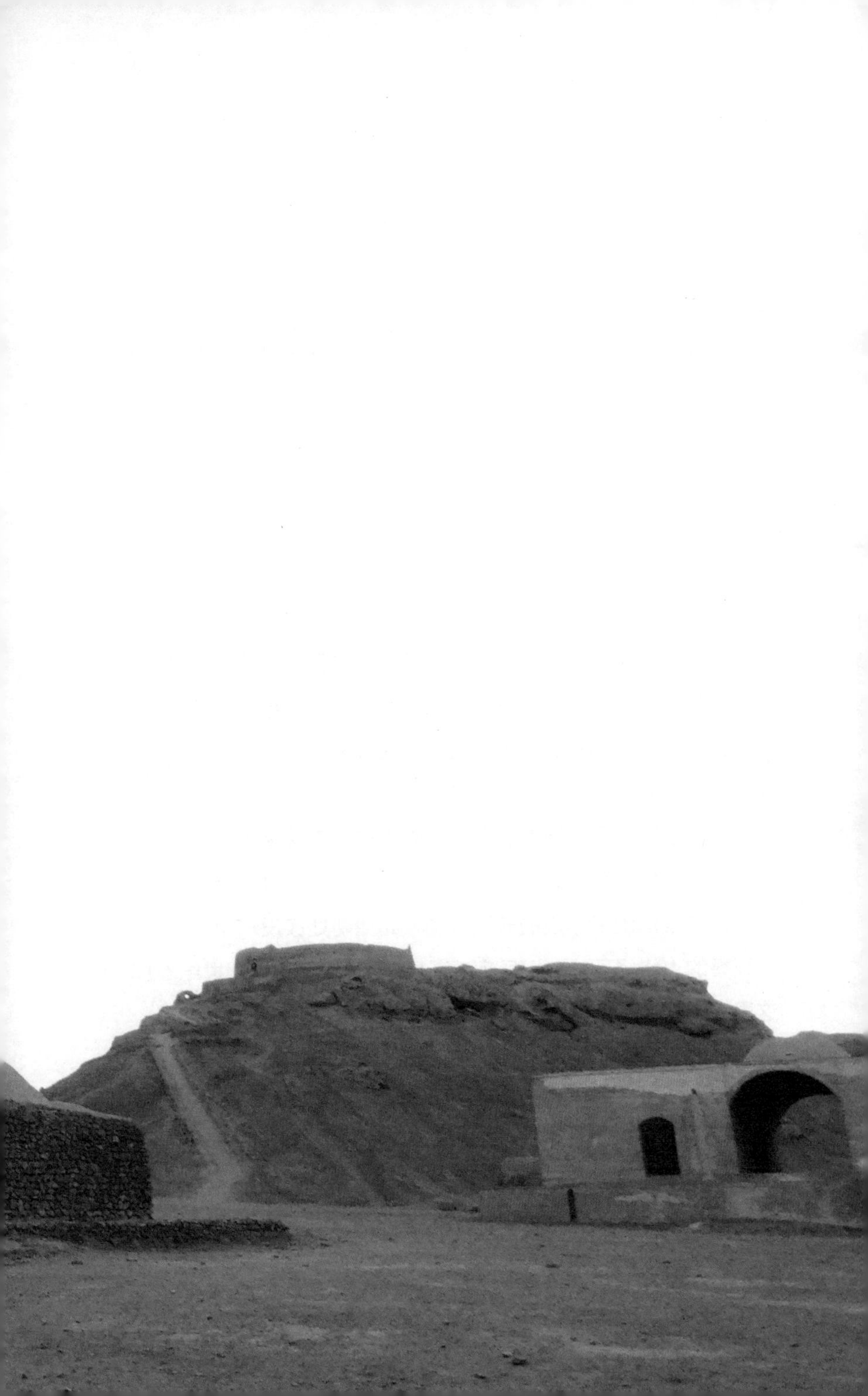

而人死后尸体很快会被"恶神"腐蚀从而"不净",葬入土中会"污染善良的大地"。因此,教徒们会选择在远离村庄的山上建造一种寂没塔,为死者实行天葬。

在余粟带领下,大家爬上其中一座四五十米的山丘。丘顶是一处圆形平台,周围有残存的数米高砖墙,上有望风窗口,这就是古老的寂没塔,也即人们所说的天葬台。寂没塔的门对着东方,寓意跟随光明的太阳。

寂没塔中央有一个凹陷的深坑,这就是实施天葬之处,叫作"井穴"。天葬的尸体,由专门的抬尸人运至山丘上,放入"井穴",先由有威望的祭司念经祈祷,然后分解让秃鹰啄食。

余粟讲解说井穴可分为三层,外层放置男尸,中层放置女尸,内层放童尸。啄剩的尸骨留在井穴内,待井穴里的尸骨堆满,教徒们会另觅他地,建造新的寂没塔。因寂没塔高离地面,教徒们认为这样尸体就不会污染土地了。

在古波斯宫殿波斯波利斯遗址附近的帝王陵墓群,帝王棺也皆置放在几十米高的石壁上。

据寂没塔山下年迈的守灵人说,此地两处寂没塔早年很兴旺,来行天葬的人络绎不绝,但后来渐渐稀少了。最晚在 20 世纪 60 年代,这里的寂没塔还举行过天葬仪式,后来就禁止了。

## 风塔搭配坎儿井，绿色空调

来到亚兹德，你放眼望去，随处可见的就是"风塔"。家家户户的泥砖屋顶上，都会冒出大大小小像方形烟囱，却又比烟囱壮硕的风塔，犹如一个个"泥音箱"，构成了亚兹德最独特的古城建筑奇观。因此，亚兹德又被称为"风塔之城"。

风塔，波斯语称作"宝基尔"。一般可分成两部分，屋顶上的部分四面镂空，无论风向来自何方，风力多么微弱，都会引风入塔，通

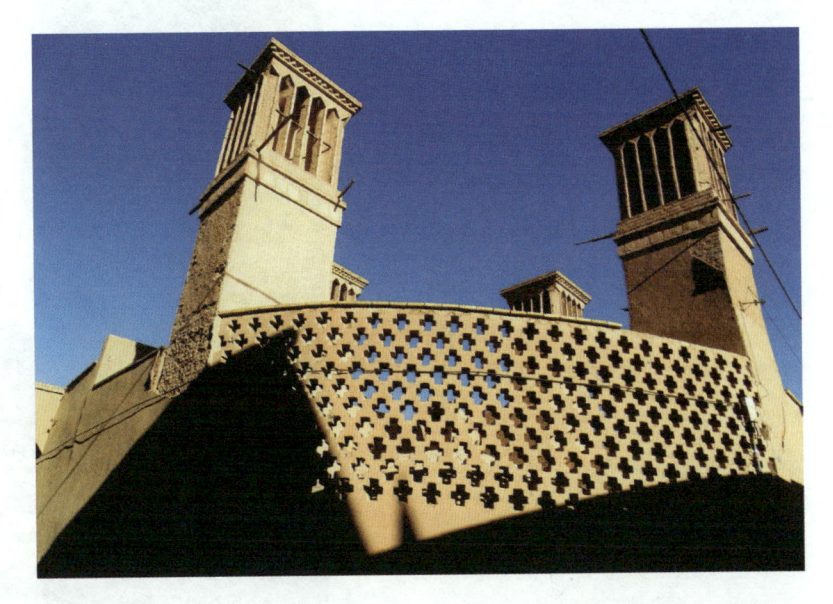

亚兹德随处可见的风塔

过塔内的管道，向下进入室内，再透过室内外温差产生的压力，将气流循环到外。

　　风塔的室内部分是悬空的，下面通常建有一个水池，热风经过塔身降温，吹到室内的水池再次降温，然后再飘散到各个房间，又通过塔内管道流向室外，人们在酷暑期间坐在室内，也能感受到习习凉风。

　　另外，地处腹地沙漠地带的古老亚兹德，人们还有一项古老的生活设施创造，那就是坎儿井。这是一种适应沙漠炎热气候的地下引水渠道系统，这套系统的发明至今已有近3000年的历史。

　　坎儿井是在干旱地区，沿着自然坡度在地下十数米深处修建暗渠，每隔一段距离，就从地面打竖井深入到水渠中。这样，融化的山地雪水就通过暗渠流动，保障了在摄氏50℃高温下的沙漠地带也不被蒸发，流向需要灌溉的土地，像天然的自来水一样，

位于多拉阿巴德花园的风塔是全伊朗最高的风塔，风塔呈八角状，好似一座碉楼。

给远处居民提供生活用水。亚兹德的城内，就挖建有许多深 6~10 米的蓄水池，池内的水就是通过暗渠引自几十里之外。

坎儿井的水流，不仅仅用于灌溉和饮用，还被聪明智慧的亚兹德人开发利用到更多的方面。例如，用来驱动水车磨面，更巧妙的是利用坎儿井水渠穿过地下房屋，在地下循环降温，与风塔的作用相结合，让夏热中的居室更为凉爽。

在亚兹德的清真寺、浴室等公共场所，就利用坎儿井和风塔相结合，共同构成"中央空调系统"。风塔越高大，数量越多，收集的气流就越多，风量越大，自然冷却效果就越好。不用高科技，古代波斯人通过他们的奇思妙想，创造了绿色环保的制冷换气空调系统。

在余粟的带领下，考古旅行团来到多拉阿巴德花园。这里有全伊朗最高的风塔，高达 33.8 米。风塔呈八角形状，好似一座碉楼。

风塔建在一座两层的建筑之上，在建筑内，就可以清楚地观察到风塔的构造，明显感受到在风塔调节下的凉爽室温。建筑内的房间，都有镶嵌着彩色玻璃的花窗。阳光透过花窗，洒下一地的多彩绚烂。

在二楼的晾台上，可以观望整个花园布局和景致。渠水汩汩流淌，清澈见底，渠边鲜花绿树掩映，葡萄满架……余粟向旅行团的成员们介绍说，这就是典型的波斯花园：四周有围墙；园内有水池；有树木花卉；有楼台亭阁建筑。

来到亚兹德，无论是在花园、酒店还是街巷，无论你走哪条路，从哪个角度看，风塔的身影总是如影随形，处处可见。

其实，随着现代空调的普及，加之伊朗的能源提供并不贵，风塔早已不再是必需。但在这里，古老的风塔建筑却依然代代传承，发挥着调节室温的作用，也构成了亚兹德最为独特的一道风景线。

# 崇拜英雄的伊朗人

2015年11月初,余粟带着一个摄影团来到了伊朗,正赶上了伊朗一年一度最盛大的穆斯林什叶派宗教节日——阿舒拉节,这是一个长达42天的节日。

"阿舒拉"源出希伯来文,意为"第十天",一般指希吉来历1月的第十日。相传该日是亚当、诺亚、亚伯拉罕、摩西等先知得救的日子。

*伊玛目广场上的阿舒拉节集会*

此后不同宗教都有在 1 月第十日发生重大事件的传说，因此这一天被看作是神圣的日子。

公元 680 年，伊斯兰教先知穆罕默德的外孙、第四任哈里发阿里之子侯赛因，因不服叶齐德继任新哈里发，携家眷随从离开麦加，在行抵伊拉克境内的卡尔巴拉时，遭叶齐德的人马追杀。侯赛因等被俘，在遭受 42 天折磨后被处死。那天正是伊斯兰历的 1 月第十日，阿舒拉节由此而来。

说到此，有必要简单追溯一下穆斯林逊尼派和什叶派千百年来的恩仇。由于穆罕默德去世时未明确指定继承人，因此继承人问题成了穆斯林面临的第一个问题。经各派协商推举年高德劭的穆罕默德追随者阿布·巴克尔为第一任哈里发（继承者）。在其后，欧麦尔、奥斯曼、阿里被相继推举为第二、三、四任哈里发。

此时穆斯林内部出现分裂。一派认为四任哈里发都是穆罕默德合法继承人，这一派即后来的逊尼派。另一派认为只有第四任阿里及其后裔才是穆罕默德唯一合法继承人，前三任是篡位者，这一派即后来的什叶派。

公元 661 年阿里被刺身亡，在大马士革任总督的穆阿维叶自称哈里发，建立由逊尼派掌权的倭马亚王朝。公元 680 年，穆阿维叶去世，其子叶齐德继任哈里发，阿里之子侯赛因拒绝效忠，最终被追杀致死。

侯赛因一直被什叶派视为穆罕默德的真正继承人，是伊朗人民心目中的伟大英雄。在被称为"伊朗的荷马"菲尔西斯的《列王传》史诗中，塑造了四位伊朗大英雄，其中着墨赞美最多的名叫"鲁斯塔姆"。熟悉伊朗历史文化的前中国驻伊朗大使刘振堂先生说，鲁斯塔姆就是侯赛因的化身。由此可见侯赛因在伊朗民众心目中的地位，亦由此可

"攒劲"者以用铁链鞭打自己的方式哀悼侯赛因

想阿舒拉节在伊朗节庆中的隆盛。

余粟带团在节日前夕来到了德黑兰，一下飞机，便感到处处已呈现浓烈的节日气氛。许多街道路口、广场悬挂起了一面面黑色三角旗，道旁灯杆上也缠上了黑布条，高耸的旗杆上飘动着奇大无比的黑色旗帜。

随处可见街道墙壁上的特大幅绘画，再现着1300多年前侯赛因在卡尔巴拉英勇殉教时的场景：在侯赛因遗体旁，几位身着黑袍的妇女或匍匐在地，或依偎在侯赛因的坐骑白马身上痛悼亡主，黑袍、白马、红血三色对比极其强烈。许多宣传画上画有淋漓的鲜血或血手印，似乎刻意让人对先烈殉难时的惨烈感同身受。

而那随处可见的黑色条幅，以红色颜料书写着"向侯赛因致敬"、"自由者之父"等标语，字下滴淌着鲜血，红黑两色，也给人以铁与血碰撞的震撼。

余粟他们到伊斯法罕时，正赶上阿舒拉节的第一天。宽广的伊玛目广场边，搭起一连串施舍的食棚，向参加纪念活动和游行的人们免费发送茶水和粥食。还有人在现场当众宰活羊。

数万穿着黑衣的穆斯林陆续聚集到广场上，汇成了一片黑色的海洋，气氛凝重而肃穆。

上午10点钟，纪念活动正式开始。在临时搭起的台上，主讲人席地而坐，手抚《古兰经》，口对麦克风，以悲怆哀痛的语调陈述侯赛因为维护伊斯兰教的真谛，为延续圣裔家族香火英勇顽强抗击倭马亚大军，不惜玉石俱焚、身首分离的故事。

与会的数万穆斯林席地而坐，大多手持《古兰经》，有的将《古兰经》顶在头上。主讲人说到激动处，全场群情激动，抽泣声、拍胸

沉重的阿舒拉标

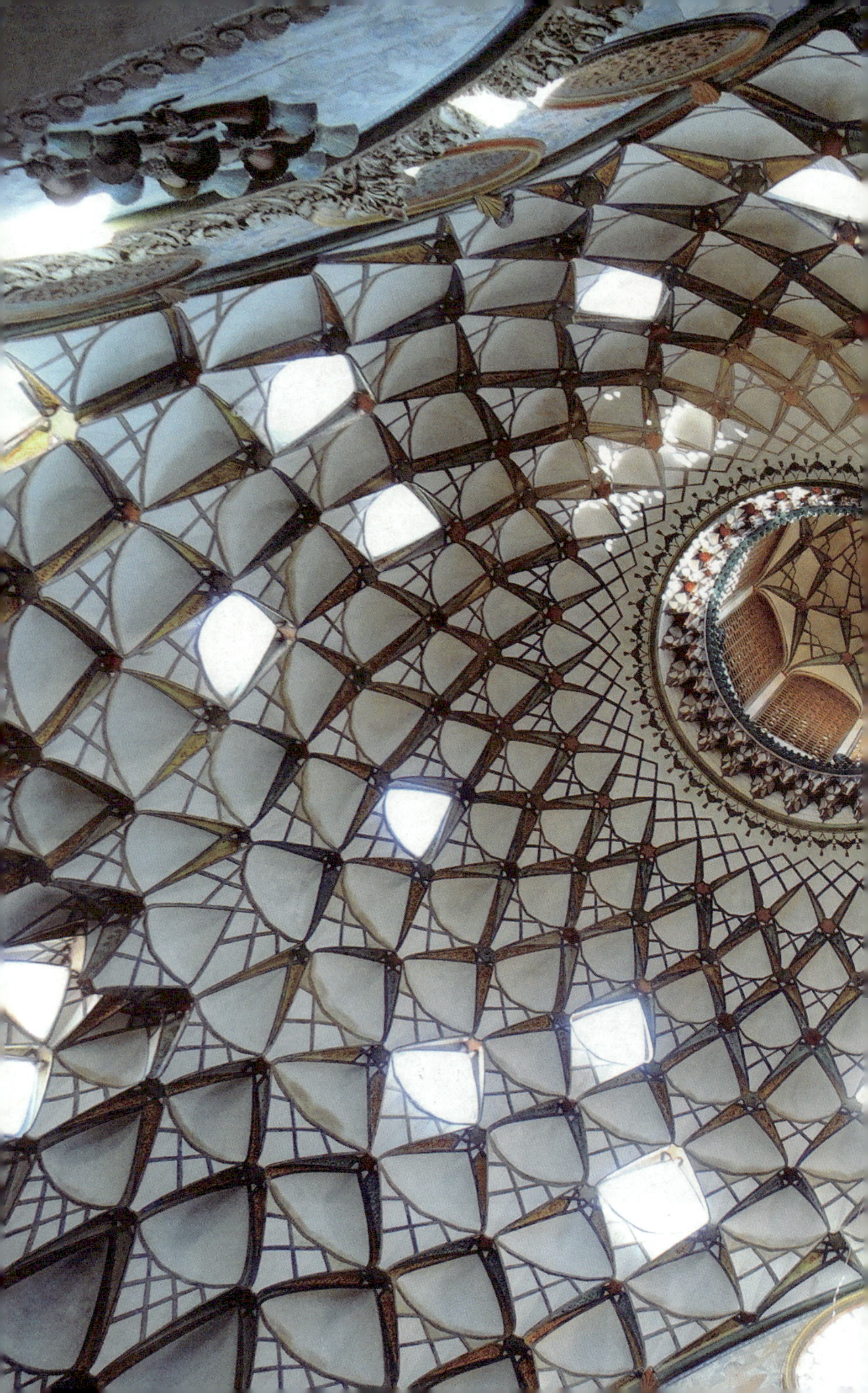

卡尚古民居厅堂的穹顶

声连成一片，有些四五十岁的壮汉，竟哭得不能自已，呈现震天撼地的感染力。

宣讲之后，便是阿舒拉节最为悲情、最为壮观的游行活动，这也是阿舒拉节的高潮。参加游行的穆斯林一律身穿黑衣，一些人头上还裹着绿布条，上书红字悼语。

走在前面的一位汉子手持麦克风，高唱悲壮的悼歌，几十名全身遍抹黄泥巴的小伙子走在队伍的前列。据说这些泥是专程从伊拉克的卡尔巴拉运来的，意在展示当年侯赛因在卡尔巴拉浴血奋战，浑身泥土的场景。

接着是鼓手队，他们身背扁鼓，随着悼歌的节奏敲击前行。紧随其后的，是四五个人一列的队伍。他们用一种铁链鞭，有节奏地抽打自己的左右后背，波斯语称之为"攒劲"。

"攒劲"者们的汗水与铁屑粘在一起，在阳光照射下闪烁着金属的光点。悼歌节奏紧促时，他们便几个人围作一圈，抽打动作也越发激烈，以致大汗淋漓。他们以此体验先祖受难的痛楚，宣示继承先烈的殉教精神。这也是在阿舒拉节纪念侯赛因的一种独有的宗教形式。

走在游行队伍中段的"扛标手"也十分显眼，他们轮流扛举沉重的阿舒拉标。标上插着刀剑戟等武器的模型，象征侯赛因使用的武器。标是用铁或铜铸造的，高 6~10 米，重百多公斤。

扛举"阿舒拉标"者必先将宽厚的跨肩背皮带缚好，凹形卡口置于小腹部，众人抬标插进凹卡。只有壮汉才能托"标"前行，走出数十米就得停下来，更换另一壮汉"扛标"。据说，能扛举这样的重物行走的人，才有资格作为侯赛因的战士。

游行队伍按一个个街区划分，每个街区的队伍，都有人装扮成不同的角色，表演侯赛因从率众出走到被杀害过程中的一个场景。许多私家车，也开到街上，车上涂画着与侯赛因殉教相关的标志，有的在车后窗洒上红颜料，犹如鲜血四溅。人与车的游行队伍，延绵数公里。

阿舒拉节的夜晚，灯火通明，由数十上百个桅灯组成塔形灯架，上面挂满点亮的灯，供夜间游行的人们使用。什叶派穆斯林认为，侯赛因是"指路的明灯"，这无数塔形灯架寓意不言自明。

阿舒拉节日里，女人和孩子通常都是忠实的观众，女人们身披黑袍，孩子们瞪着纯真的眼睛观察他们眼中这个隆重而奇特的节日。有些伊朗人也会在节日期间，纪念在"两伊"战争中牺牲的亲人，在清真寺中摆上亲人的照片。

摄影团的客人们也为能赶上这一最有伊朗特色的节日而兴奋不已，他们频频按动相机的快门，从各个角度拍下那些震撼的场面。

阿舒拉节被中国人称为伊朗的"清明节"，但这个节要延续42天，世界上大概再没有一个节庆有这么长了。伊朗人，就是用这么长的时间，来祭奠缅怀自己心目中的英雄，以各种形式宣示对信仰的理解。

一个民族，一个国家，没有英雄，不崇敬英雄，是不可想象的。看到阿舒拉节的场面，引起余粟这样沉思。

第十二章　情述一带一路

## "你的前程在远方"

到如今，余粟的足迹几乎踏遍了伊朗的各个地区，所有由联合国教科文组织认定的世界文化遗产的古迹景观，他都置身其间现场阅读。

和哈梅德结婚后的五年多以来，除了前面叙述到的德黑兰、伊斯法罕、亚兹德、法斯、帕萨尔加德、喀曼等省市之外，余粟还曾流连在大不里士的亚美尼亚修道院群；亲临哈马丹阅看阿契美尼德王朝时

第八位伊玛目REZA（圣穆重外孙）陵园大厅内的玻璃镶嵌美轮美奂

大不里士蓝色清真寺

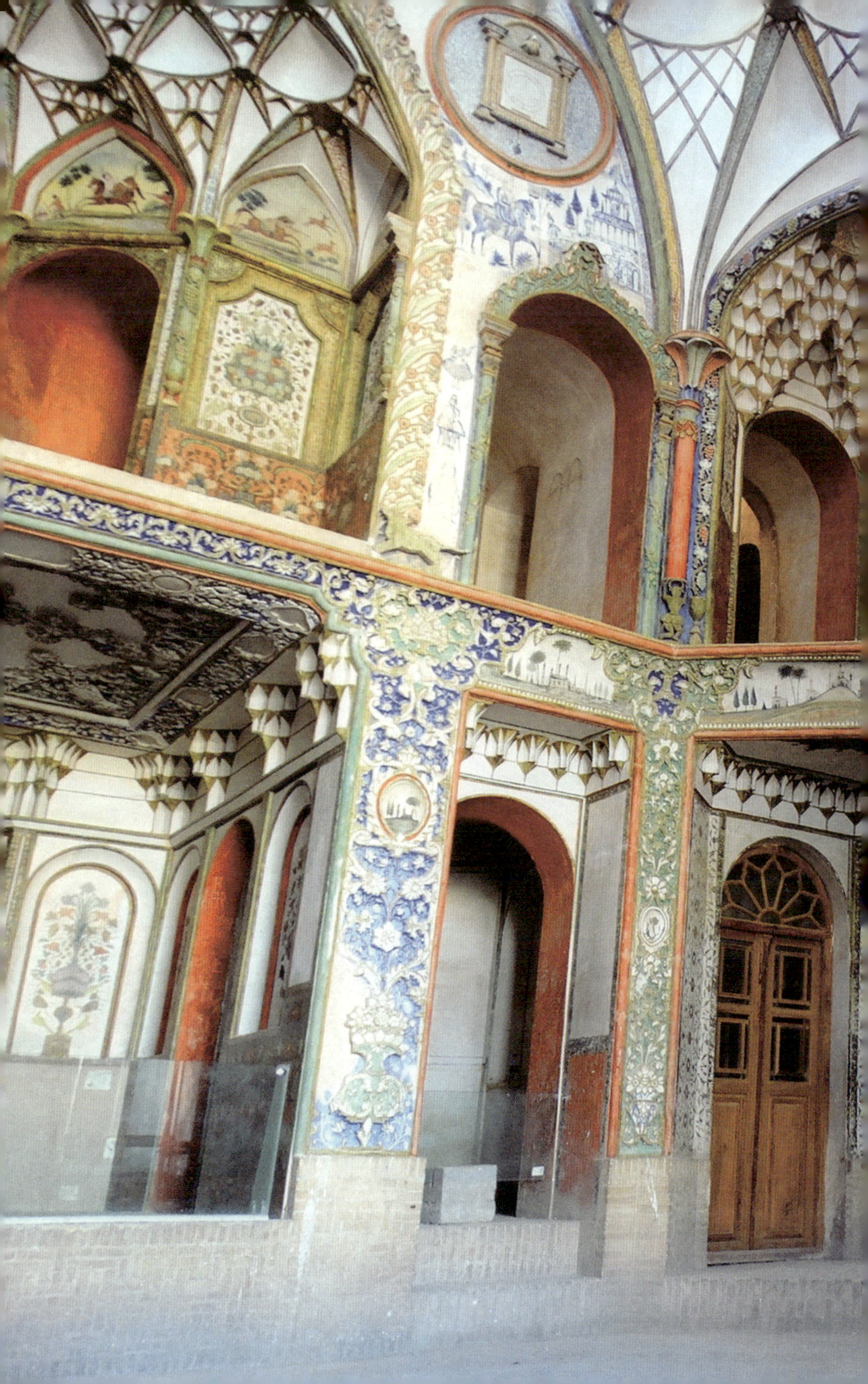

卡尚古民居院落一角

期的刚吉那默铭文；在塔克苏里曼聆听关于所罗门王的传说；为喀曼夏塔克博斯坦的精美石刻浮雕所倾倒；在胡齐斯坦的乔高桑比尔神殿前盘桓；被卡尚古民居的精美彩绘深深吸引……

因此，余粟如今已经能够游刃有余地解答前来伊朗观光旅行的游客提出的各种问题，还能用他独有的余粟式幽默调侃，一段一段地讲述自己那颇具传奇色彩的波斯之恋故事，让大家通过真实的故事自然而然地走进和贴近伊朗这个文明古国，了解那里的人文地理与民俗风情。

由于他出色的工作，2015年余粟被众信旅游公司评选为最佳国际领队，他真的成了导游伊朗旅游线路的一块金字招牌。

回顾从事国际领队和导游的经历和感触，余粟说他特别难忘第一次带旅游团到哈菲兹陵园的情景。他在陵园内碰到了一位占卜师，占卜的小鸟叼出一张写有哈菲兹诗句的卡片，诗歌的大意是，"这里并非你的终点，你的前程在远方！"余粟当时感觉这段诗句既点明了他的职业状态，又具有更深的哲学意涵，国际领队和导游的工作就是不断地引导游客们领略世间的奥妙和美好，这样的旅程永远没有终点，他将会不停顿地向着远方前行……

余粟和哈梅德的跨国婚姻生活仍在继续着，伴随着他们的第二个孩子，女儿余迪安娜的出生，他们成了幸福的四口之家。余粟依然在做着国际旅游领队和导游，哈梅德仍在家带着一双儿女，每年他们都会阖家往返于丝绸之路……亲爱的读者，你们是不是也像我们一样期待着他们演绎出更多新的爱情传奇呢？

图书在版编目(CIP)数据

左伊朗　右中国：余粟哈梅德的爱情传奇 / 刘东平，王凡著. -- 北京：社会科学文献出版社，2017.4
ISBN 978-7-5201-0489-0

Ⅰ.①左… Ⅱ.①刘… ②王… Ⅲ.①纪实文学 - 中国 - 当代 Ⅳ.①I25

中国版本图书馆CIP数据核字(2017)第042698号

## 左伊朗　右中国：余粟哈梅德的爱情传奇

著　　者 / 刘东平　王　凡

出 版 人 / 谢寿光
项目统筹 / 王　绯
责任编辑 / 王　绯

出　　版 / 社会科学文献出版社·社会政法分社 (010) 59367156
　　　　　 地址：北京市北三环中路甲29号院华龙大厦　邮编：100029
　　　　　 网址：www.ssap.com.cn
发　　行 / 市场营销中心 (010) 59367081　59367018
印　　装 / 北京盛通印刷股份有限公司
规　　格 / 开　本：889mm×1194mm 1/32
　　　　　 印　张：10.625　字　数：243千字
版　　次 / 2017年4月第1版　2017年4月第1次印刷
书　　号 / ISBN 978-7-5201-0489-0
定　　价 / 98.00元

本书如有印装质量问题，请与读者服务中心（010 - 59367028）联系
▲ 版权所有　翻印必究